Alexa Stein

Gänsehaut und kaltes Grausen

Bremens abgründige Geschichten

Alexa Stein

Gänsehaut und kaltes Grausen

Bremens abgründige Geschichten

Carl Schünemann Verlag

Wie von Sinnen

Prall wie frisch gepflückte Äpfel waren ihre Brüste. Er konnte die Augen nicht davon lassen, während er versuchte, so lange wie möglich in den Wonnen der Liebe zu schwelgen. Aber seine Erregung ließ sich nicht zügeln. Befriedigt und außer Atem rollte sich Hermann Blentermann von seiner Geliebten und legte sich ihr zur Seite. Wie ein gesättigtes Kind schmiegte er sich an ihren warmen, weichen Leib, liebkoste die Brüste, spürte ihren Atem auf seiner Haut und die Erregung in seinen Lenden stieg abermals in ihm empor.

Doch Linsche wehrte ihn ab. »Geh jetzt.«

»Is doch noch Zeit.«

Mit einem Ruck richtete sie sich auf, sodass er um ein Haar aus ihrer Bettstatt geplumpst wäre. »Geh zu deinem Weib, wenn du mehr willst, ich hab zu tun.«

»Ach Linsche, nu hab dich nicht. Du weißt, wie es um mich und mein Weib bestellt ist.«

»Dann lass ab von ihr.«

»Als wenn dem so einfach wäre.«

Linsche schwang sich aus dem Bett und in ihre Röcke. »Lass dir was einfallen oder hör auf, mir nachzustellen, alter Sack. Glaub nur nicht, ich wart ewig auf dich. Gibt genug andere.«

Er mochte nicht dran denken, dass Linsche mit einem anderen Kerl ins Bett steigen könnte. Er war ihr verfallen, sosehr er sich auch dagegen wehrte. Sie war nicht seine erste Liebschaft, seit er Berta geehelicht hatte. Und auch sie, die Tochter seines Nachbarn, sollte lediglich ein lockeres Vergnügen werden. Aber Tag und Nacht musste er an sie denken, fühlte er den Druck der prallen Brüste auf seinem Leib, roch er den Rosenduft ihrer zarten Haut. Schon wenn er sie von Weitem sah, wurden seine Hände feucht, und wenn er sie mit einem anderen Kerl auch nur lachen hörte, stieg die Wut in ihm empor. Sie war jung, viel zu jung, um sich mit einem derartigen Arrangement zu begnügen, das war ihm wohl bewusst. Sie würde sich einen Ehemann nehmen, wenn nicht ihn, dann einen anderen. Wählerisch schien sie in dieser Hinsicht nicht zu sein und auch an möglichen Kandidaten mangelte es nicht.

Während er selbst in seine Kleider stieg, verfluchte er zum hundertsten Mal seine eigene Ehe.

Er tat Berta unrecht. Im Grunde war sie ein gutes Eheweib, genau das, was er gesucht hatte. Treu und gehorsam und mit einer ansehnlichen Mitgift bestückt. Ohne dieses Vermögen hätte er sein Ratsherrenamt, das ihm Prestige, aber kaum Einkünfte bescherte, niederlegen müssen. So war sie ihm damals gerade recht gekommen und sein Vergnügen hatte er immer noch gefunden – wenn nicht bei ihr, dann bei einer anderen. Im Bett war eine so gut wie die andere und Abwechslung konnte nicht schaden.

Doch nun war alles anders. Gänzlich anders, er hatte sich verliebt, war geradezu krank vor Liebe. Nie zuvor war ihm Derartiges widerfahren und nie zuvor hätte er sich vorstellen können, dass ausgerechnet ihm das passieren würde. Er war wie verhext.

Berta saß in der guten Stube an ihrer Stickarbeit. Stunden konnte sie so sitzen, nur ihre Finger bewegten sich flink. Führten die Nadel auf und ab, ohne Unterlass. Als er eintrat, legte sie die Arbeit zur Seite, lächelte ihn schüchtern an. »Hattest du einen angenehmen Tag?«

Er grummelte etwas, das man als Bestätigung auslegen konnte,

und sie half ihm aus dem Rock. »Ich sage der Köchin Bescheid, dass du da bist.«
»Lass nur, ich hab keinen Hunger.« Mit diesen Worten ging er in sein Arbeitszimmer und schloss die Tür hinter sich. Er stellte sich ans Fenster, von dem aus er auf das Haus von Lüder Paschedag blicken konnte, und wie er befürchtet hatte, kam wenige Augenblicke später dessen Tochter Linsche zur Tür herausspaziert. Allein, aber das würde nicht lange so bleiben, dessen war er sich sicher. Manchmal war sie für ihn tage- und nächtelang unerreichbar und wenn er sie fragte, mit wem sie sich rumgetrieben habe, lachte sie nur. Hermann schenkte sich ein Glas Portwein ein und setzte sich vor den Kamin. Das kleine Luder, er sollte ihr den Laufpass geben, doch er konnte es nicht. Niemand konnte sich ihr entziehen. Sie spielte mit den Männern, jeder wusste es und doch ließen sie es sich nur allzu gerne gefallen. Selbst Lüder, ihr Vater, der alt und seit einigen Jahren Witwer war, konnte sich nicht gegen seine Tochter durchsetzen. Sie tat, was immer ihr in den Sinn kam, und keiner vermochte ihr Einhalt zu gebieten.
Hermann schenkte sich vom Port nach. Witwer zu sein wie der alte Lüder, das würde auch ihm gut zu Gesichte stehen. Dann wäre er frei und vermögend, dann würde Linsche ihn auf der Stelle heiraten und er schon dafür sorgen, dass sie keinen anderen mehr ansah. Von der einen das Vermögen und den Stand, von der anderen die Leidenschaft, so hatte er es seit jeher geplant, nur dass Linsche sich nicht damit zufrieden gab, nur seine Gespielin zu sein.

Als Hermann am nächsten Morgen über den Marktplatz zum Kontor ging, bekam er einen Streit mit, der ihn unter normalen Umständen nicht hätte aufmerken lassen.

»Pack dich, Hex! Dich und deinen Krempel!«
Die alte Fickschen raffte ihre Kräuter zusammen, die sie vor sich auf einem Tuch ausgebreitet hatte, nicht jedoch, ohne wüste Drohungen auszustoßen. Hermann kannte sie, ebenso wie wohl jeder in der Stadt, wenngleich niemand etwas mit der Alten zu tun haben wollte. Sie wurde der Zauberei verdächtigt, doch keiner getraute sich, sie der solchen zu bezichtigen, was fürwahr seinen Grund hatte. Sie lebte nahe dem Joudenberge vor dem Doventhor. Vor drei Jahren hatte die der Hexerei überführte Stubben die alte Fickschen derselben beschuldigt, dann aber ihre Anschuldigung zurückgezogen und selbst unter der Folter noch darauf bestanden, sich geirrt zu haben. Seitdem ging das Gerücht, die alte Fickschen unterhielte nicht nur eine Buhlschaft mit dem Teufel, sondern stehe auch unter dem Schutz desselben, sodass jeder, der ihr Böses wolle, auf direktem Wege in die Hölle führe. So hatte auch Pellcke Stubben die irdische Folter ertragen, um der Rache der alten Fickschen und damit den ewigen Qualen der Hölle zu entgehen.

Am Abend führte sein Weg Hermann direkt zu Linsche, doch traf er sie nicht zu Hause an. Statt nun nach Hause zu Berta zu gehen, trieb es ihn durch die Stadt und er musste nicht lange suchen: Bald schon entdeckte er Linsche in einer Schankwirtschaft, wie sie einem jungen Braumeister schöne Augen machte. Er stellte sich in die Tür, sodass sie ihn sehen musste, doch sie blickte keck an ihm vorbei.
In dieser Nacht vollzog Hermann seit langer Zeit wieder die Ehe mit seiner Gattin. Es kam ihm vor, als würde er sich an einem Baumstumpf vergehen, so steif und leblos wie sie unter ihm lag. Schamvoll verbarg sie mit einer Decke ihre Blöße, sobald er von

ihr abließ. Sie suchte den Kopf an seine Schulter zu betten, angewidert schob er sie von sich und verbrachte die Nacht wie üblich in seinem eigenen Schlafgemach.
Auch am nächsten Tag traf er Linsche nicht an. Jetzt wurde er derart wütend und verzweifelt, dass er beschloss, etwas müsse geschehen, und zwar augenblicklich. Ohne lange zu zögern, machte er sich auf den Weg und verließ Bremen durch das Doventhor.

»Was wollt Ihr?«
»Lass mich ein und ich erzähle es dir.«
Die alte Fickschen trat zur Seite, um ihm Einlass in ihre Hütte zu gewähren. Dunkel und rauchig war es darin und es stank nach allerlei Kräutern und Unrat.
»Ich habe einen alten kranken Hund, der einfach nicht sterben will. Kannst du mir etwas für ihn geben?«
»Warum erschlagt Ihr ihn nicht?«
»Ich bin Kaufmann, kein Barbar.«
»Wenn Ihr das sagt.« Sie musterte ihn von oben bis unten und Hermann hatte das Gefühl, ihre trüben Augen könnten in seinen Kopf hineinsehen. »Ein alter Hund also.«
»Ganz recht.«
»Nun, Ihr könntet es hiermit versuchen.« Sie hielt ihm eine kleine gläserne Amphore mit einer silbernen Flüssigkeit entgegen. »Sorgt dafür, dass er dies schluckt.«
Gleich am nächsten Morgen mischte Hermann es seiner Frau unter die in Milch eingeweichten Brötchen und Berta leerte die Schüssel ohne Argwohn. Mit flauem Gefühl im Magen verließ Hermann das Haus, doch fühlte er auch Erleichterung und Vorfreude. Bald würde seine Qual ein Ende haben, denn inzwischen hielt er es kaum noch aus vor Sehnsucht nach Linsche.

Am Abend verließ er später als sonst das Kontor. Auf dem Weg suchte er nach passenden Worten und Gesten, mit denen er um seine so unerwartet verblichene Frau trauern würde. Ein wenig wunderte er sich zwar, dass man ihn nicht bereits im Kontor aufgesucht und zu seiner sterbenden Frau geholt hatte, aber vielleicht hatte sie sich in ihrer Pein niedergelegt und das Personal gebeten, sie nicht zu stören. Als er das Haus betrat, war es vollends still. Er blickte in die gute Stube, der Platz auf dem Kanapee war leer, nur das Stickzeug lag auf dem Tischchen.
»Da bist du ja endlich.«
Wie vom Teufel gerührt, fuhr Hermann herum und griff sich ans Herz. »Berta!«
»Natürlich. Wen sonst hast du erwartet? Ist dir nicht gut, ganz blass siehst du aus.«
»Nein, nein. Es war nur ein anstrengender Tag, am besten ich gehe gleich nach oben in mein Gemach.«

Die ganze Nacht lag er wach, voller Wut auf die alte Hexe. Was immer sie ihm für teures Geld gegeben hatte, sie hatte ihn betrogen. Gleich am nächsten Tag machte er sich erneut auf zu ihr. Kaum hatte sie die Tür geöffnet, stieß er sie zur Seite.
»Du gottloses Weib hast mich aufs Schändlichste betrogen!«
»Das Quecksilber war ausreichend genug für einen Hund. Vielleicht hat er nicht alles davon geschluckt«, erwiderte sie mit einem hämischen Grinsen im Gesicht.
»Er hat es geschluckt, ich habe darauf geachtet. Entweder war es nutzloser Plunder oder du hast mir zu wenig davon gegeben.«
»Wie schwer ist Euer Hund denn?«
»Ziemlich schwer, sicher mehr als 80 Pfund.«
»Das ist in der Tat eine Menge für einen Hund.« Sie machte

sich an einem der Holztröge zu schaffen, die den halben Raum einnahmen. »Ich könnte Euch etwas geben, das in jedem Falle seinen Zweck erfüllt. Nur wird es kein angenehmer Tod sein.«
»Hauptsache es wirkt diesmal.«
Sie hielt ihm ein Leinensäckchen entgegen, doch als er danach greifen wollte, zog sie es wieder zurück. »Diesmal verlange ich eine besondere Bezahlung. Ihr sollt dafür sorgen, dass ich unbehelligt meinen Geschäften in Bremen nachgehen kann.«
»Bist du toll, Weib? Wie in Gottes Namen soll ich das anstellen?«
»Wozu seid Ihr Mitglied im Rat?«
»Das heißt noch lange nicht, dass ich Derartiges bestimmen kann.«
»Nun denn ...« Sie steckte das Säckchen in den Saum ihres Rockes.
»Verflucht sollst du sein, Fickschen.«
Schallend lachte sie heraus. »Als wenn ich das nicht längst wäre. Und nun stehlt mir nicht länger meine Zeit.«
»Also gut, gib mir das Kraut und ich werde sehen, was ich tun kann.«
Sie holte es erneut heraus und hielt es ihm unter die Nase. »Nicht nur sehen, versprechen sollt Ihr es mir.«

Was hätte er anderes tun sollen, als der Alten sein Versprechen zu geben, obwohl er nicht recht wusste, wie er Einfluss darauf nehmen sollte, sie mit ihren Geschäften in der Stadt zu dulden. Aber dazu würde ihm schon noch etwas einfallen, wenn er erst einmal wieder bei Sinnen war und nicht andauernd nur Linsche im Kopf hätte.
Es war ein dunkler, stürmischer Abend, als Hermann in der Kü-

che stand, eine Scheibe Brot vom Laib schnitt, in seiner Rocktasche nach dem Leinensäckchen griff und die zerstoßenen Kräuter auf das Brot gab, ehe er es mit Butter beschmierte und zusammen mit einer Tasse heißer Milch in die gute Stube brachte. Berta saß auf ihrem angestammten Platze. Sie lächelte, als er beides vor sie hinstellte.

»Nun iss aber auch alles auf«, sagte er in möglichst ruhigem Ton zu ihr. »Du bist viel zu dünn geworden in letzter Zeit.«

Er wollte das Zimmer verlassen, doch sie hielt ihn an der Hand fest. »Hermann, liebster Gatte. Wie freue ich mich über so viel Fürsorge. Sei nur unbesorgt, das leichte Unwohlsein der letzten Tage ist verflogen.«

Hermann nickte und verließ den Raum. In seinem Studierzimmer saß er nun Stunde um Stunde und lauschte. Das Warten brachte ihn schier um den Verstand, noch dazu hatte er vom Fenster aus Linsche in die Nacht hinausziehen sehen.

Als Hermann von der Morgensonne geweckt wurde, dauerte es einige Zeit, ehe er sich besinnen konnte, wo er war. Er war in seinem Lehnsessel vor dem Kamin eingeschlafen. Schnell erhob er sich und spähte ins Nebenzimmer. Es war leer.

Er eilte nach oben.

Berta lag in ihrem Bette, obwohl sie zu dieser Stunde gewöhnlich längst auf war. Er ging zu ihr heran, berührte die bleichen Wangen. Ihr Mund war halb geöffnet und als er seine Hand zurückzog, entwich ein leises Stöhnen ihren Lippen. Sie schlug die Augen auf und sah ihn an.

Drei Tage dauerte es, ehe Berta endlich ihren letzten Atemzug tat. Es war ein grausamer Anblick, wie sie sich quälte. Fast bereute Hermann seine Tat, dieses Leiden hatte er nicht gewollt, sie sollte einfach nur verschwinden. Doch nun hatte sich der Anblick ihrer vor Schreck und Pein geweiteten Augen, ihres sich vor Schmerz windenden Körpers in seine Seele gebrannt und quälte ihn in jeder Nacht. Lediglich in Linsches Armen konnte er vergessen.

Eine Woche nach der Beerdigung fing er an, das Leben wieder zu genießen. Jeden Abend traf er sich mit Linsche, verbrachte mit ihr die Nächte und versprach ihr das Himmelreich auf Erden.
Über all die Erleichterung und die Wonnen der glücklichen Stunden hatte er die alte Fickschen beinah vergessen. Sie ihn jedoch fürwahr nicht und so lauerte sie ihm eines Abends auf.
»Euer Hund ist tot, wie ich gehört habe. Nun seid Ihr an der Reihe, Euer Versprechen einzulösen.«
»So einfach ist dem nicht, du musst mir Zeit lassen.«
»Ich bin alt und arm, was glaubt Ihr, wie viel Zeit ich habe?« Damit trollte sie sich wieder – allerdings nicht, ohne ihm ihre Rückkehr anzukündigen.
Und auch von Linsche wurde Hermann bedrängt. Endlich wollte sie in sein Haus einziehen, sie begann sogar bereits, die Räumlichkeiten nach ihren Bedürfnissen herzurichten. Hermann versuchte, sie hinzuhalten, denn es gab hier und dort Gemunkel, dass das Ableben seiner Frau für ihn recht günstig gekommen sei, und auch über die Ursache ihrer Erkrankung wurde gerätselt. So hatte Hermann die Tage gut damit zu tun, Linsche bei Laune zu halten, das Gerede zu zerstreuen und Fürsprache für die alte Fickschen zu halten. Allein Letzteres wollte ihm nicht gelingen. Jedes Mal, wenn er im Rate oder bei anderer Stelle ihren Namen erwähnte, wurde abgewunken. Der Argwohn gegen die Alte saß tief, man hätte sie am liebsten tot gewusst. Natürlich wagte dies

keiner von ihnen auszusprechen, zu groß war die Furcht vor der vermeintlichen Hexe.
Hermann selbst konnte nicht so recht daran glauben. Stünde sie wirklich mit dem Teufel im Bunde, dann hätte sie es gewiss nicht nötig, sich ihr tägliches Brot auf der Straße zu erbetteln. Sie war eine arme Irre, deren Tage gezählt waren. Gleichwohl konnte sie ihm noch gefährlich werden. Auch wenn niemand Wert auf ihre Worte legte, so wollte er es nicht riskieren, dem Gerede ob des plötzlichen Todes von Berta Nahrung zu geben.
Nachdem es am Abend wieder einmal Streit zwischen ihm und Linsche gegeben hatte, weil sie endlich heiraten wollte, lag Hermann lange wach. Im Grunde könnte er Linsche schon bald ehelichen, aber wie würde sich die alte Fickschen dazu stellen? Nicht auszumalen, wenn sie auf seiner Hochzeit erschiene, um ihn des Mordes zu bezichtigen, würde er ihre Forderung nicht erfüllen. Und dass er sie nicht erfüllen konnte, stand inzwischen fest.
Hermann hatte keine andere Wahl. Er stand auf und zog sich an. Würde er nicht lediglich das tun, was alle sich wünschten? War nicht sogar sie es, die Schuld an Bertas Tod trug? Ohne ihr abscheuliches Gift hätte er diesen Schritt niemals gewagt.
So schlich er aus der Stadt hinaus, hin zur Hütte der Alten. Es war einfach, sich Einlass zu verschaffen. Tief und fest schlafend lag sie in ihrem Bette. Erst als er die Hände um ihre Kehle schloss, erwachte sie. Vor Schreck ließ er für einen Augenblick von ihr ab. Doch statt zu fliehen, spuckte sie ihn an. »Wage es nicht, mir den Tod zu bringen, denn mein Tod wird auch der deine sein! Nur wirst du zuvor durch tausend Höllen gehen.«
»Schweig endlich still, Elende!«, schrie Hermann und drückte wie toll zu, sodass der dünne Hals der Alten unter seinen großen Händen brach wie dürres Gestrüpp.

Erst Tage nach dieser Nacht wurde die Leiche der Alten gefunden. Niemand machte sich die Mühe zu erkunden, woran sie gestorben sein mochte, genau wie Hermann es sich erhofft hatte.

Endlich fühlte er sich frei. Glücklich und beschwingt ging er zu Linsche, um mit ihr die Hochzeit vorzubereiten. Doch nun war es an ihr, sich zu zieren.
»Warum plötzlich die Eile?«, fragte sie ihn und wehrte seine Küsse ab. »Du hast mich lange genug hingehalten, nun werde ich wohl ein wenig Bedenkzeit bekommen.«
Da Linsche auch die Nacht nicht mit ihm verbringen wollte, stand Hermann nun Stunde für Stunde am Fenster und sah zum Haus ihres Vaters hinüber, wild entschlossen, ihr zu folgen, sollte sie das Haus verlassen. Doch sie kam nicht und auch sonst rührte sich nichts, sodass Hermann alsbald in seinem Sessel einschlummerte. In den frühen Morgenstunden schreckte er hoch. Hatte er nicht das Schlagen einer Tür gehört?
Er setzte sich auf und in der Tat sah er, wie sich die Tür zu seinem Studierzimmer öffnete. Es war Linsche, schöner und lieblicher denn je. Sein Herz tat einen Satz vor Freude, bis er bemerkte, wie grimmig und kalt ihr Blick war.
»Was ist mit dir?«, fragte er.
Linsche kam näher und küsste ihn leidenschaftlich auf den Mund, ihre Lippen waren hart und kalt wie Eis.
Erschrocken fuhr Hermann zurück, sie aber hielt ihn fest umklammert und küsste ihn weiter, bis er sich selbst kalt und zittrig fühlte.
Schließlich ließ sie von ihm ab. »Ich bin gekommen, um Lebewohl zu sagen.«
»Du kannst mich nicht verlassen!«, rief er entsetzt aus. Noch ehe

er es verhindern konnte, öffnete sie das Fenster und lehnte sich rücklings so weit hinaus, dass er befürchten musste, sie würde hinabstürzen.
»Linsche, was tust du? Ich liebe dich von ganzem Herzen, dich und keine andere!«
»Und deine Frau? Was war mit Berta?«
»Ich habe sie nie geliebt, das weißt du.«
»Du hast sie getötet. Woher soll ich wissen, dass du nicht auch eines Tages meiner überdrüssig wirst?«
»Nie im Leben würde ich dir ein Leid antun, Linsche. Nie im Leben.«
»Aber du hast Berta getötet. Gib es zu!«
»Ja, gut, ich habe meine Frau getötet, aber ich habe es nur für dich getan.«
»Und die alte Fickschen? Auch sie hast du auf dem Gewissen.«
»Woher weißt du von ihr?«, fragte Hermann erschrocken.
»Sag es«, schrie Linsche. »Sag, dass du sie getötet hast.«
»Ja, ja doch, ich habe die alte Fickschen getötet.«
Kaum hatte Hermann dies herausgeschrien, löste Linsche ihre Hände von Fenstersims und ließ sich nach hinten fallen.
Entsetzt versuchte Hermann, sie zu halten, aber seine Hände griffen ins Leere. Alles um ihn herum drehte sich und er wagte es kaum, aus dem Fenster zur Erde hinabzublicken.
Als er es schließlich tat, fand er die Straße vor seinem Haus leer. Weit und breit war keine Linsche zu sehen, weder tot noch lebendig. Etwas weiter jedoch standen ein paar Mägde in der Gasse. Und sie hatten beobachtet, wie er dort einsam und allein am Fenster stand und seine Schuld herausschrie.
Immer mehr Menschen traten nun aus ihren Häusern, um zu sehen, was dort vor sich ginge. Unter ihnen auch der alte Wit-

wer Lüder, der im Morgenmantel von seiner Tochter Linsche gestützt auf die Straße trat.

Wenig später wurde Hermann in Gewahrsam genommen, musste sein Verbrechen vor dem Richter eingestehen und erhielt am 7. August 1606 seine verdiente Strafe. Nachdem er mit glühenden Zangen gezwickt worden war, wurden ihm die Gebeine mit dem Rade zerstoßen. Auf selbiges wurde er schließlich gelegt und sehnte sich dort elendig nach dem Tod, genau wie die alte Fickschen es ihm prophezeit hatte.

Das Familiengeheimnis

Die Nachricht von Johannas Tod erreichte uns vier Tage nach unseren Flitterwochen. Wir waren gerade aus Rom zurückgekehrt und fingen an, uns wieder in den Alltag einzufinden, als Sofie, meine Frau, den Anruf von ihrer Mutter erhielt.
Bis zu diesem Tag hatte ich noch nicht einmal gewusst, dass es eine Tante Johanna gab, umso mehr verwunderte mich die tiefe Bestürzung, die meine Frau über deren Tod empfand. Ich versuchte einige Male, sie auf diese Tante anzusprechen, aber immer schüttelte sie den Kopf und kämpfte sichtbar mit den Tränen, sodass ich es nicht weiter versuchte.
In der Woche darauf war die Beerdigung. Sofie stand neben ihrer Mutter am Grab und nahm die Beileidsbekundungen der übrigen Verwandten und Bekannten entgegen. Alle trösteten Sofie, während sie ihrer Mutter nur stumm zunickten, obwohl Johanna deren jüngere Schwester gewesen war.
Eigentlich müsste man doch mit ihr fühlen, dachte ich verwundert. Aber allem Anschein nach hatte zwischen meiner Frau und ihrer Tante eine besonders enge Beziehung bestanden.
Bei diesen Überlegungen fiel mir auf, wie wenig ich über die Familie meiner Frau wusste. Außer Sofies Mutter und älterer Schwester kannte ich die Übrigen nur flüchtig und einige der hier Anwesenden – Johanna eingeschlossen – waren noch nicht einmal auf unserer Hochzeit gewesen.

Zwei Wochen später sollte ich mich erneut wundern. Meine Frau kam sehr spät von der Arbeit zurück. Sie erzählte mir, nachdem wir uns in der Küche an den Tisch gesetzt hatten, dass sie nach

Feierabend noch beim Notar gewesen war und wir bald umziehen würden.
»Umziehen?«
»Ja.«
»Aha. Schön, dass wir darüber gesprochen haben. Und wohin, wenn ich fragen darf?«
»In Tante Johannas Haus«, antwortete meine Frau wie selbstverständlich.
»Du hast ein Haus geerbt?«
»Ja.«
»Und wenn ich gar nicht umziehen will?«
Sofie sah mich eine Weile an, dann legte sie ihre Hand auf meine.
»Liebst du mich?«, fragte sie.
»Was für eine blöde Frage, das weißt du doch.«
»Na dann.«
»Was, na dann?«
»Dann wirst du mir sicher diese kleine Bitte nicht abschlagen.«
»Also hör mal, ein Umzug ist ja wohl keine kleine Bitte. Außerdem weiß ich noch nicht einmal, wohin ich umziehen soll.«
»Es ist nett dort. Ein kleines Häuschen in Findorff direkt am Torfgraben, es wird dir gefallen.«
»Und wenn nicht?«
»Nun sieh es dir doch erst einmal an.«

In der Tat hatte ich ein kleines, heruntergekommenes Reihenhäuschen erwartet. Das Haus, vor dem wir wenige Tage später standen, war jedoch eine Villa, noch dazu gut in Schuss und umrahmt von einem weitläufigen, gepflegten Garten. Bei einem ersten Rundgang zeigte Sofie mir fünf helle, geräumige Zimmer, eine wunderbare Bibliothek mit Kamin, zwei Bäder, eine große

Wohnküche und ... »Sag mal, Schatz, wo führt denn diese Tür hier hin?«
»In den Keller.«
»Ich dachte, der Kellerzugang ist im Flur?«
»Äh, ja. Das hier ist eine separate Kammer, wurde früher zur Lebensmittellagerung verwendet, als es noch keine Kühlschränke gab.«
»Die Tür ist abgeschlossen.«
»Ja, sie wird nicht mehr benutzt.«
»Aber das ist doch schade.«
»Der andere Keller ist wirklich groß genug, ich denke nicht, dass wir hier Platzprobleme bekommen werden.«
»Das nicht, aber ...«
»Na siehst du, dann brauchen wir über diese Tür ja gar nicht mehr zu reden.«
Damit war die Diskussion beendet. Der kluge Mann gibt nach, dachte ich und wunderte mich im Stillen. Irgendwie hatte sich meine Frau seit der Hochzeit verändert. Nein, wenn ich es mir recht überlegte, erst seit der Beerdigung von Johanna. Im Grunde war sie eher der wankelmütige Typ, so entschlossen und feldwebelmäßig kannte ich sie gar nicht. Vermutlich war das alles einfach etwas zu viel für sie. Das würde sich schon wieder legen, wenn wir uns hier erst einmal eingerichtet hatten und der Alltag seinen Lauf nahm.
Doch in diesem Punkt sollte ich mich gründlich irren.

Knapp zwei Wochen dauerten die Renovierung und der Umzug und ich muss gestehen, dass ich das Leben in dem Haus sehr genoss. Es war ruhig und bald hatten wir auch das letzte der vielen Zimmer in Beschlag genommen. Mit Ausnahme dieses Kellerraumes, in den man von der Küche aus gelangen könnte, wäre er nicht verschlossen und der Schlüssel – wie ich glaubte – schon seit Jahren verschollen.

Eines Nachts wachte ich auf. Es war noch dunkel draußen und ich hatte keine Vorstellung, wie spät es wohl sein könnte. Ich hob den Kopf an, um auf den Wecker zu sehen. Es war vier Uhr morgens. Ich wollte mich gerade wieder genüsslich in die Kissen kuscheln, als ich bemerkte, dass der Platz neben mir leer war. Ich stand auf und spähte ins Bad, aber von Sofie war nichts zu sehen oder zu hören. Ich ging die Treppe nach unten, warf im Vorbeigehen einen Blick ins Wohnzimmer und ging weiter zur Küche, doch auch hier war es dunkel. Etwas ratlos blieb ich eine Weile im Flur stehen und machte mich dann wieder auf den Weg nach oben. Sofies Kleider, die sie sich für den nächsten Tag zurechtgelegt hatte, lagen ordentlich über dem Stuhl, nichts fehlte. Nur ihre Hausschuhe standen nicht an ihrem gewohnten Platz. Ich setzte mich auf das Bett und grübelte, als ich von unten Schritte hörte. Wenige Sekunden später erschien Sofie.
»Wo warst du?«
»Ich habe ein Glas Milch getrunken.«
»In der Küche?«
»Natürlich in der Küche.«
»Aber ...«
»Wieso schläfst du eigentlich nicht?«
»Ich bin aufgewacht und als ich bemerkt habe, dass du nicht da bist, habe ich mir Sorgen gemacht.«
»So ein Quatsch. Schlaf jetzt.« Mit diesen Worten schlüpfte sie unter die Decke und kuschelte sich an mich.
Es sollte nicht die letzte Nacht bleiben, in der ich aufwachte und

Sofie nicht im Bett lag. Jedes Mal sah ich zur Uhr, zählte die Minuten, die sie wegblieb, und lauschte in die Dunkelheit.

Weitere Nachfragen ersparte ich mir, sie würde mir sowieso keine Erklärung liefern, dessen war ich mir sicher. Das Einzige, was ich bisher wusste, war, dass sie von unten kam. Also drapierte ich in einer der folgenden Nächte meine Decke so, dass es aussah, als läge ich im Bett, und schlich mich nach unten ins Wohnzimmer. Ich hatte Mühe, nicht im Sessel einzuschlafen, den ich so hingestellt hatte, dass ich in den Flur sehen konnte. Zum Glück musste ich nicht allzu lange warten. Im Dunkeln schlich Sofie Richtung Küche und ich hinterher. Doch statt – wie ich gehofft hatte, den Kühlschrank zu plündern, ging sie an diesem vorbei, knipste eine Taschenlampe an und schloss die kleine Tür zu dem Kellerraum auf. Ich setzte mich an den Küchentisch und wartete.

»Ich dachte, es gäbe keinen Schlüssel zu dem Raum.«

»Meine Güte, Walter! Du hast mich fast zu Tode erschreckt. Was tust du hier im Dunkeln?«

»Sehen, was du jede Nacht treibst.«

Sofie schaltete die Deckenbeleuchtung an und setzte sich zu mir.

»Okay, ich habe das Haus hier unter der Bedingung geerbt, dass ich mich um etwas kümmere.«

»Aha. Und das wäre?«

«Das kann ich dir leider nicht sagen, aber du brauchst dir darüber nicht den Kopf zu zerbrechen, es ist eine Familienangelegenheit.«

»Darf ich dich daran erinnern, dass wir verheiratet sind. Ich gehöre sozusagen zur Familie.«

»Aber nur angeheiratet, das ist ein wichtiger Unterschied. Bitte, wenn du mich liebst, dann dränge mich nicht weiter. Nimm es einfach hin.«

»Ich soll es einfach hinnehmen, dass meine Frau vor mir Geheimnisse hat?«
»Nun tu mal nicht so, jeder hat so seine Geheimnisse.«
»Ich nicht!«
»Okay, und warum willst du mir dann nichts von deiner Ex erzählen?«
»Lenk jetzt nicht ab und außerdem gibt es da nichts zu erzählen.«
»Hier auch nicht. So, und nun muss ich ins Bett.« Sie stand auf, ging zu mir herüber und gab mir einen Kuss. »Ich liebe dich. Vertrau mir einfach, ja?«
Natürlich vertraue ich meiner Frau, aber dennoch ließ mir die Sache keine Ruhe. Schon automatisch wachte ich jede Nacht auf, wenn sie nach unten schlich. Sofie blieb dies nicht unbemerkt und so sagte sie eines Morgens, wenn ich jedes Mal wach wäre, dann könnte sie es genauso gut am Tage machen, was sie dann auch tat. Jeden Morgen, bevor sie zur Arbeit fuhr, ging sie in den Kellerraum, immer dann, wenn ich unter der Dusche stand oder auf der Toilette war. Den Schlüssel trug sie stets bei sich.
Bis zu jenem Morgen.

Sofie hatte sich Kaffee über die Hose geschüttet und da sie spät dran war, zog sie die Hose im Flur aus und warf sie auf die Kellertreppe. Sie eilte nach oben, um sich eine frische anzuziehen, und verließ gleich darauf das Haus.
Meine Hände waren feucht vor Aufregung, als endlich ihr Wagen aus der Einfahrt bog. Schnell ging ich zum Keller, griff mir die Hose und tatsächlich, sie hatte den Schlüssel darin vergessen. Auch ich hatte an diesem Morgen eine wichtige Besprechung, aber die war mir jetzt egal. Alles war mir egal. Und wenn das

Haus über mir eingestürzt wäre, ich musste sehen, was sich da unten befand.

Meine Enttäuschung war maßlos, als ich in einem leeren Raum stand. Nichts befand sich darin, absolut gar nichts. Er hatte keine Fenster, die Wände waren weiß gestrichen und kahl. Der Fußboden bestand aus festgetretenem Mutterboden. Es roch muffig, nicht einmal eine Lampe gab es. Noch einmal leuchtete ich mit der Taschenlampe jeden Winkel ab. Das Einzige, was mir jetzt auffiel, war, dass der Boden nicht durchgängig festgetreten war. In einer der Ecken schien er aufgelockert zu sein, zudem lag daneben ein kleines Häufchen loser schwarzer Erde. Ich ließ sie durch meine Finger rieseln. Sie war trocken und staubig, das war alles.

»Ich glaube es nicht!« Sofie stand mit verschränkten Armen an der Tür und funkelte mich wütend an.

»Da ist überhaupt nichts!«

»Das habe ich dir gleich gesagt. Aber du vertraust mir ja nicht.«

Jetzt war ich es, der wütend wurde. »Ich vertraue dir nicht? Du bist es, die mir nicht vertraut!«

»Das stimmt nicht.«

»Warum sagst du mir dann nicht endlich, was zum Teufel hier vor sich geht.«

»Das hat nichts mit Vertrauen zu tun, du würdest es nur nicht verstehen.«

»Versuch es wenigstens!«

Sofie stand eine Weile schweigend da und zu meiner Überraschung nickte sie. »Okay, du hast recht. Aber du musst mir schwören, dass du das, was ich dir jetzt erzähle, für dich behältst.«

»Es ist doch wohl nichts Ungesetzliches?«

»Nicht wirklich.«

»Was heißt ›nicht wirklich‹?«
»Versprich es oder ich lass es sein.«
Ich versprach es – was blieb mir auch anderes übrig – und wir setzten uns an den Küchentisch.
»Auf unserer Familie lastet ein Fluch ...«
»Ein Fluch?«
»Würdest du mich bitte nicht unterbrechen! Alles fing vor gut siebenhundert Jahren an.«
»Siebenhundert Jahre?«
Meine Frau sah mich mit eisiger Miene an. Ich lehnte mich zurück und verschränkte die Arme. »Schon gut, entschuldige.«
»Bis zu jener Zeit lebte unsere Familie in Armut, doch man unterstützte sich gegenseitig. Die Familie hielt zusammen, keiner musste Hunger leiden. Nun ergab es sich durch allerlei Umstände, auf die ich jetzt nicht weiter eingehen will, dass von unserer Familie nur noch eine alte Witwe und zwei Töchter übrig geblieben waren, die eine davon lebte in Göttingen. Nur die Witwe und ihre Älteste waren noch in Bremen. Diese hatte es geschafft, durch die Heirat mit einem Gerber einen gewissen Reichtum zu erlangen. Und damit begann das Unglück. Der bescheidene Reichtum und ihr vornehmer Stand waren ihr so zu Kopf gestiegen, dass sie sich von nun an wegen ihrer armen Mutter schämte und ihr verbot, ihr Haus zu betreten oder sonst wie kundzutun, dass sie ihre Mutter sei. Als die Mutter so gebrechlich geworden war, dass sie nicht mehr selbst für ihren Unterhalt aufkommen konnte, machte sie sich trotz des Verbotes auf zu ihrer Tochter, um sie um Almosen zu bitten. Die Mutter hatte kaum das Haus ihrer Tochter betreten, da wurde diese derart wütend, dass sie wie eine Furie auf die arme Frau losging und diese vor Schreck starb. Erst in diesem Augenblick bemerkte die Tochter, was sie getan hatte,

und bereute es aufs Bitterlichste. Doch es war zu spät. Ihr Flehen um Vergebung blieb ungehört. Auch sie starb bald darauf eines jähen Todes. Mit Grauen bemerkte der Totengräber einige Tage nach der Beerdigung, dass die Begrabene ihre Hände, mit denen sie ihre Mutter misshandelt hatte, zum Grab herausstreckte. Was sie auch taten, wieder und wieder tauchten die Hände auf und als sie schließlich zur Gänze sichtbar waren, geschahen unerklärliche Unglücke. Erst als die jüngere Schwester aus Göttingen anreiste, um sich der Elenden zu erbarmen, und Tag für Tag etwas Erde auf das Grab streute, hörte es auf. Als diese nach einigen Jahren selbst verstarb, übernahm ihre jüngste Tochter diese Aufgabe und so geht es fort, bis zum heutigen Tag.«
Ich wippte mit meinem Stuhl nach hinten und grinste. Ich hatte keine Ahnung, was meine Frau mit dieser Geschichte bezweckte, aber sie schien tatsächlich zu erwarten, dass ich ihr glaubte.
»Und was hat diese hübsche Geschichte jetzt mit unserem Keller zu tun?«
»Nun, es ist einfach praktischer, als jeden Tag zum Friedhof zu fahren. Und unauffälliger natürlich auch.«
»Du willst damit nicht etwa sagen, dass da unten ...«
»Doch.«
»Und warum du?«
»Weil Tante Johanna keine Tochter hatte.«
»Na klar.«
»Du glaubst mir nicht, habe ich doch gleich gesagt! Aber du wolltest es ja unbedingt hören.«
»Du bestehst also darauf, dass das stimmt?«
»Ja, natürlich.«
»Und warum ließ man die Hände nicht einfach rausgucken? Könnte man heutzutage bestimmt Geld mit verdienen.«

»Hast du mir eigentlich zugehört? Weil jedes Mal, wenn die Hände rausgucken, ein Unglück passiert.«
»Und deine Familie?«
»Die wissen natürlich davon, das heißt nur die richtige Familie, also die Blutsverwandtschaft, nicht die Männer. Du bist der erste, der es erfährt. Ist dir bisher noch gar nicht aufgefallen, dass aus unserer Familie nur Frauen hervorgehen? Auch das ist eine Folge des Fluches.«
»Klar. Schon praktisch, so ein Fluch.«
Meine Frau stand auf, ging hinüber zur Kellertür, knallte diese zu und verschloss sie.
»Okay, wenn deine Geschichte wahr ist, lässt sich das ja leicht beweisen.« Ich stand ebenfalls auf und ging Richtung Flur.
»Wo willst du hin?«
»Einen Spaten holen. Auch wenn die Gute seit siebenhundert Jahren tot ist, ein paar Knochen sollten zumindest noch da sein.«
»Du hast doch nicht etwa vor ... Das geht unter keinen Umständen, verstehst du denn nicht?«
»Nein, ehrlich gesagt, verstehe ich so einiges nicht.«
Sofie kam zu mir herüber und ergriff meine Hände. »Wenn du sie freilegst, legst du auch ihre Hände frei und dann ...«
»Passiert ein Unglück.«
»Ja, und ich werde dich dann nicht mehr schützen können.«
»Mich?«
»Ja, dich. Das Unglück trifft immer denjenigen, der der Wächterin am nächsten steht.«
Jetzt war ich wirklich sprachlos. Meine Frau schien allem Anschein nach den Verstand verloren zu haben, sie stand vor mir, zitterte vor Angst und ich hatte nicht den Eindruck, dass es gespielt war.

Stillschweigend kamen wir überein, die Sache auf sich beruhen zu lassen. Sofie ging weiterhin täglich in diesen Kellerraum und ich versuchte, darüber hinwegzusehen. Aber dennoch beobachteten wir uns gegenseitig, schlichen umeinander herum wie Raubtiere. An einem lauen Maimorgen hatte ich schließlich eine Idee. Ich musste Sofie davon überzeugen, dass nichts passieren würde, wenn sie nicht mehr täglich in diesen Keller ginge.

»Liebes, morgen soll ein richtig schöner Sonnentag werden. Wollen wir nicht an die Küste fahren? Ein Kollege von mir hat in Dangast ein Ferienhaus.«

»Walter, du weißt doch. Ich kann hier nicht weg.«

»Nur für eine Nacht, wir fahren früh los, dann sind wir spätestens um zehn Uhr morgens wieder in Bremen. Bitte.«

Schließlich konnte ich Sofie überreden und so fuhren wir, nachdem Sofie – zum letzten Mal, wie ich hoffte – ihren Kellergang absolviert hatte, mit dem Auto Richtung Norden. Wir verlebten einen unbeschwerten Tag und eine romantische Nacht, wenn auch meine Nervosität von Stunde zu Stunde wuchs. Doch Sofie schien nichts davon zu bemerken. Auch dieses Haus hatte einen kleinen Keller, der weder Fenster noch Türen nach draußen hatte. Jetzt musste es mir nur noch gelingen, Sofie dort hineinzulocken. Es ging einfacher als gedacht, beim Frühstück bat ich sie, etwas aus dem Keller zu holen. Kaum war sie die Treppe hinunter, verriegelte ich die Tür.

»Walter? Bitte, Walter, lass den Unsinn!«

»Tut mir leid, Liebes, aber du lässt mir keine andere Wahl. Wir bleiben jetzt einfach bis Montagmorgen hier. Ich habe übrigens alles gut vorbereitet, du findest alles, was du brauchst.«

»Und wenn ich auf die Toilette muss?«

»Chemieklo, rechts hinter dem Vorhang.«

»Und Hände waschen?«
»Wasserkanister, Schüssel, Handtuch, Seife – links davon.«
»Und wenn ich Angst kriege?«
»Ich bin die ganze Zeit bei dir, es kann gar nichts passieren.«
»Walter, bitte, das ist doch kindisch.«
»Kindisch, ja genau das trifft es, aber du lässt mir ja keine andere Wahl.«
»Drei Tage sind zu lang Walter. Es wird etwas passieren.«
»Nichts wird passieren, genau das will ich dir damit ja beweisen.«
»Walter, bitte, ich habe Angst um dich.«
»Musst du nicht, Liebes. Ich sitze einfach nur hier in der Küche und wir unterhalten uns, was soll da schon passieren?«

»Au, verdammt!«
»Walter, um Gottes willen, was ist passiert?«
»Ich habe mich nur in den Finger geschnitten, mehr nicht.«
»Siehst du, es fängt schon an.«

»Walter? Geht es dir gut?«
»Ja, Liebes – alles bestens.«
»Walter, bitte, es ist jetzt schon 24 Stunden überfällig. Bestimmt sind schon die Fingerspitzen zu sehen.«
»Ich habe dir auch deine Lieblingspralinen hingelegt. Warum entspannst du dich nicht einfach und liest ein bisschen?«
»Weißt du, meine Großtante Margot, die war auf der Treppe gestürzt und konnte vier Tage das Bett nicht verlassen. Gerade als sie aufstehen wollte, ist der Briefträger im Flur ausgerutscht und die Treppen hinuntergefallen. Er war danach querschnittsgelähmt.«
»Der Briefträger?«

»Nun ja, die beiden hatten ein Verhältnis.«
»Das soll vorkommen, auch bei Leuten, die keine Leiche im Keller haben.«
»Bitte, Walter, mach dich nicht lustig!«
»Mache ich nicht, ich meine es todernst.«
»Und nimm nicht so ein Wort in den Mund.«

»Walter?«
»Meine Güte, Sofie, kannst du nicht endlich Ruhe geben?«
»Aber es ist alles wahr, was ich dir erzählt habe, wenn du mich wirklich lieben würdest ...«
»Was glaubst du, warum ich das hier mache?«
»Okay, warum fährst du nicht allein nach Bremen und siehst in den Keller, dann wirst du es schon sehen.«
»Du willst ja nur, dass ich die Tür aufmache.«
»Ich schiebe dir den Schlüssel unter der Tür durch. Der Spalt ist groß genug … Walter?«
»Ja, ich überlege ... Also gut. Aber wenn ich nichts sehen kann, dann hörst du endlich mit dem Unsinn auf!«
»Versprochen.«

Für einen kurzen Augenblick war ich versucht, gar nicht nach Bremen zu fahren. Wozu die Mühe für nichts und wieder nichts, dachte ich mir. Aber ich wollte meine Frau nicht belügen, auch nicht unter diesen kuriosen Umständen. Also fuhr ich. Das Wetter hatte inzwischen umgeschlagen, es war merklich kühler und zunehmend stürmisch. Unser Häuschen stand jedoch friedlich in seinem Garten. Im Postkasten befanden sich einige Werbeprospekte, mehr hatte sich nicht verändert. Ich nahm die Taschenlampe, schloss die Tür zum Kellerraum auf. Ein kurzer Blick, dann würde ich zurückfahren und meine Frau befreien. Ich überlegte noch, ob ich ein Foto von dem unberührten Raum machen sollte, als ich stutzte. Schimmerte da etwas weißlich? Ich ging in die Hocke und sah mir die Stelle mit der losen Erde genauer an. Sie war leicht aufgebrochen, es sah aus, als würde sich ein Keimling seinen Weg zur Sonne bahnen. Ich schob die Erde zur Seite und landete auf dem Hosenboden, als meine Knie vor Schreck nachgaben. Es dauerte einige Sekunden, ehe ich mich wieder gefangen hatte. Vorsichtig kratzte ich nun Schicht um Schicht weg, bis ich es nicht mehr leugnen konnte, es waren Finger, die dort kalt und bleich, aber durchaus real aus dem Boden ragten. So schnell ich konnte, häufte ich alle Erde, die ich zusammenkratzen konnte, darüber, rannte nach oben, setzte mich hinters Steuer und raste los.

Sofie sagte kein Wort, brauchte sie auch nicht, mein Gesicht sprach Bände.
»Entschuldige«, mehr brachte ich nicht heraus.
»Wie weit waren sie zu sehen?«, wollte sie wissen.
»Nur ganz wenig, eigentlich fast gar nicht. Erst als ich gegraben habe, konnte ich überhaupt erkennen, dass es Finger sind.«
»Du hast WAS? Gott steh uns bei.«
»Keine Angst, ich habe sie wieder zugedeckt, sie waren nicht mehr zu sehen, als ich ging.«
Sofie packte mich am Arm und zerrte mich zum Auto.
»Aber unsere Sachen!«
»Keine Zeit!«, rief sie und setzte sich ans Steuer. Kaum hatte ich die Beifahrertür geschlossen, startete sie durch.
»Nur ich kann sie zuschütten, verstehst du denn nicht? Wie weit genau hast du sie ausgegraben?«

»Na ja, schwer zu sagen, so bis zum ersten Fingerglied, schätze ich.«

Sofie sah mich traurig von der Seite an und drückte das Gaspedal durch.

»Wenn du so weiterfährst, werden wir nie ankommen.«

»Wenn ich langsamer fahre, erst recht nicht.«

Der Sturm hatte inzwischen kräftig zugelegt, der Regen peitschte gegen die Windschutzscheibe.

»Jetzt sag nicht, dass ich schuld an dem Sturm bin.«

Sofie zuckte nur mit den Schultern, ohne den Blick von der Fahrbahn zu nehmen. Ein Glück, denn im gleichen Augenblick krachte kurz vor uns ein dicker Ast auf die Fahrbahn. Beherzt riss Sofie das Steuer herum, der Wagen schlingerte, ich kniff die Augen zu, doch schon Sekunden später hatte sie ihn wieder in der Gewalt.

»Bist du sicher, dass es das erste Fingerglied war?«

»Na ja, ganz sicher nicht. Es könnte auch das zweite ...«

Der Regen ließ ein wenig nach und wir kamen nun schneller voran. Ich atmete auf – doch nur für wenige Minuten, denn nach der nächsten Kurve war die Fahrbahn gesperrt, ein Unfall, wie es aussah. Sofie verlangsamte den Wagen.

»Verdammt.«

»Wir müssen wieder zurück und ...«

»Keine Zeit.«

»Aber ...«

Sofie gab Gas, die Absperrung flog zur Seite, einer der Polizisten sprang hinterher, gerade noch rechtzeitig, um nicht von uns überrollt zu werden.

»Die werden sich das Kennzeichen aufschreiben, dann bist du deinen Führerschein los.«

»Nein, du. Es ist dein Wagen. Aber besser den Schein als dein Leben, meinst du nicht?«
Den Rest der Fahrt schwieg ich. Alles was ich mir erlaubte, war ein erleichterter Seufzer, als wir in unsere Straße einbogen.
Doch ich hatte mich zu früh gefreut. Wir sprangen aus dem Auto, eilten auf das Haus zu. Ich hatte die Haustür schon fast erreicht, als eine der Birken in unserem Garten vom Blitz getroffen wurde und auf uns herabstürzte. Sofie sprang zur Seite. Während sie nur leicht gestreift wurde, traf mich der Baum und riss mich zu Boden.
Ich muss für einige Augenblicke bewusstlos gewesen sein, denn als ich erwachte, zerrte Sofie an meinen Armen und versuchte, mich unter dem Baum hervorzuziehen.
»Oh Gott, Walter! Sag doch was! Geht es dir gut?«
»Ich ... ich weiß nicht, mein Bein, ich kann es nicht bewegen.«
Sofie zerrte an dem Stamm, ich versuchte es mit Schieben, so gut es meine Lage zuließ. Schließlich ließ Sofie sich neben mir auf dem Boden nieder. »Ich schaffe es nicht.«
»Geh!«, sagte ich zu ihr. »Du musst in den Keller.«
»Aber wenn ich dich jetzt allein lasse, wer weiß ...«
»Und wenn du die Finger nicht zuschüttest ...«
Sie richtete sich auf, nickte mir tapfer zu und verschwand aus meinem Blickfeld.
Die Schmerzen in meinem Bein raubten mir nun fast die Sinne. Ich konnte noch hören, wie Sofie eine der Fensterscheiben einschlug, dann wurde es schwarz und still um mich.

»Walter? Kannst du mich hören?«
Wie aus weiter Ferne drang Sofies Stimme zu mir durch, begleitet von einem hohen Piepsen. »Was ist das? Wo bin ich?«

»Alles in Ordnung, mein Liebling, das ist nur der Überwachungsmonitor. Du bist im Krankenhaus, aber alles wird wieder gut.«
Sofie setzte sich auf den Rand meines Bettes und nahm meine Hand.

»Walter, versprich mir, dass du so was nie wieder machst!«

»Bestimmt nicht, verlass dich darauf. Es tut mir so leid!«

»Gut, denn es gibt noch etwas, das ich dir beichten muss.«

Ich sah sie erschrocken an, was wohl ziemlich dämlich ausgesehen haben musste, jedenfalls lachte sie.

»Es gibt noch ein kleines Familiengeheimnis. Und diesmal sollst du es als Erster erfahren ...«

Ich wartete, doch Sofie lächelte mich nur stumm an.

»Bitte mach es nicht so spannend!«

Sie lehnte sich zurück und strich sich mit den Händen über ihren Bauch.

Ich wollte gerade weiter nachbohren, als ich die Erleuchtung bekam. »Du bist doch nicht etwa … ich meine, soll das heißen …«

»Genau, du Blitzmerker.« Sofie beugte sich zu mir herüber und küsste mich.

Der Tod klopft an

Bremerhaven Lehe, November 1893

Ich schlief friedlich in meinem Bett, als ich durch ein Klopfen geweckt wurde. Zuerst vermutete ich, dass der Wind die Äste der Birke gegen die Holzwand des Hauses peitschte wie so oft im Herbst.

Dieses jedoch hörte sich anders an. Knöchern und in allzu regelmäßigen Abständen.

Klopf … klopf … klopf … als ersuche jemand um Einlass oder wolle ein Signal geben.

Ich verließ Bett und Haus, lief einmal um die kleine Kate herum, aber niemand war zu sehen. So legte ich mich wieder nieder und tat das Ganze als Traum ab.

Am nächsten Abend hatte ich den Zwischenfall bereits vergessen. Bis ich mich zu Bett begab und es von Neuem vernahm. Diesmal legte ich mein Ohr an die Wand, versuchte zu erkunden, von wo das Klopfen kam.

Jemand klopfte laut und mit gleichbleibendem Rhythmus an die Wand, genau in der Mitte zwischen dem Fenster und dem Fußende meines Bettes. Wieder lief ich nach draußen und wieder war weder etwas zu sehen noch zu hören. Dies sollte die folgenden Nächte andauern, ohne dass ich die Ursache der nächtlichen Störung herausfinden konnte.

Der fehlende Schlaf blieb nicht ohne Wirkung, meine Arbeit als Lehrer an der kleinen Schule in Lehe ging mir immer schwerer von der Hand. Eines Abends schlief ich gar an meinem Küchentisch über einem Buch ein. Aber selbst hier wurde ich von dem

Klopfen geweckt, welches dumpf aus der Schlafkammer zu mir herüberdrang.

Am nächsten Tag fragte ich in der Pause meinen Kollegen um Rat, doch auch er wusste keine andere Erklärung als den Wind oder einen Lausbubenstreich.

»Es ist sicherlich ein Streich!«, entschied er endlich. »Auch in deiner Klasse gibt es doch wohl den ein oder anderen Knaben, der dafür infrage kommt. Oder etwa nicht?«

Kurz vor dem Ende des Unterrichts sprach ich das Thema in meiner Klasse an. Auch wenn es mir nicht wahrscheinlich vorkam, hier die Lösung zu finden, wusste ich mir keinen besseren Rat mehr.

Ich wollte nicht sofort einen Verdacht aussprechen, so erzählte ich, ein Freund hätte mir davon berichtet, wie er Nacht für Nacht durch ein Klopfen geweckt würde. Und tatsächlich schien einem der Knaben die Geschichte nahezugehen. Michael rutschte unruhig auf seinem Stuhl hin und her. Er senkte den Blick, sobald ich zu ihm hinübersah. Nach dem Läuten der Schulglocke versuchte er, an mir vorbei aus dem Klassenzimmer zu schlüpfen, aber ich rief ihn zurück. Mit sichtbarem Unbehagen blieb er vor dem Pult stehen und nachdem alle anderen Schüler den Klassenraum verlassen hatten, sprach ich ihn an, ob er mir etwas berichten wolle.

Er schüttelte den Kopf, aber ich war mir sicher, dass er etwas zu verbergen suchte. Da es mich zugleich aber mit Freude erfüllte, die Ursache für das Klopfen gefunden zu haben, versicherte ich ihm, dass er nichts zu befürchten hätte. Was immer ihm auf dem Herzen läge, er könne es mir getrost mitteilen.

Er schniefte und sagte dann so schnell und leise, dass ich es kaum verstehen konnte: »Ihr Freund hat nicht mehr lange zu leben.«

»Was meinst du damit?«, fragte ich bestürzt.
Seine Großmutter hätte ihm die Geschichte von dem alten Schneider erzählt. Auch er hätte jede Nacht das Klopfen gehört. Es sei der Tod gewesen, der sich ihm ankündigte, und er sei bald darauf gestorben.
»Unfug«, stieß ich wütend hervor und mochte doch nicht glauben, dass sich der Junge eine derartige Geschichte ausgedacht hatte. Ich schickte ihn nach Hause und ging selbst meiner Wege. Ziellos und den Kopf voll wirrer Gedanken wanderte ich durch Lehe. Ich war so vertieft, dass ich erschrocken zusammenfuhr, als jemand mich grüßend ansprach.
Es war Paula, die älteste Tochter von Moritz Franke, dem Inhaber der Bäckerei, die gegenüber der Schule lag. Paula arbeitete seit einigen Wochen bei ihrem Vater als Verkäuferin und es waren zugegebenermaßen nicht nur die Krossen, die mich jeden Morgen in seinen Laden trieben. Schon am ersten Tag war sie mir aufgefallen, aber bis heute hatte ich es nicht gewagt, ihr meine Gefühle zu offenbaren.
»So nachdenklich, Herr Schlüter?«
Sie hatte einen Korb mit Grünkohl über ihren Arm gehängt, Wangen und Nase waren vom Wind, der über die Weser fegte, gerötet. Ich deutete eine Verbeugung an und bat sie um Verzeihung, was wiederum sie verlegen machte. So standen wir uns gegenüber und mir fiel nichts Besseres ein, als mich abermals zu entschuldigen, ich hätte noch zu tun.

Klopf ... klopf ... klopf ...
Trotz all der trübseligen Gedanken war ich an diesem Abend schnell in den Schlaf gesunken, doch mir waren nur wenige Stunden der Ruhe vergönnt.

Klopf … klopf … klopf …
Eindringlich und gleichmäßig klopfte es auf Höhe meiner Füße gegen die Wand. Die Worte des Knaben kamen mir in den Sinn. Ich begann zu frieren, mein Herz schien sich dem Rhythmus des Klopfens anzupassen und Angst stieg in mir auf, es könne zu schlagen aufhören, sobald das Klopfen verstumme. Hatte ich zuvor dafür gebetet, es möge endlich einhalten, so fürchtete ich nun das Gegenteil.
Klopf … klopf … dann war Stille. Ich hielt die Luft an und stieß sie mit einem Seufzer aus meinen Lungen, als mein Herz sich nicht um das Verstummen zu kümmern schien.

»Das junge Fräulein Franke hat sich nach dir erkundigt. Sie scheint sich Sorgen um dich zu machen«, erzählte mir mein Kollege, als ich am nächsten Morgen verspätet in der Schule erschien, nicht ohne ein verschwörerisches Lächeln.
Als ich lediglich nickte, fügte er hinzu: »Wie lange willst du noch um sie herumschleichen, mach ihr endlich deine Aufwartung. Oder willst du warten, bis du tot bist?«
Erschrocken sah ich ihn an. »Was willst du damit andeuten?«
»Nun reg dich nicht auf, Josef. Es war ein Scherz. Ich meine, worauf wartest du?«
Er hatte recht, dennoch konnte ich mich nicht wieder beruhigen. Schon zum zweiten Mal in dieser Woche sprach jemand mein Ableben an. Als ich in die Klasse ging, saßen alle Schüler an ihren Plätzen. Michaels Blick war noch immer voller Scheu und mir tat es leid, ihn so aufbrausend behandelt zu haben. Es mochte durchaus stimmen, dass seine Großmutter ihm eine ähnliche Geschichte erzählt hatte. Kindern erzählte man so manches Schauermärchen. Und nicht jedes Schauermärchen ist frei erfunden.

Der Gedanke ließ mich nicht los. Am Nachmittag hatte ich schließlich einen Entschluss gefasst.
Was habe ich schon zu verlieren?, sagte ich mir und machte mich auf den Weg zu Michaels Großmutter.

»Die Geschichte hat sich genau so zugetragen«, sagte sie, »und es war kein Geringerer als der Tod, der bei ihm geklopft hat.«
»Und woher wusste er, dass es der Tod war?«
»Er gibt jedem von uns ein Zeichen, lange bevor er kommt. Doch die wenigsten scheren sich darum. Wer will schon mit dem Tod zu tun haben? Also hören sie einfach nicht hin oder schauen weg. Der Schneider, der hat hingehört und verstanden.«
»Dass er sterben muss?«
Die Alte lächelte. »Nein, dass er keine Zeit zu verschwenden hat.«
»Wie lange hat er noch gelebt, nachdem er zum ersten Mal das Klopfen gehört hatte?«
»Es wanderte jeden Tag einen halben Fingerbreit weiter. Als es sich auf Höhe seines Herzens befand, ist er friedlich entschlafen.«
Bedrückter als je zuvor ging ich nach Hause. Sollte das wirklich mein Schicksal sein?

Am nächsten Morgen wollte ich an der Bäckerei vorbeieilen, doch trat Paula genau in dem Augenblick vor die Tür, als ich daran vorbeikam. Sie hielt mir eine Tüte entgegen und lächelte.
»Die habe ich gerade aus dem Ofen geholt. Extra für Sie.«
Ich bedankte mich und kramte in meiner Hosentaschen nach den Münzen.
Sie winkte ab. »Ein Geschenk«, sagte sie etwas verlegen.

Ich fühlte, dass sie auf ein paar freundliche Worte von mir wartete, doch schnürte es mir die Kehle zu. Wie könnte ich ihr Hoffnung machen? Nicht, wenn Michaels Großmutter recht hätte und mich der baldige Tod erwartete.

Die nächsten Tage meldete ich mich krank. Einzig aus dem Grunde, Paula nicht zu begegnen. Viel zu schmerzlich war mir ihr Anblick. Sie hingegen war entschlossener, als ich vermutet hatte.

Am dritten Tag klopfte sie an meine Tür. Es erschreckte mich beinahe so sehr wie das Klopfen in der Nacht. Hin- und hergerissen wartete ich, aber sie ließ nicht ab und so öffnete ich schließlich. Das Lächeln in ihrem Gesicht wich einem erschrockenen Ausdruck, als sie mich sah, und ich ärgerte und schämte mich, ihr geöffnet zu haben. Seit Tagen hatte ich mich weder gewaschen noch rasiert, hatte weder gegessen noch geschlafen.

»Verzeihen Sie, ich wollte mich nur nach Ihrem Befinden erkundigen. Vielleicht kann ich etwas für Sie tun?«

Es war kalt draußen und Paula zog fröstelnd ihren Kragen zusammen. Ich trat einen Schritt zur Seite und bat sie herein.

Unschlüssig standen wir uns gegenüber.

Sie sah so liebreizend aus, dass es mir fast das Herz brach. Am liebsten wäre ich in ihre Arme gesunken. Aber ich durfte es nicht. Sie hatte ein Recht auf ein gutes und glückliches Leben, ich hingegen hatte das meine offenbar verwirkt.

»Liebste Paula, ich muss Ihnen etwas gestehen.«

Das Lächeln kehrte in ihr Gesicht zurück und sie sah erwartungsvoll zu mir auf.

Bedrückt blickte ich zu Boden, mied ihren Blick, als ich mit meiner Beichte begann. »Vermutlich haben Sie längst bemerkt, dass

Sie mir nicht gleichgültig sind, und ich meine, dass auch Sie mehr für mich empfinden ... auch ich Ihnen nicht gleichgültig bin. Aber wie Sie sehen, geht es mir nicht gut. Es kann sein, dass ich bald schon sterben werde und ich ... ich denke, es ist besser für uns beide, wenn wir in Hinblick auf diese Tatsache unsere Beziehung nicht weiter vertiefen.«

»Sterben?« Paula schwankte und ich entschuldigte mich, ihr keinen Stuhl angeboten zu haben, was ich jetzt nachholte. Sie nahm ihn dankbar an.

»Dann sind Sie ernsthaft erkrankt?«

»Nein, eigentlich nicht. Ich ...« Wie sollte ich es ihr erklären? Ich fürchtete, sie würde mich auslachen oder es für eine billige Ausrede halten, würde ich ihr von dem Klopfen erzählen. »Es ist so, dass ich seit einigen Tagen das bestimmte Gefühl habe, meine Zeit nähere sich ihrem Ende. Und es gibt durchaus Stimmen, die mir recht geben. Ich weiß, dass hört sich verwirrend an.«

Paula lehnte sich zurück. »Sie meinen die Klopfzeichen?«

»Sie wissen davon?«

»Beim Bäcker wird viel geschnackt.«

»Dann wissen Sie auch, was es zu bedeuten hat?«

»Der Tod gibt uns allen ein Zeichen, heißt es. Aber keiner weiß, wann und zu welchem Zweck.«

»Um uns den Tod anzukündigen.«

»Oder uns zu mahnen, das Leben nicht zu verschwenden?«

»Ich habe mein Leben nicht verschwendet. Ich habe stets meine Pflicht erfüllt und mich immer tadellos betragen.«

Paula sah mich eine Weile an. »Es kommt nicht darauf an, wie lange man lebt. Auch das längste Leben ist verschwendet, wenn man es nicht beachtet.«

»Sie haben leicht reden, bei Ihnen hat der Tod nicht angeklopft.«

Meine Worte trafen sie, ich sah es wohl und es tat mir weh, aber ich durfte sie nicht an mich binden. Also stand ich auf und wies zur Tür.
»Bitte gehen Sie jetzt und kommen Sie nicht wieder. Das hier ist allein meine Angelegenheit.«
Paula kämpfte mit den Tränen, tat aber, wie ich ihr geheißen hatte. An der Tür drehte sie sich noch einmal zu mir um. »Warum fürchten Sie den Tod, wenn Sie zugleich Angst vor dem Leben haben? Leben Sie wohl.«

Jetzt wünschte ich mir in der Tat, der Tod möge mich endlich holen, lieber heute als morgen, so sehr schmerzte es mich, Paula auf diese Weise verloren zu haben. Ich nahm meine Jacke, ich brauchte Luft. Vielleicht könnte ich sie noch einmal sehen, nur noch einmal mit ihr reden.
Und dann?
Nein, ich durfte es nicht.
Ich wanderte vorbei am Leuchtturm die Weser entlang, bis meine Füße und Hände von der Kälte und Feuchtigkeit klamm waren. Ich ging denselben Weg zurück, nur auf der letzten Strecke machte ich einen kleinen Umweg Richtung Schule. Einmal noch wollte ich sie sehen.
Im Bäckerladen brannte Licht. Paula stand hinter dem Tresen, sie schien fröhlich.
Recht so, dachte ich mir, lebe dein Leben. Du bist noch so jung. Du wirst noch lange leben!
Sehr lange, hoffte ich und wurde mir zugleich bewusst, dass auch ihr Leben nicht endlos war. Auch das ihre könnte schon morgen vorbei sein und dennoch war sie fröhlich. Was würde sie wohl tun, wäre sie an meiner Stelle?

Den ganzen Abend grübelte ich darüber nach. Hatte Paula recht? Warum sollte sich der Tod uns ankündigen? Wären wir ihm gleichgültig, würde er uns einfach mit sich nehmen, ohne sich uns zu erklären. Der Tod stehe uns schon bei der Geburt zur Seite, hatte Michaels Großmutter erzählt.
Der Tod macht ohne das Leben keinen Sinn und das Leben nicht ohne den Tod. So verwirrend es damals für mich klang, so einleuchtend erschien es mir nun.
Ist es nicht in der Tat so, dass man etwas erst zu schätzen weiß, wenn einem bewusst wird, wie vergänglich es ist?
Mit diesem tröstlichen Gedanken legte ich mich zu Bett. Ja, sie beide hatten recht. Egal, wie lange mein Leben noch andauern mochte, von nun an würde ich es genießen. Und gleich am nächsten Morgen würde ich Paula einen Antrag machen.

Ein wenig hatte ich gehofft, das Klopfen würde in dieser Nacht nicht erklingen, aber ich musste nicht lange darauf warten.
Klopf ... klopf ... Mit gewohnter Regelmäßigkeit klopfte der Tod gegen meine Wand, nun ganz nah an meinem Herzen. Ich hielt die Luft an, betete, er würde mir wenigstens noch einen Tag schenken, einen Tag mit Paula, mehr verlangte ich nicht.
Doch der Tod lässt nicht mit sich feilschen.

Eine unschuldige Seele

Ihr Name war Hedwig Barthold und sie hatte ihren Verstand in der letzten Neujahrsnacht verloren. Eine Magd hatte sie im Bacchuskeller gefunden, auf dem Boden kniend, neben der Leiche ihres Mannes.
Gift solle sie dem armen Mann in den Wein gemischt haben, munkelte man. Todbringendes Gift, als er daran war, Haus und Hof zu verspielen. Nur noch einen lumpigen Groten habe er bei sich gehabt und noch immer sei er nicht gewillt gewesen, die Würfel abzugeben. So habe sie angeblich nachgeholfen und die Reue ihr sodann den Wahn in die Augen getrieben.

Neun Monate war dies her, als ich Pflegerin im Haus für Tolle im ehemaligen Kloster der Propstei St. Johann in Bremen wurde. Als Neue war es an mir, mich um Hedwig zu kümmern. Kein anderer wollte dies tun und wer irgend konnte, mied es, sich auch nur in ihrer Nähe aufzuhalten. Auch ich hatte Angst vor dem irren Blick in ihren Augen und doch fühlte ich mit ihr, fühlte eine Verbundenheit, die stärker war, als sie hätte sein dürfen. Eine Frau, die ihren Mann verloren hatte, viel zu früh und unter tragischen Umständen, ebenso wie ich.
Wer weiß, ob mich nicht ein ähnliches Schicksal ereilt hätte, hätte ich nicht Fürsprache und Halt bei meiner Familie gefunden, als mein Mann vom Heuboden gestürzt und zu Tode gekommen war.

Als ich eines Abends am Ratskeller vorbeiging, hielt ich inne. Warum sprach keiner für sie, noch nicht einmal sie selbst?

Ich ging durch den Schankraum hinunter in den Bacchuskeller, wo eine der Bediensteten auf mich zukam.
Meine Herrschaft sei vor wenigen Tagen hier eingekehrt, flunkerte ich, und vermisse seitdem eine Schmuckspange aus Silber. Ob man diese vielleicht gefunden habe.
Sie bedauerte, leider nein.
»Vielleicht hat der Geist des armen Teufels sie, der hier in der letzten Neujahrsnacht gestorben ist?«, versuchte ich das Gespräch auf mein eigentliches Anliegen zu lenken. Doch statt, wie ich erhofft hatte, ein wenig mehr darüber zu erfahren, blickte sie erschrocken drein und entschuldigte sich, sie hätte zu tun. Ich hielt sie am Arme und wollte weiter in sie dringen, als sich an einem der hinteren Tische ein Mann erhob.
»Wohl besser, Sie gehen nun«, sagte er und stellte sich vor mich hin. Sein Atem roch säuerlich von allzu viel Wein.
Was er sich überhaupt einmische, wollte ich fragen, wagte es aber nicht. Als ich in die Dunkelheit hinaustrat, ärgerte es mich umso mehr. Wer war er, sich dergestalt zu benehmen? Wusste er womöglich mehr über diesen Fall? Ich beschloss, es herauszufinden, versteckte mich hinter dem Roland und wartete.
Meine Füße waren längst taub vom Stehen in der klammen Nacht, als er endlich das Lokal verließ. Schwankend ging er an mir vorbei und es bereitete mir keine Mühe, ihm zu folgen, bis ich ihn in der Marterburg aus den Augen verlor. Plötzlich packte mich eine kräftige Hand von hinten und riss mich herum.
»Was willst du von mir?«
Erschrocken sah ich ihn an. Lauf!, riet mir die Angst und doch nahm ich all meinen Mut zusammen. »Hedwig«, fragte ich, »kennt Ihr sie?«
Seine Finger bohrten sich schmerzhaft in meine Schulter. »Ich

kenne keine Hedwig«, sagte er und ging davon, flink und gerade, als wäre er mit einem Schlage nüchtern geworden.

Nur wenige Tage später wartete ich von Neuem hinter dem Roland. Diesmal stellte ich es geschickter an und ich folgte ihm unbemerkt bis zu seiner Herberge. Am nächsten Morgen kam ich wieder und seine Zimmerwirtin erwies sich als erfreulich gesprächig.

Friedrich sei sein Name, ein Zimmermann, sagte sie mir, doch habe er vor Monaten die Zimmermannskluft abgelegt und verließe seine Kammer nur noch am Abend. Dabei sei Friedrich ein fleißiger Bursche gewesen. Die Alte verharrte eine Weile, dann sprach sie leise weiter: »Bis er dem Leibhaftigen gegenübergestanden hat. Und hätt er sich nicht abgewendet, dann wäre es ihm ergangen wie der armen Frau.«

»Welcher Frau?«, fragte ich, wohl ahnend, wen sie meinte.

»Hedwig Barthold. Hein Bartholds Frau. Gott erbarme sich seiner Seele«, fügte sie an und bekreuzigte sich.

Woher sie das wisse, fragte ich und sie erzählte, Friedrich, ihr Untermieter, spreche im Schlaf davon, wie in der letzten Neujahrsnacht der Teufel aus dem Boden des Bacchuskellers gefahren sei und Barthold ihm seine Seele beim Würfelspiel verwettet habe.

In den nächsten Tagen gab ich mir alle Mühe, Hedwig ein paar Worte zu entlocken, aber sie schwieg beharrlich. Sollte ich ihr erzählen, was ich erfahren hatte? Würde sie dann reden? Oder würde ich sie nur noch tiefer in ihren Wahn stoßen?

Schließlich entschied ich mich, es nicht zu tun. Nicht ehe ich Gewissheit hätte. Und dazu gab es nur einen Weg. Ich musste

mit Friedrich reden, doch allein der Gedanke daran ließ mir die Kehle eng werden.
Immer wieder schob ich es hinaus, klammerte mich an allerlei Ausreden – was nütze es, die Wahrheit herauszufinden? Und zudem, wer wisse, ob Friedrich mir überhaupt die Wahrheit sagen würde?
So schwand mein Mut von Tag zu Tag.
Um mir das Gewissen zu erleichtern, suchte ich Abstand zu Hedwig, widmete mich den anderen armen Seelen, aber ihr Blick hing flehend an mir, verfolgte mich bis in den Schlaf.

So gingen einige Wochen ins Land. Der Dezember zeigte sich trüb und am Tage vor der Heiligen Nacht begann es zu schneien. Hedwig saß am Fenster, sah dem Schnee zu, der sich wie zartes weißes Linnen über die Stadt legte. Plötzlich sprang sie auf.
»Welchen Tag haben wir?«, wollte sie wissen. »Welchen Tag?«
Ich antwortete ihr und sie schlug sich die Hände vors Gesicht.
»Dann ist mein Mann verloren, nur noch eine Woche bis Neujahr. Nur noch eine Woche, um Heins Seele dem Leibhaftigen zu entreißen. Wie soll ich dies noch schaffen?«, sagte sie, sank vor mir auf die Knie und klammerte sich an meine Röcke. »Hilf mir. Ich flehe dich an, töte mich, töte mich auf der Stelle.«
Gewaltsam musste ich mich ihrer erwehren. Ich floh ins Schwesternzimmer und nahm einen kräftigen Schluck Brandwein aus dem Arzneischrank, dennoch zitterte ich am ganzen Leib.
Die folgende Nacht lag ich wach. Ich konnte nicht länger tatenlos zusehen. Entweder ging ich fort – doch wohin nur? – oder ich musste etwas tun.
Noch ehe die Dämmerung hereinbrach, stand ich auf und machte mich auf den Weg zu Friedrichs Kammer.

Die Haustür war nicht verriegelt, so trat ich ein und fand ihn schnarchend in seinem Bette. Ich stampfte mit dem Fuß auf und er fuhr wie vom Teufel getreten in die Höhe. Sogleich gab ich mich zu erkennen und er fluchte umso mehr. Ich wartete, bis er ruhiger wurde, doch statt, wie er es verlangte, zu verschwinden, erzählte ich von Hedwigs Flehen um ihren Tod.
Kaum dass ich zu Ende war, versank er in tiefes Schweigen. Dann hob er den Kopf.
»Geh. Pack dich und halte dich von Hedwig fern!«, raunte er nun so bedrohlich, dass ich aufsprang und zur Tür eilte.

In der Nacht vor Neujahr tat ich alleine Dienst, alle Übrigen waren aus, um das alte Jahr zu verabschieden. Ich saß im Schwesternzimmer und nach einiger Zeit fielen mir die Augen zu, bis ich durch ein dumpfes Schlagen hochschreckte. Ich nahm die Kerze an mich und schlich in den Flur. Am Ende des Ganges stand eine der Türen offen. Vorsichtig ging ich näher heran. Es war Hedwigs Kammer. Sie lag in ihrem Bett auf dem Rücken, ihr Kopf war leicht zur Seite geneigt, ihre Augen geschlossen. Auf dem Boden lag ein Kissen. Ihr Mund zeigte ein leises Lächeln. So friedvoll sah sie aus. So friedvoll, wie ich sie nie zuvor gesehen hatte. Ich legte ihr eine Hand an die Wange. Sie rührte sich nicht. Ich fühlte nach ihrem Atem, einem Herzschlag – ohne Erfolg. Als ich hinauslief, um Hilfe zu holen, läuteten die Domglocken das neue Jahr ein.
Die Ärzte schrieben Hedwigs Ableben ihrer Tollheit zu, niemanden kümmerte es. Mich aber plagte eine Vermutung. Das Kissen auf dem Boden, der dumpfe Schlag, der mich geweckt hatte. Friedrichs warnende Worte.
Ich machte mich auf den Weg, doch fand ich seine Kammer ver-

lassen. Er wäre in der Neujahrsnacht ausgezogen, erzählte seine Wirtin. Hätte seine Habseligkeiten gepackt und ihr die Miete bezahlt, viel mehr als ausstand. Sie habe protestiert, er das Geld aber nicht zurückgenommen. Er wolle es nicht mehr, habe es beim Würfelspiel gewonnen, erzählte er, und es hätte allen nur Unglück gebracht.

Gerade als ich anfing, diese unglückselige Geschichte aus meinem Kopfe zu verbannen, wurde ich abermals daran erinnert. Ich war das fünfte Jahr im Haus für Tolle, als ich mit einer der neuen Mägde an einem stürmischen Herbstnachmittag in der Küche Tee trank. Sie war vor knapp fünf Jahren von der Küste nach Bremen gekommen. Zu Fuß sei sie unterwegs gewesen, erzählte sie mir und gab allerlei Döntjes zum Besten. Ich sah aus dem Fenster, lauschte mehr dem Wind denn ihren Worten, bis etwas in ihrer Erzählung meine Aufmerksamkeit erregte.
»Ein seltsamer Kauz!«, sagte sie gerade. »Groß und kräftig, aber seine blauen Augen blickten so traurig drein. Er kam aus Bremen, aber als ich Näheres von ihm erfahren wollte, wich er mir aus. Am Abend traf ich ihn jedoch erneut und mit einem Kruge Wein zeigte er sich gesprächiger. Warum er aus Bremen weggegangen sei, fragte ich ihn. Das sei eine Geschichte, die ich bestimmt nicht hören wolle, antwortete er. Doch ich sagte ihm, dass mich nichts schrecken könne. Und da begannen seine Augen düster zu funkelten. Dann erzählte er, er hätte einem armen Teufel sein Geld beim Würfelspiel abgeluchst und dieser habe sodann seine Seele dem Leibhaftigen verspielt, um seine Verluste wettzumachen. Weil es seine Schuld gewesen sei, habe er ihm aber Hilfe gesandt, eine unschuldige Seele habe er zu ihm geschickt. Und nun sei er auf der Flucht.« Die Magd lachte, als sie geendet hatte. »Was für

ein eseliges Schauermärchen!«, meinte sie zu mir. »Der dachte, er könne mich damit schrecken.«
Ich nickte stumm. Wie hätte ich ihr auch erzählen können, wie sehr mich ihre Geschichte schaudern ließ? Ich war sicher, dass der Mann Friedrich gewesen war. Eine unschuldige Seele, hatte er ihr erzählt und ich verstand, was er gemeint hatte. Nur eine unschuldige Seele konnte Fürsprache für Hein Barthold halten, um ihn aus dem Vorhof der Hölle zu holen, ehe sich sein Tod jährte und er für immer verloren gewesen wäre. Und nur wer nicht selbst Hand an sich gelegt hatte, konnte seine unschuldige Seele bewahren. So hatte Friedrich durch Hedwig Hein dem Teufel entrissen, aber sich selbst für ewig in die Hölle verbannt.

Jede Seele hat ihren Preis und mit dem Teufel lässt sich nicht feilschen. Ich betete für ihn, dafür, dass Gott eines Tages sein Opfer anerkennen und sich seiner erbarmen würde.

Das Mädchen

Marion steht am Ende der kleinen Verkehrsinsel, dort wo diese nur noch einen halben Meter breit ist.
Rechts und links braust der Verkehr vorbei, einige Autos fahren langsamer, die Fahrer sehen sie misstrauisch an, einer schüttelt verwundert den Kopf.
Sie beachtet sie nicht. Ihr Kopf ist gesenkt, ihr Blick auf eine Stelle zu ihren Füßen gerichtet, auf vertrocknetes Gras, das Kreuz hat die Stadtreinigung schon vor langer Zeit entfernt.

Das hat ihm gerade noch gefehlt. Baustopp. Als wenn der Zeitplan nicht schon eng genug wäre. Und alles wegen ein paar alter Steine und Scherben. Markus schiebt seinen Bauhelm ein Stück nach hinten, wischt sich über die schweißnasse Stirn.
»Knochen«, ruft Schlüter, der Landesarchäologe, mit hochwichtiger Miene und hält etwas in die Höhe, das wie ein abgenagtes Hühnerbein aussieht. »Ich muss das Gelände erst einmal sichern. Tut mir leid«, fügt er hinzu.
Na klar, so siehst du aus, denkt Markus und kramt in seiner Hosentasche nach dem Handy.
»Haben die überhaupt eine Ahnung, was das für mich bedeutet?«
Markus hält das Handy einen halben Meter von seinem Ohr weg und versteht dennoch jedes Wort seines Auftraggebers.
Wieso für dich, du hast doch alle Risiken fein auf mich abgewälzt, denkt er und antwortet diplomatisch: »Haben sie, ist denen aber so was von schnurzegal.«

Ihr ist schwindlig. Feine Schweißperlen sammeln sich in ihrem Nacken, rinnen ihr den Rücken hinab, hinterlassen eine dunkle Linie auf dem hellen Stoff des Kleides. Es ist ein vollkommener Sommertag, beschirmt von einem blauen Himmel.

Marion überquert die Straße, Reifen quietschen. Sie geht links neben der kleinen Anhöhe vorbei in Richtung Kunsthalle und von dort aus rechts hinunter zum Wasser. Hier ist es schattiger, sie atmet durch, streift sich eine Haarsträhne aus dem Gesicht. Es ist wenig los, nur ein paar Spaziergänger schlendern die Wege entlang, mit und ohne Hund. Sie biegt vom Weg ab und setzt sich unter die tief hängenden Äste der alten Hängebuche.

Erst als sie wieder aufblickt, sieht sie das Kind. Ein Mädchen, allenfalls vier Jahre. Ihr Haar ist zerzaust, ihr Kleid schmuddelig, ihre Füße sind lediglich vom Gras der Wiese bedeckt.

»Hallo«, sagt Marion, doch das Mädchen sieht sie nur an.

»Hast du dich verlaufen?«

Das Mädchen wischt sich über die Nase und bleibt stumm.

»Wo ist denn deine Mami?« Marion blickt sich suchend um, kann aber niemanden entdecken, der zu der Kleinen gehören könnte.

Marion sieht sich das Mädchen genauer an. Ihre Haare sind blond und leicht gelockt. Die Haut ist hell, unnatürlich blass für ein Kind zu dieser Jahreszeit. Mager ist sie, viel zu mager. Marion kramt in ihrer Handtasche nach einem Bonbon.

»Hier, möchtest du?«

Das Mädchen schüttelt den Kopf und Marion zieht ihre Hand wieder zurück. »Wie heißt du denn?«

»Lisbeth«, sagt die Kleine so leise, dass es kaum zu verstehen ist.

»Wie lange?« Markus wischt sich ungelenk Schweiß und Baustaub aus dem Gesicht. Schlüter zuckt mit den Achseln. »Wir

müssen erst einmal herausfinden, was wir hier haben. Genau hier lief die alte Stadtbefestigung entlang. Es könnte sich um Überreste des verschollenen Pulverturms handeln.«
»Und, ist das was Wichtiges?«
Schlüter verzieht keine Miene, dennoch fühlt Markus seine schiere Verachtung für so viel geschichtliche Ignoranz.
»Wichtig genug«, sagt der Archäologe. »Die Bagger haben jedenfalls erst einmal Pause.«
Bis zu diesem Augenblick hatte Markus auf einen schlechten Scherz gehofft. Doch Schlüter sieht nicht wie ein Witzbold aus. Eine Stunde war er weg, jetzt kommt er wieder, mit einer ganzen Mannschaft. Allesamt bewaffnet mit Schäufelchen und Handfegern. Während seine Mannschaft sich zu Hause auf seine Kosten die Eier krault, machen die sich an das, was die so Arbeit nennen.

Lisbeth sitzt an Marions Küchentisch. Marion weiß, dass es nicht richtig war, die Kleine mitzunehmen. Sie hätte sie bei der Polizei abliefern sollen. Die hätten sie dem Jugendamt übergeben, sich auf die Suche nach der Mutter gemacht. Vielleicht hatte diese ja schon eine Vermisstenanzeige aufgegeben.
Aber streng genommen hatte sie sie ja auch gar nicht mitgenommen. Sie war aufgestanden und hatte die Kleine nur angesehen. Dann war sie losgegangen und die Kleine ihr gefolgt.
»Möchtest du etwas trinken?«, fragt Marion und Lisbeth nickt.
Marion steht auf, nimmt eine Flasche Fanta aus dem Kühlschrank und ein Glas aus dem Hängeschrank daneben, schenkt ein und stellt es vor der Kleinen auf den Tisch. Lisbeth sieht ihr interessiert zu, aber weder sagt sie etwas noch trinkt sie.
Vielleicht mag sie Fanta nicht, denkt Marion. Bonnie hatte es geliebt, wollte nie etwas anderes trinken. Immer nur dieses süße

Zeug und Marion hatte es nie geschafft, ihr einen Wunsch abzuschlagen.
»Du kannst auch etwas anderes haben«, sagt Marion, sie streckt die Hand nach der Kleinen aus und zieht sie wieder zurück. Sie beißt sich auf die Unterlippe. Wie ähnlich sie Bonnie sieht.

Radio Bremen, Weser-Kurier, Bremer Anzeiger – alles was in Bremen Klatsch und Tratsch unters Volk streut, hat sich auf seiner Baustelle versammelt und hängt mit Handys, Mikrofonen, Notizblöcken und Kameras bewaffnet an den Lippen des Archäologen. Markus hält sich im Hintergrund. Wenigstens das schaulustige gemeine Volk konnte er hinter den Zaun verbannen. Markus schwitzt, während Schlüter cool und gelassen wirkt in seinem frisch gebügelten Hemd, als kenne er das Wort Schweißdrüsen nur aus schlechten Actionfilmen.
»... ein bedeutendes Objekt der Bremer Geschichte. Ein bewegender Moment, schon seit Jahrzehnten suchen wir nach dem dritten Pulverturm und nun dieser Glücksfall!«
Glücksfall, das hatte Markus auch geglaubt. Er hatte sich weit aus dem Fenster gelehnt, um diesen Auftrag zu bekommen. Gewinnspannen, die selbst einer Kirchenmaus die Tränen in die Augen treiben würden, waren die eine Sache. Dazu aber noch die Konventionalstrafe bei nicht fristgerechter Fertigstellung – es war eine ziemlich große Kröte, die er hatte schlucken müssen, um den Auftrag zu bekommen. Schon allein der Gedanke daran lässt in Markus Hitze aufwallen, heißer als die glühende Augustsonne über ihnen.
Der Herr Landesarchäologe hingegen ist ganz in seinem Element. »365 Jahre wusste niemand, wo genau sich der sogenannte Bräutigam befand. Übrigens gab es insgesamt drei solcher Pulvertür-

me in Bremen. Der hier am Stephanitorzwinger im Bremer Westen, der nun endlich gefunden wurde, wurde 1534 fertiggestellt und erhielt den Namen *Bräutigam* – in Anlehnung an die *Braut*, den Turm auf der Bremer Halbinsel Herrlichkeit. Der dritte war der Ostertorzwinger. Er wurde als erster der drei Türme am östlichen Stadttor Bremens erbaut.«
Bla, bla, bla ... Markus hält es nicht länger aus. Schlüter redet sich die Stimmbänder wund und die Augen der Schreiberlinge werden größer und größer. Morgen wird es in allen Zeitungen stehen, dann wird nicht nur der Landesarchäologe, sondern auch noch jeder Bremer Hobby-Buddler hier aufschlagen und Druck ausüben, damit ihr schöner Sandkasten bloß nicht wieder zugeschüttet wird.

Alle hatten versucht, es ihr auszureden. Ihre Eltern hatten sie bedrängt, das Kind abzutreiben. »Du kannst nicht einmal für dich selbst sorgen, wie willst du ein Kind ernähren? Willst du nicht wenigstens erst deine Lehre zu Ende machen. Du hast dein ganzes Leben doch noch vor dir!«
Sie hatte das Kind bekommen und ihre Lehre zu Ende gemacht. Auch wenn es alles andere als leicht gewesen war. Sobald Bonnie im Kindergarten war, hatte sie halbtags gearbeitet.
Trotzdem war es die schönste Zeit ihres Lebens gewesen.
»Was machen wir denn jetzt mit dir?« Marion sitzt Lisbeth gegenüber, die sie mit großen blauen Augen ansieht.
»Ich hatte auch einmal so ein kleines Mädchen, weißt du. Sie sah dir sehr ähnlich.«
»Wo ist sie?«, fragt Lisbeth und Marion hält die Luft an, um die Tränen zurückhalten.
Lisbeth rutscht von ihrem Stuhl, kommt zu ihr herüber und legt

ihren Kopf in Marions Schoß. Es fühlt sich seltsam an, fremd und vertraut, schmerzlich und tröstlich zugleich. Tränen tropfen in das weiche Haar der Kleinen.
»Sie wurde überfahren«, sagt Marion leise. »Es war ein schöner Sommertag, wie heute. Ich war mit Bonnie in der Stadt. Sie wollte unbedingt so einen Strohhut haben. Sie war so glücklich. Ein Windstoß hat ihn ihr vom Kopf, auf die Straße geweht. Ich habe nicht schnell genug nach ihrer Hand gegriffen. Ich hätte besser aufpassen müssen.«

Markus horcht auf.
»Natürlich dürfen wir nicht dem Fortschritt im Wege stehen.« Schlüter blickt über die Schulter und lächelt Markus großmütig an.
War es vielleicht doch mehr als nur Angabe, als sein Auftraggeber mit seinen Connections in die hohen Kreise der Bremer Politik geprotzt hatte?
»Wir werden die wichtigsten Fundstücke bergen, damit in absehbarer Zeit mit den Bauarbeiten fortgefahren werden kann.«
»Was verstehen Sie unter absehbarer Zeit?«, fragt einer der Reporter. Endlich mal ein brauchbarer Beitrag.
Leider ist die Antwort ebenso schwammig wie die vorherige Ansage.
»Das kommt darauf an. Bisher haben wir für den Ort übliche Fundstücke zutage gefördert: Kanonenkugeln, Werkzeuge, Gegenstände des täglichen Gebrauchs. Alles selbstverständlich äußerst interessant und aussagekräftig, aber das meiste davon ist bereits gehoben. Wir rechnen eigentlich nicht mit großen Überraschungen.«
»Und was ist mit den Knochen, die gefunden wurden?«

»Tierknochen, Speisereste und das Skelett einer Katze. Wie bereits gesagt, alles in allem Dinge, mit denen zu rechnen war, nicht spektakulär genug, um dem Fortschritt in der Überseestadt im Wege zu stehen. Sollten wir allerdings noch auf einen sensationellen Fund stoßen, ändert dies die Lage selbstverständlich.«
»Denken Sie dabei an etwas Bestimmtes?«
»Wie Sie sicherlich wissen, gibt es Berichte, denen zufolge es üblich war, Tiere, aber auch Menschen, vorzugsweise Kinder, in die Stadtbefestigungen einzumauern. Einem alten Glauben nach sollte es dazu dienen, die Wehrhaftigkeit zu verstärken. Es hat in der Tat in anderen Städten solche Funde gegeben, aber sie stammten aus dem Mittelalter. Der Bräutigam wurde im 16. Jahrhundert erbaut, wir rechnen demzufolge nicht mit Derartigem.«
»Ausschließen können Sie es nicht?«
»Nein, leider. Denken Sie allein daran, wie lange in Deutschland sogenannte Hexenprozesse geführt wurden. Nein, ich fürchte, der Aberglaube wird nie aussterben. Ein Phänomen, so unbegreiflich wie faszinierend. Und eines meiner Spezialgebiete. Wir werden also die Augen offen halten, das verspreche ich Ihnen.«

Sie solle endlich aufhören, sich selbst zu quälen, sagen ihre Freundinnen. Endlich wieder Freude am Leben haben. »Diese Aura aus Trauer und Schmerz, das hält keiner aus. Das zieht die Trübsal ja geradezu an.«
Die haben gut reden, denkt Marion. Sie streicht Lisbeth noch einmal über die Haare und erhebt sich.
»Was machen wir denn jetzt nur mit dir? Deine Mami macht sich bestimmt furchtbare Sorgen.«
Lisbeth schüttelt den Kopf. »Mama ist tot, haben sie gesagt.«

Marion geht in die Hocke. »Wer hat das gesagt?«
»Die Männer.«

Endlich sind die Pressefuzzis weg. Inzwischen ist es später Nachmittag, wieder ein Tag verloren, wieder einen Tag näher an der Konventionalstrafe. Markus wird ganz schwummrig. Das wäre das Ende, nicht nur für sein Baubüro. Sein ganzes privates Vermögen, seine ganze Existenz wäre dahin, er für Jahre verschuldet. Schlüter sitzt auf einem Höckerchen und pinselt mit einem Handfeger an den roten Backsteinen herum.
Markus bemüht sich um ein Lächeln.
»Und«, fragt er mit möglichst gleichgültigem Ton, »noch was Interessantes entdeckt?«
Schlüter wiegt den Kopf hin und her und Markus hält die Luft an.
»Nicht direkt«, sagt Schlüter und pinselt weiter.
Jetzt mach endlich das Maul auf, denkt Markus, kannst doch sonst nie genug plappern.
Schlüter klopft vorsichtig mit dem Holzende des Besens gegen die Mauer. »Es sieht aus, als wenn die Mauer hier dünner ist.«
»Und?«, hakt Markus nach, diesmal ist sein Tonfall schon nicht mehr so gleichgültig.
»Die Fugen hier sind rissig und aus einem anderen Material als beim Rest des Turmes.« Er macht eine kleine Pause, sieht Markus an, als würde das mehr als genug erklären, dann endlich fährt er fort. »Die Mauern sind fünf Meter dick, dick genug also, um so einiges zu verbergen.«
»Sie glauben nicht wirklich, da könnte ...«
»... ein Kind eingemauert worden sein. Durchaus. Wie gesagt, auszuschließen ist nichts und deswegen werden wir uns das ge-

nau ansehen, aber morgen erst, dazu brauche ich spezielle Gerätschaften. Für heute ist Schluss.« Schlüter erhebt sich, klopft erst ein paar Sandkrümel von seinem immer noch gebügelt aussehenden Hemd und dann Markus auf die Schulter. »Bis morgen dann in alter Frische. Einen schönen Abend noch.«

»Was für Männer, Liebes?«
Nun ist es Lisbeth, der Tränen über die Wangen laufen. Ihre Augen wirken noch größer, dunkle Schatten zeichnen sich darunter ab.
»Böse Männer«, sagt sie. Sie umklammert Marions Bein, als wollte sie es nie wieder loslassen.
Marion streicht ihr sanft über den Kopf, bis die Kleine sich ein wenig beruhigt hat.
Stockend, Wort für Wort, erzählt sie schließlich. Immer wieder muss Marion nachhaken.
Es kommt ihr wie eine Ewigkeit vor, bis sie endlich begriffen hat, was Lisbeth ihr hier erzählt.
Unmöglich, denkt sie. Kann das stimmen? Zwei Männer, die in ein Haus eindringen, ein kleines Mädchen kidnappen, ihr erzählen, dass ihre Mutter tot sei. Sie dann in einen kleinen Raum sperren und dort alleine zurücklassen?
»Wo?«, fragt Marion. »Wo haben sie dich eingesperrt?«
»Im Turm«, sagt Lisbeth.

Endlich ist es dunkel und kein Mensch mehr zu sehen. Hat ja lange genug gedauert. Markus sieht sich noch einmal um, schlüpft heimlich wie ein Dieb auf seine eigene Baustelle und knipst die Taschenlampe an. Schon in wenigen Stunden wird Schlüter wieder aufschlagen, mit Spezialausrüstung und einer ganzen Arma-

da von Archäologiestudenten, um sich seine Baustelle endgültig unter den Nagel zu reißen.
Markus hat da so eine düstere Ahnung. Ganz am Fuße des Turms hatte Schlüter etwas entdeckt, das nichts Gutes verheißen lässt. Was auch immer es ist, Markus würde es sich vor Schlüter zur Brust nehmen. Er muss um jeden Preis verhindern, dass die jetzt im letzten Moment noch etwas finden.
Markus leuchtet den Sockel des Turms ab und drückt gegen einen der Steine. Ohne großen Widerstand löst er sich aus der Mauer und fällt ins Innere des Turms. Tatsächlich scheint es hier einen Hohlraum zu geben. Markus leuchtet hinein und reißt die Augen auf.

Längst ist es dunkel, dennoch hat es sich kaum abgekühlt. Schwer hängt die Luft über der Weser. An der Schlachte herrscht reger Betrieb.
Lisbeth läuft voran, scheinbar mühelos bahnt sie sich ihren Weg durch die Menschenmenge, während Marion ihr nur mit Mühe folgen kann.
»Nicht so schnell!«, ruft sie, doch während sich der ein oder andere Passant zu ihr umsieht, geht Lisbeth weiter, als hätte sie sie nicht gehört.
Wieder kämpft Marion gegen das schlechte Gewissen an, die Kleine nicht zur Polizei gebracht zu haben. Aber irgendetwas hatte sie zurückgehalten. Stattdessen hatte sie Lisbeth gebeten, sie zu ihrem Zuhause zu bringen. Ob sie wisse, wie sie dort hingelange, ob sie den Weg nach Hause finden würde, hatte Marion gefragt und Lisbeth hatte genickt. Sobald sie unten auf der Straße waren, war die Kleine auch schon losgelaufen.

Schöne Scheiße. Markus löst einen Stein nach dem anderen aus der Mauer und mit jedem Stein wird ihm klarer, was er hier gefunden hat. Ein winziger Raum von gerade einmal einem Quadratmeter Grundfläche und maximal 1,20 Meter hoch. Der Boden ist aus gestampfter Erde, darüber hatte man Stroh ausgebreitet. Auf dem Stroh liegt ein Skelett, das eindeutig nicht von einem Tier stammt.
Wenn Schlüter das hier sieht, kann Markus stempeln gehen. Die Leiche muss weg und zwar augenblicklich. Markus löscht die Taschenlampe und geht zum Baucontainer, um eine Kiste und Werkzeug zu holen.

Sie haben die Schlachte hinter sich gelassen, Lisbeth läuft mit unverminderter Geschwindigkeit weiter, immer an der Weser entlang, zielstrebig auf die Überseestadt zu. Endlich bleibt sie vor einem Bauzaun stehen, dort wo das neue Varieté Theater am Weser Tower entsteht. Als Marion neben ihr in die Hocke geht, deutet Lisbeth zu einigen Mauerresten, die in der Dunkelheit nur schwer zu erkennen sind.
Was ist das hier, will sie die Kleine fragen, dann fällt es ihr ein: Sie hatte es im Radio gehört. Dies mussten die Reste des alten Pulverturms sein, die man bei den Bauarbeiten gefunden hat. Aber was in aller Welt will Lisbeth hier? Marion will sie fragen, doch die Kleine schlüpft durch den Zaun und wartet auf der anderen Seite darauf, dass Marion ihr folgt.
»Aber das dürfen wir nicht«, flüstert Marion. »Was willst du hier?«
Lisbeth antwortet ihr nicht und Marion bleibt nichts anders übrig, als ihr zu folgen.
Die Kleine bleibt direkt neben den Mauerresten stehen und deu-

tet auf ein Loch im Mauerwerk. Marion steckt den Kopf hinein. Es ist stickig, die Luft riecht nach Staub und Moder, aber es ist zu dunkel, um etwas erkennen zu können.

»Was zur Hölle treiben Sie hier?«

Marion erschrickt so sehr, dass sie mit dem Kopf gegen die Steine prallt, als sie zurückschreckt und sich umdreht. Jemand leuchtet ihr mit einer Taschenlampe direkt ins Gesicht. Schützend hält sie sich die Hand vor die Augen.

Der Lichtkegel senkt sich, sie erkennt einen Mann, Mitte dreißig. Er trägt einen Bauhelm und eine grimmige Miene zur Schau.

»Ich ... Es tut mir leid. Lisbeth hat mich hierher geführt, ich weiß selbst nicht warum. Es ...«

»Lisbeth?«

»Ja, die Kleine hier.« Marion deutet auf Lisbeth, die ganz dicht neben ihr steht.

Der Mann folgt mit dem Strahl der Taschenlampe ihrer Bewegung und sieht ihr wieder ins Gesicht. »Wollen Sie mich verarschen?«

»Nein. Ich habe die Kleine heute Nachmittag am Wallgraben aufgelesen. Offensichtlich hatte sie sich verlaufen. Ich hätte die Polizei verständigen müssen, aber ... Jedenfalls sollte sie mich zu ihrem Zuhause führen.«

»Mitten in der Nacht?«

»Ja, es hat etwas gedauert, sie wollte erst nicht sprechen und jetzt hat sie mich hierher gebracht. Ich weiß nicht, was sie hier will.«

»Und wo ist diese Kleine jetzt?«

Marion sieht ihn verständnislos an. »Na hier.« Sie streckt die Hand nach Lisbeth aus und die Kleine ergreift sie.

»Hier ist niemand und schon gar kein Kind. Was soll das Theater hier also bitte?«

»Aber natürlich, was soll das heißen?« Marion schiebt Lisbeth zu ihm hinüber, bis sie nur wenige Zentimeter vor ihm steht.

Das hat ihm gerade noch gefehlt. Ihm bleibt aber auch gar nichts erspart. Was will die Alte nur von ihm? Wozu diese Geschichte mit dem Mädchen. Steckt die womöglich mit Schlüter unter einer Decke?

»Jetzt hören Sie mir mal gut zu. Hier ist niemand außer uns beiden und Sie machen jetzt auch mal ganz schnell die Flatter, sonst hole ich die Polizei!« Dass die Bullen die Letzten wären, die er jetzt rufen würde, kann sie ja nicht ahnen. Irgendwie scheint die sowieso echt begriffsstutzig zu sein, guckt ihn an wie eine Kuh ein Raumschiff.

»Aber Sie müssen sie sehen, sie steht direkt vor Ihnen!«

Die lässt nicht locker. Markus holt aus und schwenkt die Taschenlampe vor sich hin und her, auf und ab. »Da ist niemand und jetzt bitte ...«

Irgendwie kann er nicht zu ihr durchdringen, statt zu gehen, nimmt sie ihm die Taschenlampe aus der Hand und ehe er etwas dagegen tun kann, leuchtet sie damit in das Loch und schreit auch schon auf.

Marion lässt die Taschenlampe fallen. Ihre Knie zittern, sie muss sich an der Mauer abstützen. »Was hat das alles zu bedeuten?«, fragt sie. Lisbeth steht einen Meter neben ihr, sie wirkt vollkommen erstarrt.

Der Mann vor ihr tänzelt hingegen nervös von einem Bein auf das andere. »Hören Sie, ich kann das alles erklären«, sagt er und seine Stimme klingt bei Weitem nicht mehr so selbstbewusst wie vor einer Minute.

»Das … das ist ein Kind dort drinnen«, sagt Marion und der Mann nickt.
»Ich habe nichts damit zu tun«, sagt er, »ich bin hier der Baustellenleiter. Und wer zum Teufel sind Sie eigentlich?«
In Marions Kopf rasen die Gedanken wild durcheinander und sie kann nur mit Mühe einen halbwegs brauchbaren davon einfangen.
Er kann sie wirklich nicht sehen, der Gedanke zeichnet sich immer deutlicher zwischen all den anderen ab. Das tote Kind dort im Turm, das Kind, das sie hierher geführt hat und das er nicht sehen kann. Die Gedanken sind ganz klar, dennoch kann sie es nicht glauben.
»Wer ist das?«, fragt Marion den Mann.
»Ich weiß es nicht«, antwortet er. »Der Archäologe hat etwas von eingemauerten Kindern erzählt. Damals als der Turm gebaut wurde.«
»Was geschieht jetzt mit ihr?«, fragt sie.
»Man wird sie Knochen für Knochen da rausholen, alles zehnmal umdrehen, fotografieren, dokumentieren und schließlich irgendwo ausstellen. Und ich bin bis dahin längst pleite.«
»Aber das dürfen wir nicht zulassen!«

Markus horcht auf. Was hat die da gesagt?
»Was meinen Sie damit?«
»Ich kann nicht zulassen, dass man sie so behandelt wie eine alte Vase. Sie war doch noch ein Kind. Sie muss eine vernünftige Beerdigung bekommen.«
Sie sieht zur Seite und fängt an zu schluchzen.
»Schsch, schon gut. Natürlich werden wir das nicht zulassen.«
»Sie wollen mir helfen?«

»Ja«, sagt er, »aber Sie dürfen niemandem davon erzählen, niemals. Es muss unser Geheimnis bleiben!«
Sie nickt und ihre Augen strahlen.
»Aber wo?«, fragt er.
»Auf dem Waller Friedhof, meine Tochter liegt dort, wir könnten sie dorthin bringen.«
Vorsichtig holen sie die sterblichen Überreste aus der Kammer, legen sie in eine kleine Holzkiste und fahren zusammen zum Friedhof.
Zu zweit ist es einigermaßen einfach, über die Mauer zu kommen. Die kleine Kiste ist schnell in dem Grab versenkt, die Blumen wieder darübergesetzt. Keiner wird es bemerken.
Es ist Irrsinn, was sie hier tun, und doch kann Markus sein Glück nicht fassen.
»Sie ist weg«, sagt die Frau. »Lisbeth, ich kann sie nicht mehr sehen.«
»Ja«, sagt Markus, »und keiner wird je erfahren, dass sie hier liegt. Das ist unser Geheimnis.«
Sie nickt. »Danke«, sagt sie und dreht sich um.
»Warten Sie! Wie heißen Sie eigentlich?«
»Marion«, sagt sie.
»Vielleicht können wir uns ja mal wiedersehen?«
Sie nickt. »Ich bin oft hier«, sagt sie, winkt ihm zu und verschwindet in der Dunkelheit.

Wer Hochmut sät …

Oktober 1352
Zwei Jahre sind vergangen, seit das Unheil über Bremen hinweggefegt ist. Ein Drittel der unsrigen wurde dahingerafft, obgleich ich fürwahr überzeugt war, nicht einer würde mit dem Leben davonkommen.
Meine Stadt wuchs seit geraumer Zeit und mit ihr der Reichtum der Kaufleute und Handwerker. Der Einfluss der Bürgerschaft mehrte sich, sie beriefen sich zu den Herren der Stadt und selbst vor dem Stuhle des Erzbischofs machte ihre Machtgier nicht halt. Zu viele, die es nach Herrschaft dürstete. Zu viele, die den Weg Gottes aus den Augen verloren hatten.
Als ein Mann Gottes fühlte ich mich gegen die Sünde des Hochmuts gefeit. Dabei hätte allein dieser Irrglaube mir Zeichen genug sein müssen. Längst waren wir alle infiziert. Längst floss das verzehrende Gift auch durch meine Adern. Superbia, die heimtückischste aller sieben Todsünden, hatte ihren Schatten auf uns gelegt. Wie keine andere versteht sie es zu locken, zu umschmeicheln. Wie eine Hure mit dem Antlitz der Mutter Christi.

Doch wer von euch ohne Schuld ist, der werfe den ersten Stein.
Vergib mir, oh Herr, denn ich habe gesündigt, habe gezweifelt an dir und deiner Güte.
In Ewigkeit. Amen.

Wir selbst hatten die Saat des Bösen gestreut und sahen zu, wie sie aufging. Hegten und pflegten die anfangs noch so zarten Triebe und erkannten nicht, was wir taten.

Dabei waren wir nicht die einzige Stadt, die sie vergiftet hatte. Wir hätten lernen können vom Sündenfall anderer, doch wir taten es nicht.
So schreibe ich unser Schicksal hier nieder, auf dass es anderen eine Ermahnung sei.

Herr, erbarme dich unser. Dein Wille geschehe wie im Himmel so auf Erden. Denn dein ist die Kraft und die Macht.
In Ewigkeit. Amen.

Zum ersten Mal zeigte sie sich im Jahre 1348. Niemandem war sie aufgefallen und auch ich hätte sie nicht bemerkt, hätte nicht der Zufall meine Aufmerksamkeit auf sie gelenkt. Wie so viele hatte ich mich dem Trauerzug für unseren verstorbenen Erzbischof angeschlossen. Demütig hielten alle den Blick zu Boden gesenkt, als etwas mich streifte. Ich sah auf und blickte geradewegs in ihr Gesicht. Sie lächelte und hielt den Finger vor ihren Mund, zum Zeichen, dass ich schweigen solle. Ihre Augen aber lagen tief und lodernd in ihren Höhlen, als wären sie aus schierem Feuer. Ich blieb stehen und bekreuzigte mich und ohne dass ich sagen konnte, wie dies geschehen sein mochte, war sie verschwunden.
Ein Trugbild, etwas anderes könne es nicht sein, so dachte ich und maß dem Ganzen keinerlei Bedeutung zu. Damals. Gott möge mir diesen Frevel verzeihen.

Trotz der Wirren erblühte die Stadt. Bremen war in vier Pfarrsprengel aufgeteilt und ich hatte als Sohn eines Ratsmitgliedes die Gunst erlangt, einem davon als Geistlicher vorzustehen. Es war eine segensreiche Zeit, eine Zeit der Versuchung. Ich lebte unbesonnen und Superbia hatte ein leichtes Spiel. Statt mir selbst den Spiegel vorzuhalten, beobachtete ich das Treiben der anderen. Ich betete für ihre Seelen und kam mir edel und großmütig vor. Ich speiste die Armen und wähnte mich in der Gnade Gottes.

Neben meiner Fürsorge für das geistliche Wohl meiner Gemeinde hatte ich es mir zur Aufgabe gemacht, einige Knaben zu unterrichten. Es waren fruchtbare Stunden voller Eintracht, bis einige der Knaben begannen, um meine Gunst zu buhlen. Anstatt sie Demut zu lehren, erlag ich ihren Schmeicheleien, zog sie den anderen vor und selbst als ich mit eigenen Augen sah, wie sich diese Knaben gegenüber den ihrigen wie Herren gebärdeten, war mir die Tragweite meiner Verfehlung nicht bewusst. Zudem mangelte es an Zeit, mich eingehender darum zu kümmern. Zahllose Leibeigene suchten Zuflucht hinter unseren Stadtmauern, Tagelöhner ihr Glück und Pilger Heil und Zerstreuung. Die Elenden auf den Straßen mehrten sich, bettelnd zogen sie einher und bedurften unserer Fürsorge. Meine Kirche, die Wilhadi-Kapelle und der umliegende Friedhof waren auserwählt worden, den in der Stadt verstorbenen Reisenden und Pilgern als letzte Ruhestätte zu dienen. All dies verlangte meine Aufmerksamkeit und so beachtete ich jene kaum, die die eigentlich Elenden waren.

Erst als sich unsere Wege zum zweiten Male kreuzten, erinnerte ich mich unserer ersten Begegnung. Es war beinahe Mitternacht, ich hatte bis zu dieser späten Stunde meine Pflichten verrichtet und kniete endlich für das Abendgebet vor dem Altar meiner Kapelle.

Draußen jagte der Wind um die Zinnen, rüttelte an Fenstern

und Türen, als das Portal mit Wucht aufgedrückt wurde. Die Kerzen erloschen im Luftzug und dann war es totenstill.
Ich erhob mich von den Altarstufen, versuchte, etwas zu erkennen. Der Mond schien weit in den Mittelgang hinein, während der Rest der Kapelle im Dunkeln lag. Schritt für Schritt näherte ich mich dem Portal und mir wurde bewusst, dass ich nicht allein war. Ich fühlte ihre Anwesenheit, wie man an schwülen Tagen das Aufziehen eines Gewitters spürt, lange bevor der Himmel sich verdunkelt.
»Wer ist da?«, fragte ich, doch außer meinem eigenen stockenden Atem war nichts zu vernehmen.
Als ich mich umblickte, sah ich, wie sich ein Schatten aus dem Dunkel löste, in das Mondlicht eintauchte, größer wurde, länger. Dem Mondschein entgegenstrebte, obwohl er ihn hätte fliehen müssen.
Mir wurde bange, Schweiß benetzte meine Stirn, meine Handflächen. Ich zwang mich, ruhig zu bleiben, schalt mich einen Narren. Du bist im Hause Gottes, hier wird dir kein Leid geschehen. Kurz bevor der Schatten mich erreichte, wandelte sie ihre Gestalt, blitzte mich aus großen feurigen Augen an. Ich wich zurück, machte kehrt und rannte aus der Kirche hinüber ins Pfarrhaus.

Der Herr ist mein Hirte, nichts wird mir fehlen.
Muss ich auch wandern in finsterer Schlucht, ich fürchte
kein Unheil; denn du bist bei mir.
In Ewigkeit. Amen.

Drei Tage darauf beobachtete ich ein paar Kinder, die in einer Gasse mit einem Holzreifen spielten. Ein kleines Mädchen stand eine Weile abseits, auch sie verfolgte das Spiel.

»Ich will mitspielen«, flehte sie, die schmutzigen Händchen nach dem Reifen ausgestreckt. Einer der älteren Knaben trat hervor und stellte sich vor sie. »Verschwinde, Lumpenpack. Wir spielen nicht mit so einer wie dir.«

Das Mädchen sah ihn aus großen Augen an, es mochte um die vier Jahre alt sein. Es konnte seine Worte nicht recht deuten, hielt seine drohende Gebärde für Neckerei. Es kicherte, duckte sich an ihm vorbei und griff nach dem Reifen. Der Junge packte ihm von hinten in die Haare, entriss ihm das Spielzeug und schubste das Mädchen zu Boden.

Lachend rannte er davon und die anderen hinter ihm her. Ich wollte zu dem Mädchen eilen, als ich sah, wie sich aus einer Ecke ein Schatten löste und sich auf das Mädchen zubewegte. Wie erstarrt stand ich, vermochte keinen Schritt zu tun. Starrte auf das Kind, bekreuzigte mich und war zu keiner weiteren Bewegung fähig. Auch das Mädchen schien sogleich den Schatten zu bemerken. Das Schluchzen erstarb, es setzte sich auf und schien ebenso gebannt wie ich.

Der Schatten glitt über das Kind hinweg und ehe ich mich aus meiner Starre lösen konnte, war er verschwunden.

Ich habe gesündigt. Herr erbarme dich meiner.
In Ewigkeit. Amen.

Fünf Tage später sollte ich das Mädchen wieder sehen. Es war noch vor dem Morgengrauen und ungewöhnlich kalt, Dunst zog durch die Gassen, der Unrat dampfte und der üble Geruch war schier unerträglich. Ich zog den Kopf tief in meinen Umhang, hielt den Blick auf den Weg gesenkt, um halbwegs unbeschadet durch Matsch und Dreck zu kommen.

Erst dachte ich, es wäre Stroh, das dort unter einem Karren hervorlugte. Erst als ich meinen Schritt verlangsamte, erkannte ich, was es wirklich war.
Ich zerrte den Karren zur Seite und fand sie dort im Unrat liegend. Die Kleine mit dem Reifen, unverkennbar, auch wenn sie elendig aussah, nass, verdreckt, die Haut dunkel und fleckig.
Ekel und Panik ergriffen mich. Ich erinnerte mich des Schattens und wieder war ich versucht zu fliehen, wiewohl ich wusste, wie schwer ich am Tod dieses Kindes Schuld trug.

Erbarme dich meiner, o Gott! Verwirf mich nicht vor deinem Angesicht, und nimm nicht deinen heiligen Geist von mir!
In Ewigkeit. Amen.

Es war das Kind einer der zahllosen Leibeigenen, die in die Stadt drängten, um hier Freiheit und Unterhalt zu erlangen. Sie wurde auf meinem Friedhof beigesetzt, unweit der Friedhofsmauer. Nun ist ihr Körper von der Welt genommen und der Obhut des Allmächtigen überstellt. Drei Nächte habe ich vor dem Herrn gekniet und ihn angefleht, diese Schuld von mir zu nehmen.
Ich betete um Vergebung, um Seelenfrieden, obgleich ich es hätte besser wissen müssen. Der Herr hatte uns Zeichen gesandt. Doch wir haben sie missachtet.

Noch immer brannte der Streit um die Nachfolge Ottos I., obgleich bereits zwei Jahre vergangen waren, seit er seinem Leiden erlegen war. Superbia hatte sich längst aller Stände ermächtigt, hatte weder vor hohen Herren noch vor niederem Volke haltgemacht, weder vor unschuldigen Kindern noch vor dem Klerus. Niemand konnte ihr noch Einhalt gebieten.

Herr, vergib ihnen, denn sie wissen nicht, was sie tun.
In Ewigkeit. Amen.

Es war zu spät für Vergebung. Der Zorn Gottes kam über uns, in dem Augenblick, als die Blasphemie die prächtigsten Blüten getrieben hatte. Nichts Göttliches war mehr in unseren Bestrebungen zu erkennen.

Während die Domherren Moritz von Oldenburg zu Ottos Nachfolger gewählt hatten, der bereits seit einigen Jahren die Geschäfte für ihn geführt hatte, wurde aufgrund bürgerlicher und adliger Dünkel Gottfried von Arnsberg zum neuen Erzbischof von Bremen ernannt. Der Bremer Rat, der hätte einlenken können, schwankte, von Hochmut und Machtgier geblendet, zwischen beiden Lagern. Lediglich Macht und Rang und Hab und Gut zählten und selbst die, die sich für Gottes Vertreter auf Erden hielten, gingen um ihres Hochmuts willen über Leichen.

Am 6. Januar 1350 schließlich entschied Gottfried die Fehde zu seinen Gunsten. Moritz und seine Mannen mussten die Stadt verlassen, während Gottfried unter großem Prunke in Bremen einzog. Viele wurden geladen, ihm zu huldigen. Auch ich kam, sah ihn an mir vorbeiziehen, die Hand zum Segen der Gläubigen und der Stadt erhoben. Ebenso erhoben wie sein Haupt. Die Menge buhlte um seine Gunst, geiferte nach den Privilegien, die der neue Erzbischof großmütig bestätigte. Jubelte ob der errungenen Freiheiten, ohne zu merken, dass man längst eine neue Knechtschaft eingegangen war.

Als Gottfried den Dom erreicht hatte, verließ er die Kutsche und betrat die Portaltreppe. Sein Mantel glitt hinter ihm die Stufen hinauf. Er erschien mir ungewöhnlich lang und in der Tat war es

nicht sein Mantel, es war ein Schatten, der hinter ihm herkroch. Ich rieb mir die Augen und als ich wieder hinsah, war der Schatten verschwunden und an seiner statt stand sie nun Seite an Seite mit dem Erzbischof.
Ihr schwarzes Gewand wehte um ihre schmale Statur, obgleich es windstill war. Ihr Gesicht war bleich, die Augen lagen dunkel in blauvioletten Höhlen.
Sie lachte. Lachte aus vollem Halse, lachte, um uns und besonders mich zu verspotten, denn außer mir schien niemand sie zu bemerken. Ich ging auf die Knie und bekreuzigte mich. Die mich Umstehenden taten mir gleich, wenn sie auch den wahren Grund meiner Demut nicht erkannten.
Als ich wieder aufblickte, verwandelte sich ihre Gestalt erneut in einen Schatten, der sich nebelgleich ausbreitete, sich über uns legte, um in unseren Leibern zu versickern.

Einige Zeit herrschten Frieden und Eintracht in der Stadt. Doch es war eine lauernde Stille. Worauf wartet sie, fragte ich mich. Längst standen wir unter ihrem Joch, saß sie in unseren Leibern, unseren Herzen. Was hatte sie vor mit uns?
Bald schon sollte ich es erfahren.
Gerüchte machten in der Stadt die Runde, Moritz Graf von Oldenburg trachte danach, sich den Bischofsstuhl zurückzuholen. Und schließlich wurden die Gerüchte zur Gewissheit. Moritz hatte mehr denn 900 Mann bei Ritterhude zusammengestellt und zog gegen Bremen. Sie sollten nicht alleine kommen.
Inmitten der Feuer, die Moritz und sein Heer in der Ostertorvorstadt gelegt hatte, stand sie. In ihren Augen spiegelte sich der Schein der brennenden Häuser. Ich erinnerte mich an unsere erste Begegnung und nun wusste ich, welche Flammen ich

damals in ihren Augen gesehen hatte. Mit vereinten Kräften kämpften wir gegen die Brände, doch ihr Lachen peitschte wie ein Sturm über uns hinweg und fachte die Glut erneut an, bis nichts verschont blieb.
Trotz Moritz' erster Erfolge an der Landwehr beim Remberti-hospital und in den dörflichen Gebieten vor dem Ostertor gab die Stadt nicht nach. Wir hielten der Belagerung stand, bereit, bis auf den letzten Mann zu kämpfen. Es sollte nicht so weit kommen, schon vor Sieg oder Niederlage wurde über uns Gericht gehalten.

Gut und gerecht ist der Herr, darum weist er
die Irrenden auf den rechten Weg.
In Ewigkeit. Amen.

Noch heute spricht man vom Zorn Gottes, der über uns gekommen sei, um uns ob unseres Sündenfalls zu strafen. Doch galt sein Zorn nicht uns, sondern ihr. Superbia hatte sich unserer ermächtigt, damit wir sie gleichsam einer Seuche weitergaben und sie hätte kein Einhalt gefunden.
Gott mag den Glauben an die Bewohner dieser Stadt verloren haben, aber nicht den Glauben an die Menschheit. Und so suchte er sie zu schützen, indem er uns zu sich holte, um somit die schlimmste der Todsünden von der Welt zu nehmen.
Ich ergab ich mich in unser Schicksal, versuchte, den Dahinsiechenden Erleichterung zu verschaffen, und bereitete sie auf das Himmelreich vor. Wir alle hätten diese Stadt geläutert durch den Tod verlassen, aber Superbia schafft es, sich selbst dem Gericht Gottes zu entziehen.
Sie redete auf einige der verlorenen Seelen ein, die Tore zu öff-

nen, was könne ihnen jetzt noch passieren, der Tod stünde schon in den Mauern, wozu diese länger geschlossen halten.
Verzweifelt ersuchte ich Beistand, um die Fehlgeleiteten aufzuhalten, aber keiner war noch hoffnungsvoll genug, mir zu folgen.
So wurden die Tore geöffnet und ich sah sie ein letztes Mal.
Größer und stattlicher denn je zuvor, stolzierte sie zum Tore hinaus, mitten durch die Reihen von Moritz' Truppen, deren Köpfe sich stolz und siegessicher aufrichteten, als sie an ihnen vorüberschritt.
Alles war verloren, Superbia hatte gesiegt und war auf ihrem Wege weiter durch das Land. Wir waren nur eine ihrer Stationen. Viele lagen hinter ihr, noch mehr vor ihr.

Die Stadt lag schutzlos vor dem Feinde und wir erwarteten den Zorn des Grafen von Oldenburg und seiner Truppen, aber als diese sahen, was an uns war, befahl Moritz ihnen Einhalt. Er stieg von seinem Pferde und sprach, in Ehrfurcht niedergekniet: »Mitnichten soll also geschehen, denn da Gott, der allerhöchste König, mit der Stadt Bremen kriegt und sie in größter Not sich schon befindet, so ziemt es sich nicht, dass auch wir sie ferner schädigen. Lasset uns einziehen als menschliche Bezwinger, denn ob wir jetzt der Stadt Bremen Feind sind, so können wir in der Folge doch wieder ihr Freund werden.«
Und so zog der Graf in die Stadt ein, ohne dass sich seine Mannen an den Bürgern oder ihrem Eigentum vergriffen.
Wer mag ihm diese Menschlichkeit verübeln. Auch er vermochte Gottes Zeichen nicht zu deuten.

Ich war voll der Verzweiflung, während die Unwissenden um mich herum jubelten. Waren sie doch davon überzeugt, gerettet

zu sein. Gerettet durch die Einsicht und Gnade eines einzigen Menschen.
Von diesem Tage an ließ auch Gott sein Vorhaben fallen. Ließ uns das irdische Leben und überließ uns damit unserer Schuld. So wird Superbia nicht zum letzten Male Gast in dieser Stadt gewesen sein. Möge Gott uns beistehen.

Und führe uns nicht in Versuchung,
sondern erlöse uns von dem Übel.
In Ewigkeit. Amen.

Ein teuflischer Ritt

Endlich verzogen sich die dunklen Wolken, stoben wie vom Teufel getrieben über den Himmel, legten den Blick frei auf den vollen Mond, der blasswangig den Weg beleuchtete, den Simon in trostloser Dunkelheit zurückgelegt hatte, tastend, ängstlich aufhorchend beim kleinsten Geräusch.

»Verhöhn du mich nur«, wetterte er gegen den Mond. »Wirst nicht der Einzige sein!«

Nun brauchte er ihn beileibe nicht mehr, konnte er in der Ferne doch endlich die beleuchteten Fenster der Schänke erblicken, in der er seinen Bruder treffen sollte.

Die Gastwirtschaft war voller, als Simon erwartet hatte. Die Luft roch schal und abgestanden, war aber warm und heimelig. Sein Magen knurrte und seine Füße und Hände kribbelten, als das Blut wieder wärmend in sie strömte.

Er ließ seinen Blick über die trinkenden und grölenden Männer schweifen, doch erkannte er in keinem der Anwesenden seinen Bruder.

Wenn er sich nur erinnern könnte, wann und aus welchem Anlass sie sich getrennt hatten, obwohl sie denselben Weg, dasselbe Ziel hatten. Nach Ritterhude, zum Hofe ihres Onkels, um bei ihm in Lohn und Brot zu kommen. Auch wenn es Bremen gegenwärtig gut erging und die Pfeffersäcke immer feister wurden, für arme Tagelöhner wie sie blieb der Lohn karg.

So hatten sie Bremen durch das Doventor verlassen, waren durch Walle und von dort Richtung Blockland gewandert. All das stand Simon deutlich vor Augen, doch was war dann geschehen? Sosehr er sich auch mühte, es wollte ihm nicht einfallen. Als hätte die Schwärze der Nacht eine Spanne ihres Weges verschlungen und seinen Bruder obendrein.

Das Nächste, woran Simon sich erinnerte, war, wie er alleine des Wegs ging, seines Bruders Worte »Wir sehen uns im Wirtshaus beim Bootsanleger« in den Ohren, aber er selbst war nicht mehr zu sehen.

»Verzeiht mir, Ihr habt nicht einen Burschen gesehen, von mir ähnlicher Gestalt, der nach seinem Bruder fragte?«, wandte Simon sich an den Wirt.

Dieser gab ein heiseres Lachen von sich. »Seht selbst, ich komme kaum dazu, meinen Blick vom Ausschank zu heben.«

Erst jetzt sah er zu Simon auf und der Anblick schien ihn zu erbarmen. Er schob ihm einen Holzkrug mit Bier hin. »Ihr seht aus, als hättet Ihr eine lange Reise hinter Euch?«

»Des Mittags sind wir in Bremen aufgebrochen und wollten hier die Nacht verbringen, um uns am Morgen über die Wümme setzen zu lassen. Aber unsere Wege haben sich getrennt.«

»Es ist weit nach Mitternacht, die Zimmer sind belegt. Setzt Euch dort drüben ans Feuer, ich lasse Euch eine Kumme Brotsuppe bringen.«

Der Wirt grölte einer Horde Männer zu, Platz für ihn zu machen. Dankbar ließ Simon sich auf einem Holzstuhl nieder und schlief sogleich ein.

»He, aufwachen. Es ist hellllichter Morgen.« Der Wirt stand über Simon gebeugt, ansonsten war der Schankraum leer.

»Mein Bruder?«

»Tut mir leid, nach Euch ist keiner mehr gekommen. Der Fährmann hat schon vor einer Stunde die erste Fuhre übergesetzt. Bestimmt ist er längst drüben.«

So mag es sein, dachte Simon. Sein Bruder war sicher wütend auf ihn und ließ ihn zur Sühne hier schmoren. Wenn er sich bloß erinnern könnte, was vorgefallen war.

Nachdem er dem Wirt gedankt und die Zeche bezahlt hatte, ließ auch er sich übersetzen und erreichte knapp zwei Stunden später den Hof seines Onkels nahe Ritterhude. Lange war er nicht hier gewesen, zuletzt als Knabe. Den Weg hatte er rasch gefunden, doch hatte er den Hof ungleich feudaler in Erinnerung. Nun wirkte er heruntergewirtschaftet, das Reetdach war eingesunken und mit Moosen bewachsen. Unschlüssig stand er so, als eine junge Magd mit zwei Trögen in den Händen aus dem Stall trat. Simon grüßte sie und fragte nach ihrem Herren.

»Ich bin sein Neffe aus Bremen«, erklärte er sich. »Unsere Mutter – seine Schwester – schickt uns zu seiner Unterstützung. Mein Bruder sollte bereits eingetroffen sein.«

Sie setzte die Tröge ab und sah ihn misstrauisch an. »Von ner Schwester in Bremen weiß ich nichts.«

»Ist ein paar Jahre her, seit sie zuletzt hier war. Aber Heinrich besucht uns jedes Jahr zum Herbstmarkt hin.«

»Heinrich?«

»Heinrich Bredehorn, mein Onkel.«

Sie sah Simon noch einmal abschätzend an, dann nahm sie ihre Tröge auf. »So een gibts hier nich.« Und ging hinüber in die alte Scheune.

Simon schob seine Mütze zur Seite und kratzte sich die Stirn. Dass sie nicht unbedingt auf ihn und seinen Bruder gewartet hatten, hatte er befürchtet, aber dass der Onkel sich gleich verleugnen ließ, wunderte ihn. Und Peter? Hatte der Onkel auch ihn abgewiesen? Oder trieben die beiden einen üblen Scherz mit ihm? Hatte Peter dem Onkel dies zur Strafe für ihn eingeredet?

Die Magd war im Schuppen verschwunden. Simon wandte sich dem Hause zu, klopfte und trat ein. Es schien niemand anwesend. Erst nach längerem Rufen hörte er schlurfende Schritte näher kommen. Ein altes Weib, mit wirrem offenen Haar und in mehrere Decken gewickelt, erschien im Flur, beäugte ihn mit trübem Blick.

»Verzeiht mir, aber ich suche den Bauern, meinen Onkel Heinrich Bredehorn.«

Sie presste die Lippen aufeinander, sodass ihr zahnloser Mund noch eingefallener aussah. Simon glaubte, sie verstünde ihn nicht, doch dann antwortete sie. »Heinrich Bredehorn? Mien Jung, da hättst man vierzig Jahr fröher komm sollen.«

Simon wollte nachfragen, was sie damit sagen wollte, aber auch sie drehte sich von ihm weg und schlurfte von dannen.

So blieb ihm nichts weiter, als wieder zu gehen. Wo immer sein Bruder auch verblieben sein mochte, er würde eine Heidenwut auf ihn haben. Und das nicht zum ersten Mal.

Endlich erwachsen solle er werden, hatte sein Bruder ihn so oft ermahnt. Und Simon ihn ob seiner Ernsthaftigkeit und Feigheit gehänselt. Auch wenn Simon sich eingestehen musste, dass sein leichtsinniges und unbekümmertes Wesen ihn und seinen Bruder schon des Öfteren in Schwierigkeiten gebracht hatte.

Als Simon zurück in der Gastwirtschaft war, dämmerte es bereits. Auch an diesem Abend war sie gut besucht. Viele der Männer unterhielten sich in einer Sprache, die dem Bremer Platt zwar ähnelte, er aber dennoch kaum verstand.

Die Holländer, raunte der Wirt ihm zu. Er wolle sich aber nicht beklagen, fügte er an. Schließlich sei es ihnen zu verdanken, dass das sumpfige Land endlich zugänglich wurde.

»Und Euer Bruder?«, fragte er.
»Nichts«, antwortete Simon. »Als hätte die Erde ihn verschluckt.«
»Ich will Euch nicht bange machen, junger Mann, aber etwas Ähnliches hat sich hier schon einmal zugetragen, vor 50 Jahren. Seht Ihr den Alten dort hinten am Tisch?«
Simon sah in die Richtung, die der Wirt ihm deutete. Dort saß ein Mann, der wahrlich die Bezeichnung alt verdiente. Seine Haare waren schlohweiß, er saß mit gekrümmtem Rücken über einem Kruge, den seine knochigen Finger umschlossen.
»Beinah jeden Abend kommt er, so lange als ich hier Wirt bin und tat es auch schon zuvor. Und jedem erzählt er dieselbe Geschichte, auch er war hier einst mit seinem Bruder verabredet. Dieser sei mit einem stolzen Schimmel unterwegs gewesen und hätte lange vor ihm hier eintreffen müssen, ward aber nie wieder gesehen.«
Simon versuchte, in das Gesicht des Mannes zu blicken, aber er sah nicht auf. Armer Teufel, dachte er bei sich, der Alte tat ihm redlich leid, irgendetwas an ihm rührte ihn bis in die Seele.
Er hätte sich gerne zu dem Alten gesellt, aber da der Wirt kein Nachtlager mehr frei hatte und die Ungewissheit um den Verbleib seines eigenen Bruders ihn plagte, beschloss er, sofort nach Bremen aufzubrechen. Draußen neigte sich die Sonne bereits in ihr Bett aus sumpfigen Wiesen. Aber es war trocken und er würde gut vorankommen.

Nur kurz enthüllte der volle Mond sein Antlitz, ehe er es wieder hinter dunklen Wolken verbarg, die wild über den Himmel stoben. Der Weg zog sich schleppend dahin und Simon konnte nicht sagen, wie lange er schon unterwegs war, als er im Mond-

schein hinter der kleinen Kapelle am Wegesrand etwas wie Silber aufleuchten sah. Schon im nächsten Augenblick verdichteten sich die Wolken erneut und das Leuchten verschwand. Simon stützte sich auf seinen Wanderstab und wartete. Feucht und kalt zog es von den Wiesen her. Die Halme der Binsen säuselten im Wind und von einer nahen Birke klang das Klagen eines Kauzes zu ihm herüber.
Simon ging an der Kapelle vorbei und als er ihr den Rücken zuwandte, war ihm, als würde er von dort beobachtet.
Er drehte sich um, sah erneut das Leuchten und erkannte nun auch, was es war. Ein prächtiger Schimmel, dessen milchweiße Mähne im Mondlicht schimmerte, als er nun zur Gänze aus dem Schatten der Kapelle trat. Seine Nüstern blähten sich, er hob den Kopf, wieherte und schien Simon mit seinen schwarzen Augen zu durchbohren.
Wie versteinert stand Simon da und konnte den Blick nicht von diesem prachtvollen Tier abwenden. Wie viel schneller würde er in Bremen ankommen, wie viel schneller würde er endlich Gewissheit darüber erlangen, dass sein Bruder längst wohlbehalten zu Hause angelangt war.
Schritt für Schritt näherte er sich dem Tier. Es schien nicht fliehen zu wollen, im Gegenteil. Es war Simon, als hätte es dort auf ihn gewartet.
Der Hengst kam ebenfalls näher. Schon konnte Simon seinen Atem spüren, doch war er nicht wie erwartet warm, sondern kalt wie Nordwind, der über Schnee fegt. Simon zog seine Hand zurück, war schon versucht davonzulaufen, doch das Tier stellte sich ihm in den Weg, als wolle es ihm deuten aufzusteigen.
Nun werd nicht so ein alter Zauderer wie Peter, schalt er sich. Bisher war er mit allen Pferden zurechtgekommen. So schwang

er sich auf den Rücken des Schimmels und schaffte es gerade noch, in dessen Mähne zu greifen, ehe das Tier auch schon von hinnen stob. Der Mond stand nun klar am Himmel und warf sein fahles Licht über die Ebene. Die Wassergräben glitzerten zwischen den Wiesen. Vor ihnen machte der Weg einen Bogen, doch der Schimmel kümmerte sich nicht darum. Schneller und schneller wurde er und Simon hatte das Gefühl, die Hufe würden den Boden gar nicht mehr erreichen. Und in der Tat, als Simon nach unten sah, waren sie bereits mehrere Ellen über dem Land.
»Beim Teufel!«, rief er aus. »Was geht hier vor?«
Er versuchte mit Worten, den Schimmel zu stoppen, aber ohne Erfolg. Auch ein Ziehen und Zerren an der Mähne beeindruckte das Tier nicht. Nur einmal wandte es den Kopf, als Simon sich nach vorne beugte. Sein Schädel war wie verwandelt, nichts war mehr zu sehen von dem schimmernden Fell, nur noch weiße Knochen, in denen Augen lagen, deren Schwärze so tief war, dass Simon meinte, seine Seele würde hineingesogen.
Erst als das Tier den Blick abwandte, konnte er wieder klar denken und mit einem Male erinnerte er sich. Es war nicht sein erster Ritt auf diesem Pferd. Natürlich, genau so war es gewesen. Auch mit Peter war er diesen Weg gegangen, als sie von Bremen her kamen. Sie hatten den Schimmel gesehen und Simon, der des Wanderns müde war, hatte vorgeschlagen, ihn einzufangen und zum Wirtshaus zu reiten.
Doch Peter zauderte, witterte Teufelswerk. Niemand würde solch ein prächtiges Tier in dieser unchristlichen Gegend zurücklassen.
Er solle sich nicht anstellen wie ein altes Weib, hatte Simon ihn gehänselt und sich auf das Tier geschwungen, das sogleich mit ihm losgelaufen war. Und dann? Wie lange war er unterwegs

gewesen? Irgendwann waren ihm die Sinne geschwunden und er war auf dem Weg wieder aufgewacht. Und auch jetzt fühlte er seine Kräfte schwinden, während das Tier unter ihm immer kraftvoller voranschritt.
Ich muss hier runter, dachte Simon voller Panik. Die Wiesen lagen bereits mehrere Mannshöhen unter ihm. Ich muss mich fallen lassen, und wenn es mir das Genick bricht.
Doch die silbernen Fäden der Mähne hatten sich um seine Hände gewoben und rankten seine Arme entlang. Er zerrte und riss daran, das Pferd wieherte und bäumte sich auf. Mit aller Kraft, die er aufzubringen vermochte, warf sich Simon nach hinten.

Simon zitterte am ganzen Leib, als er wieder zu sich kam. Er lag im Schlick, zwischen hohen Binsengräsern. Jeder Muskel in seinem Leib schmerzte.
Er rappelte sich hoch und zu seinem Glück konnte er kurz vor sich den Weg erkennen. Er wandte sich nach Norden, zurück zur Schänke. Er hoffte, er wäre noch nicht allzu weit davon entfernt. Dort wollte er am Feuer die Nacht verbringen, nur weg von diesem unheimlichen Orte.
»Was in Gottes Namen ist Euch widerfahren?«, rief der Wirt ihm zu, als Simon endlich die Schänke erreichte.
»Ich hatte auf dem Weg nach Bremen ein kleines Missgeschick«, erklärte Simon. »Wenn Ihr einverstanden seid, verbringe ich die restliche Nacht am Feuer, ehe ich wieder aufbreche.«
»Ich kann Euch ferner ein Bett anbieten und einen Waschtrog.«
»Aber unlängst hattet Ihr kein Lager frei.«
»Unlängst?« Der Wirt sah Simon verwundert an.
»Ja, es kann nicht länger als fünf Stunden her sein, dass ich von hier aufgebrochen bin.«

»Tut mir leid, aber das letzte Mal, dass ich Euch gesehen habe, ist über eine Woche her.«
»Eine Woche? Ihr müsst Euch irren.« Simon hielt inne. Er war nur ein paar Minuten auf dem Schimmel geritten, diesmal konnte er sich wohl erinnern. Nur wenige Minuten und nun erklärte der Wirt, es seien Tage gewesen?
»Aber nein, nein. Ich kann mich doch genau an Euch erinnern.« Der Wirt schob ihm einen Krug Bier zu.
Simon nickte ihm stumm zu und setzte sich ans Feuer. Welche Teufelei war hier im Gange?
Die Schänke war weitaus weniger besucht als beim letzten Male, wann immer dies gewesen sein mochte. Aber auch diesmal saß der Alte in seiner Ecke. Was hatte der Wirt erzählt? Er habe von einem Schimmel gesprochen. Und dass er hier auf seinen Bruder warte, seit fünfzig Jahren.
Simon erhob sich, auch wenn es ihm schwerfiel, den heimeligen Platz am Feuer zu verlassen, und ging hinüber zu dem Alten.
»Entschuldigt, werter Herr«, sprach Simon ihn an. »Darf ich mich für eine Weile zu Euch gesellen?«
Der Alte schien nicht an derlei Anfragen gewohnt zu sein, er machte eine gleichgültige Handbewegung. Erst als Simon sich gesetzt hatte, hob der Alte seinen Blick.
Seine Augen waren von einem wässrigen Blau, tiefe Falten zogen sich darum und über die Wangen und doch kam Simon das Gesicht seltsam vertraut vor. Er wollte sich gerade nach dem Namen des Alten erkundigen, als ein Strahlen über dessen Gesicht lief.
»Simon«, rief er aus und seine Stimme zitterte, »mein Bruder. So hat Gott endlich meine Gebete erhört.«

Spieglein, Spieglein ...

Neujahrsnacht 1527

Becka stand wie erstarrt. Nur die Flamme der Kerze in ihrer Hand zitterte. Ihr Schein warf lange Schatten an die Wand hinter dem Bette. Schatten, die erahnen ließen, was dort, nur wenige Schritte vor ihr, geschah.

Blut spritzte ihr ins Gesicht, warm und klebrig. Der Raum füllte sich mit süßlichem, schwerem Duft. Längst war kein erstickter Schrei, kein Stöhnen mehr zu vernehmen und dennoch fuhren die beiden Männer fort, hieben auf die zerstörten Körper ein. Hinrich mit der Axt, Albert mit der Hellebarde, schlugen, hackten, grölten wie der Leibhaftige, voll der Gier nach Gold und Blut.

Nur ein paar Münzen, ein paar silberne Löffel, mehr wolle man nicht, ihre Herrschaft würde es nicht einmal missen.

Sie hatten Becka gedungen, sie beschworen, umgarnt. Ihr Vater hatte sie schließlich ermahnt, sie solle nicht undankbar sein, ein Leben lang habe er sich für sie und ihre Geschwister krumm geknechtet. Albert hatte ihr zärtlich den Hals geküsst, ihr ins Ohr geflüstert. Anna sie verhöhnt, sie solle sich nicht wie eine Jungfer gebärden. Dabei war sie eben dies, eine Jungfer, unschuldig, rein in der Seele und im Glauben. Bis zu jenem Tage.

Schöngeredet hatte sie es sich selbst. Ein paar Münzen nur, ein paar silberne Löffel. Barthold Heinicken und sein Weib waren reiche Kaufmannsleute, die mehr hatten, als einer im Leben brauchte. Nur recht wäre es, bei den paar Groten Tagelohn, die sie Becka für die schwere Arbeit in ihren Diensten zugestanden. Im Grunde müsse sie nicht viel tun, nur Anna den Rücken decken, wenn diese die beiden Männer in das Haus ihrer Herrschaft einließe. Nachts. Wenn alles schliefe.

Anna hatte den Plan geschmiedet, Beckas Vater und schließlich Albert mit hineingezogen. Von leichtem Spiel und fetter Beute hatte sie ihnen vorgesäuselt und sie hatten an ihren Lippen gehangen, hatten ihre Worte aufgesogen wie warmen Honig. Waren ihr gefolgt. Bedingungslos. Ihr. So dachten sie, so dachte Becka bis zu diesem Augenblick, als sie blutbesudelt und starr vor Entsetzen zusah, wie ihr Vater und Albert ihre Herrschaft niedermetzelten, in Stücke hackten wie Schlachtvieh. Anna, die so sanft und voller Güte gewesen war, als Becka ihr das erste Mal im Hause von Barthold Heinicken begegnet war. Anna, die nun so Grauenvolles angestiftet hatte.

Die Kerze entglitt Beckas Hand, erlosch, als sie zu Boden fiel. Endlich kehrte Leben in Becka zurück, sie presste die Hände vor den Mund, setzte erst den einen, dann den anderen Fuß nach hinten. Schritt für Schritt tastete sie sich rückwärts, ohne die Männer aus den Augen zu verlieren.

Sie hatte die Tür fast erreicht, als ihr Vater mitten im Hieb innehielt. Zwei schnelle Schritte, schon war er bei ihr, packte sie an den Haaren, riss sie zu sich.

Becka fühlte seinen Atem an ihrer Wange. Sie sah auf, sah in ihr eigenes angsterfülltes Gesicht, das der Spiegel ihr offenbarte, der rechter Hand über der Kommode hing. Sah das Gesicht ihres Vaters, überdeutlich trotz des trüben Lichtes. Etwas im Spiegel selbst schien es zu bescheinen. Und dann sah Becka die Quelle dieses Leuchtens. Annas Antlitz, das glühte, als loderten die Feuer der Hölle darin. Das sich im Spiegel zeigte, obwohl Anna nicht bei ihnen war.

Becka öffnete den Mund, doch der Schrei blieb in ihrem Halse stecken.
Der Spiegel. Von Anfang an war Anna besessen davon. Eifersüchtig hatte sie ihn gehütet, niemand durfte ihn betrachten, gar berühren. Nur sie selbst.
Wie eine Flamme schoss die Gewissheit in Becka empor und mit einem Male war ihr alles klar, so klar wie der Sommertag gewesen war, an dem er ins Haus gekommen war.
Der Spiegel.
Damit hatte alles angefangen.

485 Jahre später
Martin musste eine Weile überlegen, wann er zuletzt in Bremen gewesen war, zuletzt seinen Vater gesehen hatte. Es mochte gut zehn Jahre her sein. Ein paarmal hatten sie telefoniert, zu Weihnachten, an Geburtstagen. Es waren kurze Gespräche, freundlich und unverbindlich.
Der Nachlassverwalter hatte ihn über den plötzlichen Tod seines Vaters informiert. Verwandte, die dies hätten tun können, gab es nicht mehr. Martin hatte das Haus in der Pelzerstraße geerbt, in dem sein Vater seit Gedenkzeiten gelebt und gearbeitet hatte und das Martin nie wieder hatte betreten wollen.
Der Friseursalon im Erdgeschoss war genau so, wie Martin ihn in Erinnerung hatte. Auch in der darüberliegenden Wohnung war nichts verändert.
Die Putzfrau hatte seinen Vater auf der Treppe zum Dachboden gefunden, er war – so hatte der Arzt vermutet – dort zusammengebrochen. »Das Herz«, hatte er gesagt. Schon seit einiger Zeit sei sein Vater nicht mehr der Alte, sei er erschöpft und kränklich gewesen.

Martin richtete sich im Gästezimmer ein. Er hatte nur seine persönlichen Dinge aus Berlin mitgebracht. Die Möbel aus der gemeinsamen Wohnung hatte Boris übernommen, ebenso Martins Anteil am Frisiersalon. Damit hatte er ihrer Beziehung auch geschäftlich ein Ende gesetzt und Martin dazu bewogen, nach Bremen zurückzukehren, auch wenn ihm die Stadt fremd geworden war. Aber in Berlin schmerzte ihn das Vertraute mehr als hier das Fremde.
Er hatte alles in die Wege geleitet, um den Salon seines Vaters wiederzueröffnen. Als Junge hatte er den Laden geliebt. Hatte Stunden bei den Waschtischen in der Ecke gesessen, seinem Vater bei der Arbeit zugesehen, war ihm zur Hand und so manches Mal auf die Nerven gegangen. Und während sich seine Schulkameraden den Kopf zerbrachen, was sie später einmal werden wollten, war ihm dies vollkommen klar, ohne dass er auch nur einmal darüber nachdenken musste.

Vorerst würde Martin alles beim Alten belassen. Die Möbel waren alt, aber recht gut in Schuss, nur der Spiegel in der Rasierecke hatte einen kleinen Sprung. Martin nahm ihn ab und brachte ihn auf den Dachboden. Er wollte am nächsten Tag einen neuen besorgen, doch dann entdeckte er zwischen alten Möbeln und Kisten halb versteckt einen Wandspiegel. Ein bemerkenswertes Stück, mindestens ein Jahrhundert alt, schätze Martin. Das Glas jedoch war makellos, die Goldauflage des Rahmens schimmerte weich und satt. Es war der einzige Gegenstand hier im Haus, an den Martin sich nicht erinnern konnte.
Woher hatte sein Vater diesen Spiegel, der so ganz und gar nicht zu seinem Geschmack passte?
Sein Vater hatte es schlicht und einfach gemocht, bei der Aus-

wahl seiner Möbel wie bei der seiner Bekannten. Eine Eigenschaft, die Martins Mutter erst zur Verzweiflung und schließlich in die Flucht getrieben hatte. Von einem Tag auf den anderen hatte sie das Nötigste zusammengepackt. Ihr Sohn hatte nicht dazugehört.

Die Kunden mochten Martin, schätzten seine Arbeit ebenso wie die Unterhaltung mit ihm. Nur ein einziger, Eduard Meineke, blieb wortkarg, sosehr Martin sich auch bemühte, und bald schwieg Martin bei der morgendlichen Rasur des Stammkunden ebenso und hing seinen Gedanken nach. Dennoch, Eduard Meineke war ein absonderlicher Mensch. Seit zwei Monaten kam er jeden Morgen zur Rasur und immer öfter auch des Abends, kurz vor Ladenschluss, um sich das ohnehin spärliche Haupthaar kürzen zu lassen, und immer bestand er darauf, an dem Platz bei dem alten Spiegel bedient zu werden. Er war Banker und arbeitete in der Kreditabteilung einer der unzähligen Banken, die sich in der Innenstadt drängten, mehr hatte Martin ihm nicht entlocken können.

Sobald Meineke in dem Frisierstuhl saß, hing sein Blick ohne Unterlass an seinem Spiegelbild und bisweilen bildete Martin sich ein, Meinekes Lippen würden sich bewegen, als spräche er wortlos zu seinem Spiegelbild.

Als Martin ihn eines Morgens ganz in Gedanken dabei unterbrach, reagierte er ungehalten, zischte ihn an, er möge doch die Klappe halten, um gleich darauf wieder in die Betrachtung seines Spiegelbildes zu versinken. Nachdem Meineke den Laden verlassen hatte, blickte Martin ihm nachdenklich hinterher. Wie hätte er ahnen können, dass es das letzte Mal sein sollte, dass er Meineke rasiert hatte?

Am nächsten Morgen wollte Martin wie gewohnt die Ladentür aufsperren, doch fand er diese unverschlossen. Dabei war er sicher, am Abend die Tür verriegelt zu haben. Er eilte zur Kasse, nichts schien gestohlen, so ließ er es auf sich beruhen. Als er die Türglocke hörte, rechnete er fest mit Eduard Meineke, aber es war Herr Mönch, der ihm, kaum dass Martin ihm den Rasierumhang umgebunden hatte, aufgeregt zu berichten wusste, warum Meineke nicht mehr erscheinen würde.

»Stellen Sie sich vor, da geht der hin und schlachtet seine Nachbarin ab! Einfach so, wegen ein paar lausiger Euro. Und mit so einem hat man hier Seite an Seite gesessen, mit einem Messer an der Kehle!«

Erst am Abend kam Martin dazu, den Weser-Kurier zu lesen: Herr M., ein angenehmer und unauffälliger Junggeselle, habe seine 52-jährige Nachbarin brutal niedergestochen. Mit nicht weniger als 47 Messerstichen. Wie ein Besessener habe er auf die Frau eingestochen, mit der er seit Jahren Tür an Tür gelebt hatte, und war seitdem spurlos verschwunden.

Martin schauderte und die ganze Nacht hatte er Meinekes Gesicht vor Augen, wie es ihm grimmig aus dem Spiegel entgegenstarrte.

Martin versuchte, Meineke aus seinem Kopf zu verbannen, aber jedes Mal, wenn sein Blick den alten Spiegel streifte, musste er an Meineke denken.

Zwei Abende später, der letzte Kunde war gerade gegangen, setzte Martin sich auf Meinekes Stammplatz. Betrachtete sein Spiegelbild, drehte den Kopf mal nach links, mal nach rechts. Stellte fest, dass er das, was er sah, mochte. Boris kam ihm in den Sinn und Wut stieg in ihm auf. Dieser eingebildete Fatzke, dachte er bei sich. Er hatte ihn gar nicht verdient. Eigentlich konnte er, Martin, froh sein, dass er ihn los war. Und tatsächlich empfand er Freude, stellte sich vor, wie Boris allein zu Hause saß und sich grämte. Für einen Moment war Martin, als könne er Boris' Gesicht im Spiegel sehen, leidend sah es aus. Leidend und einsam. Martin lachte, strich sich die Haare zurück und richtete sich im Stuhl auf. Erst als er wieder in der Wohnung war und an diesen Augenblick dachte, schauderte er ein wenig. So wie da unten vor dem Spiegel hatte er sich noch nie benommen, so kannte er sich nicht.

Dennoch wiederholte sich die Szene. Und je öfter sie sich wiederholte, desto stärker wurde sein Verlangen danach. Desto schlechter fühlte er sich, je weiter er sich von dem Spiegel entfernte. Konnte er nicht wenigstens ab und an einen Blick hineinwerfen, machte es ihn nervös und übellaunig. Es war wie damals, als er sich das Rauchen abgewöhnt hatte, nur erschien ihm dies bei Weitem schlimmer. Er konnte nicht davon ablassen, wieder und wieder tat er es, obwohl er sich zunehmend mit Schuldgefühlen plagte. Besonders als nicht nur Boris, sondern auch sein Vater und bald einer der Kunden von ihm mit Zorn und Spott bedacht wurden.

Martin versuchte fortan, sich so wenig wie möglich allein im Laden aufzuhalten, um der Anziehungskraft des Spiegels zu entgehen. Er fegte den Boden und wischte die Becken, während die Kunden noch anwesend waren, aber zu Recht beschwerte sich der ein oder andere und so blieb vieles für den Abend liegen.

Er redete sich ein, er sähe das alles zu verbissen. Immerhin war er ein friedvoller Mensch. Sich diese Dinge vorzustellen, lag nicht in seiner Natur. Aber bald kamen die üblen Gedanken auch dann, wenn er nicht in den Spiegel sah, und dann musste er zum Spiegel, musste er sein Gesicht betrachten, das ihm von Tag zu Tag makelloser und einmaliger vorkam. Zu schön wäre es gewesen, sich dem Trugbild einfach hinzugeben, aber Martin zwang sich, nicht darauf zu hören. Als das Verlangen unerträglich wurde, beschloss er schweren Herzens, den Spiegel zurück auf den Speicher zu bringen. Es musste ein Ende haben. Aber je näher er dem Spiegel kam, umso schwerer fiel es ihm. Lächerlich, dachte er, auch wenn er in den Augen seines Vaters kein richtiger Mann war, damit würde er zurechtkommen, sich von einem Spiegel tyrannisieren zu lassen, das wäre ja noch schöner. Martin schwang sich auf den Frisierstuhl, packte den Spiegel mit beiden Händen, zog, zerrte, riss an ihm, doch jedes Mal, wenn sich der Spiegel auch nur einen Millimeter von der Wand entfernte, spürte Martin einen heftigen Schmerz in der Brust, bis er kraftlos auf dem Stuhl zusammensank.

Martin verriegelte die Tür zwischen Wohnung und Laden. Er wollte ihn meiden, bis er eine Lösung gefunden hatte. Doch das Verlangen ließ nicht nach, wieder und wieder lief er zur Tür, gequält von dem Bedürfnis, sich im Spiegel zu betrachten, unfähig, auch nur einen klaren Gedanken zu fassen.

Nach einer quälenden Nacht saß er am Küchentisch, trank Kaffee und fragte sich nicht zum ersten Mal, wie sein Vater zu diesem Spiegel gekommen sein mochte. Und es war nicht die einzige Frage, die ungeklärt war. Herzversagen, hatte der Arzt gesagt, sein Vater habe auf der Treppe gelegen, gerade so, als ob er auf dem Weg vom Dachboden zur Wohnung von einer Sekunde auf die andere tot umgefallen sei. Martin konnte sich nicht erinnern, dass sein Vater je über Herzprobleme geklagt hätte. Solange er

zurückdenken konnte, war er ein gesunder Mensch gewesen, körperlich wie geistig intakt. Alles normal wie auch der Rest seiner Familie, von ihm könne also die abnormale Neigung seines Sohnes nicht stammen, hatte er unablässig betont.
Martin ging hinauf auf den Dachboden und setzte sich zwischen die Kartons mit den Habseligkeiten seines Vaters, packte aus, was er erst vor wenigen Wochen dort verstaut hatte. Erstaunt hielt er inne, als er in einem der vielen Bücher eine Art Tagebuch erkannte. Er blätterte durch die Seiten, jede von ihnen war mit einem Datum versehen, das erste davon vier Wochen vor dem Tod des Vaters. Martin brauchte nicht lange, um zu erkennen, dass alle Aufzeichnungen ein einziges Thema hatten: den Spiegel.
Martin nahm das Buch mit nach unten, setzte sich an den Küchentisch und begann zu lesen:
Es ist das erste Mal in meinem Leben, dass ich das Bedürfnis habe, etwas aufzuschreiben. Ich war nie ein Mann großer Worte, mein Leben war einfach und überschaubar, ich habe mir nicht viel vorzuwerfen, außer dass ich meinem Sohn für etwas die Schuld gegeben habe, für das weder er noch sonst jemand etwas kann, ich hoffe, er kann es mir irgendwann verzeihen.

Dies waren die ersten Sätze seines Vaters. Sätze, auf die Martin sein Leben lang gewartet hatte.
Auf den nächsten Seiten folgte, wie sein Vater den Spiegel hinter einem Verschlag auf dem Dachboden gefunden hatte. In einem Haus, das er seit beinahe fünfzig Jahren bewohnte. Erst hatte er dem Spiegel keine Beachtung geschenkt, doch ging er ihm nicht aus dem Sinn, immer wieder ertappte er sich dabei, wie er scheinbar zufällig auf den Dachboden ging, um sich im Spiegel zu betrachten. Immer mehr war er hin- und hergerissen zwischen dem

Verlangen, den Spiegel im Laden aufzuhängen, und dem unguten Gefühl, dass er dies nicht tun sollte. Und je brennender das Verlangen wurde, ihn nach unten zu bringen, desto mehr versuchte er, sich dagegen zu wehren. Der letzte Eintrag war kurz und stammte vom Tag vor dem Tod seines Vaters:
Ich weiß, dass ich mir das nicht einbilde. Und ebenso weiß ich, dass niemand mir glauben wird. Ich habe versucht zu fliehen, aber auch das gelang mir nicht, wie schlafwandelnd trieb es mich zurück und ich weiß nicht, wie lange ich noch standhalten kann. Er führt Böses im Schilde. Ich fühle seinen Zorn, der mit jedem Tag, den ich mich ihm widersetze, stärker wird. Aber nie und nimmer darf ich seinen Wunsch erfüllen, ihn in den Laden zu bringen.

Sein Vater war standhaft geblieben. Hatte er dies mit dem Leben bezahlt? Und er, Martin, hatte, ohne es zu wissen, dem Wunsch des Spiegels entsprochen. Er hatte ihn in den Laden gebracht, ihm die Möglichkeit gegeben, sich sein Opfer zu suchen, seine Boshaftigkeit in die Welt zu tragen. Der Spiegel hatte ihn zu seinem Handlanger gemacht.
Als Martin das Buch zur Seite legte, war er zutiefst erschöpft. Er ging zu Bett und fiel in einen bleiernen Schlaf, wälzte sich in wilden Träumen hin und her, schlich im Traum die Treppe hinab in den Laden.
Der Spiegel hing in seiner Ecke, ein zartes Leuchten ging von ihm aus, lockte Martin. Er wollte nicht und konnte doch nicht anders, er fieberte danach, ihn zu berühren, mit den Fingern über die glatte Oberfläche zu streichen, sein Gesicht darin zu betrachten. Er wollte ganz eintauchen in dieses Bild, eins mit ihm werden.
Martin stand nun direkt davor, wie von selbst hob sich seine Hand, legte sich auf ihr Spiegelbild, das warm war und vor Le-

ben zu pulsieren schien. Martins Finger glitten durch die Spiegelfläche hindurch, wurden förmlich hineingezogen. Es fühlte sich gut an, wohl und geborgen wie im Mutterschoß. Immer dichter drängte sich Martin gegen das Glas, doch nun war es der Spiegel, der sich ihm verwehrte, ihn zurückstieß. Erschrocken blickte Martin in den Spiegel und glaubte Meinekes Gesicht zu erkennen, wie es ihn auslachte.

Mit einem Ruck lösten sich die Finger aus dem Glas und Martin stürzte nach hinten. Sein Kopf schlug hart auf den Boden.

Es ist nur ein Traum, sagte er sich. Nur ein Traum.

Vorsichtig öffnete er die Augen.

Er lag nicht in seinem Bett. Er befand sich auf dem Boden vor dem Spiegel.

Martin ließ sich im Waschbecken kaltes Wasser über das Gesicht laufen, als es an der Ladentür klopfte. Er wollte nicht öffnen, aber der Besucher hatte ihn bereits gesehen und lächelte ihm entgegen. Martin blieb nichts anderes übrig, als die Tür zu öffnen.

»Wir haben geschlossen«, versuchte er den älteren Herren abzuwimmeln, der unablässig den Kopf schüttelte.

Er käme nicht als Kunde, er müsse Herrn Schmidt, den Inhaber, in einer dringenden persönlichen Angelegenheit sprechen. Martin stellte sich ihm als Inhaber vor. Der Herr legte erstaunt die Stirn in Falten und Martin wurde klar, dass er seinen Vater suchte. Also klärte er ihn über die Lage auf.

Der Mann schwankte leicht, stützte sich mit der Hand am Türrahmen ab. »Dann ist es also wahr«, sagte er und sah Martin fragend an.

Martin hatte eine vage Ahnung, doch er schwieg und der Mann ergriff von Neuem das Wort. Er stellte sich als Artur Kramer vor, Martins Vater hätte ihn vor ein paar Wochen kontaktiert, es ginge um einen antiken Spiegel.

Martin ließ Kramer eintreten, ohne ein Wort der Erklärung führte er ihn in die Rasurecke.

»Sie wissen Bescheid?«, fragte er Martin, nachdem er eine Weile den Spiegel betrachtet hatte, halb erschrocken, halb fasziniert. Martin nickte und verspürte Erleichterung. Sie gingen nach oben in die Wohnung und während Martin Kaffee kochte, begann Kramer zu erzählen. Martins Vater habe ihn aufgesucht, nachdem er herausgefunden hatte, dass Kramers Familie vor ihm dieses Haus bewohnt habe. Er habe ihn damals abgewimmelt, er wüsste nichts über einen Spiegel, er sei noch ein Kind gewesen, als die Familie von hier weggezogen sei. Und so war es auch, bis er gestern durch Zufall auf ein Bild in einem alten Familienalbum gestoßen sei.

Eine Aufnahme von seiner Mutter in ihrem Schlafzimmer. Sie stand mit dem Rücken vor einem Spiegel. Irgendetwas in dem Spiegel schien jedoch nicht zu passen.

Kramer öffnete die Aktentasche, die er die ganze Zeit über unter den Arm geklemmt gehalten hatte, und holte ein Foto heraus. »Ich habe den Ausschnitt vergrößern lassen, hier, sehen Sie.« Martin nahm das Foto entgegen, es zeigte das hassverzerrte Gesicht einer jungen Frau.

»Das Foto hat mein Vater aufgenommen. Meine Mutter steht mit dem Rücken zum Spiegel und es ist keine weitere Person im Raum zu sehen.« Er hielt einen Augenblick inne, ehe er weitersprach. »Nur wenige Stunden nach dieser Aufnahme hat man meine Mutter tot in ihrem Bett gefunden. Schon seit einigen Wochen war sie krank, verwirrt, voller Angst. Erst jetzt ist mir das alles wieder eingefallen. Ich war damals noch ein Kind.«

Martin setzte sich ihm gegenüber. »Und der Spiegel? Wissen Sie, was damals aus ihm geworden ist?«
Kramer schüttelte den Kopf. »Ich weiß nur, dass ich ihn im neuen Haus nie gesehen habe, deshalb vermute ich, dass er hier geblieben ist. Und so scheint es ja nun auch. Es ist der Spiegel, den Sie unten hängen haben.«
Martin überlegte, aber er konnte sich nicht daran erinnern, diesen Spiegel zu Zeiten seiner Kindheit im Haus gesehen zu haben. Er musste die ganze Zeit in dem Verschlag auf dem Dachboden gewesen sein.
»Aber ich habe noch etwas anderes entdeckt«, fuhr Kramer fort. »Es gibt eine Geschichte aus dem Jahr 1527. Ein grausames Verbrechen, direkt in diesem Haus. Zwei Menschen wurden wortwörtlich abgeschlachtet und ihre Mörder hingen dafür am Galgen. Spiegel von dieser Güte gab es zu dieser Zeit noch gar nicht, eigentlich. Ich habe einen Bekannten kontaktiert, er ist Historiker an der Universität in Rom. Ich habe ihm das Bild vom Spiegel per Mail geschickt und er ist sich sicher, dass er aus Italien stammt, aus Murano. Wie gesagt, 1527 gab es noch keine Spiegel dieser Güte. Er hat mir allerdings eine interessante Geschichte erzählt. Anfang des 16. Jahrhunderts gab es in Murano einen Glasmacher, der bei seinesgleichen wenig beliebt war. Selbstgefällig und eitel soll er gewesen sein. Eines Tages hatte er gewettet, dass er den besten Spiegel aller Zeiten anfertigen würde. Alle lachten ihn aus, aber wenig später versetzte er sie in Erstaunen. Er hatte einen Spiegel erschaffen, gut einen Meter hoch, mit einem goldenen Rahmen und einer absoluten Spiegelfläche, wie sie bis dato keiner gesehen hatte. Von da an respektierten ihn alle. Felipe, der ihn zuvor am meisten verhöhnt hatte, wurde zu seinem größten Bewunderer. Er besuchte ihn jeden Tag, um

den Spiegel zu betrachten. Das sei einige Wochen so gegangen, bis dieser Felipe eines Abends eine ganze Familie niedermetzelte. Er wurde dafür hingerichtet und auch unser Glaser wurde der Mittäterschaft bezichtigt, doch war er vom Tag des Mordes an nicht mehr auffindbar. Als hätte der Erdboden ihn verschluckt.«

»Oder der Spiegel«, fügte Martin hinzu und musste an die unverschlossene Ladentür am Morgen nach dem Mord und an Meinekes Verschwinden denken. Und daran, wie er meinte, Meinekes Gesicht im Spiegel gesehen zu haben.

Kramer nickte abwägend und fuhr fort. »Man glaubte, der Teufel habe seine Seele zu sich in den Spiegel geholt, und man fürchtete, dass der Spiegel sich weitere Seelen holen würde. Deshalb wurde er in eine geheime Kammer in der Basilika di Santa Maria e San Donato geschafft. Doch wenige Tage später war er verschwunden. Es hieß, ein Trupp von Wegelagerern, die aus dem Norden gekommen waren, hätten ihn geraubt. Hier allerdings endet die Geschichte. Erst sehr viel später gelang es, Spiegel von vergleichbarer Güte herzustellen.«

»Und Sie meinen, das könnte unser Spiegel sein? Aber wie ist er nach Bremen und in dieses Haus gekommen?«

»Weder das eine noch das andere kann ich Ihnen beantworten«, sagte Kramer und stand auf. »Tut mir außerordentlich leid.«

Kramer legte Martin zum Abschied die Hand auf die Schulter, eine Geste, die ermutigend und verzweifelt zugleich wirkte.

Hatte Kramers Besuch anfänglich Hoffnung in Martin aufkeimen lassen, so war er nun umso niedergeschlagener. Vielleicht war es dieser Spiegel, vielleicht aber auch nicht. Und selbst wenn er es war, was half ihm dieses Wissen? Martin nahm seine Jacke und verließ das Haus. Er musste dieses vermaledeite Ding hinter sich lassen, wenigstens für einige Augenblicke.

Schon nach wenigen Schritten fiel ihm jedoch das Atmen schwerer, ein leichtes Ziehen zog sich vom Herzen aus bis in die Schläfen. Erschöpft setzte er sich auf die Bank neben dem Neptunbrunnen und besann sich auf Kramers Worte. Sie hatten versucht, das Böse im Spiegel zu bannen, indem sie ihn an einen geweihten Ort brachten. Nun, das konnte er nicht tun, aber wenn der Prophet nicht zum Berg kam ...

Schnell ging er zurück und in das Schlafzimmer seines Vaters, nahm das Kreuz von der Wand, das dort über dem Bett hing, und ging damit in den Laden.

Die Luft im Raum schien zu pulsieren, als würde er den Schlund einer riesigen Bestie betreten. Das Kreuz in beiden Händen weit nach vorne gestreckt, ging er frontal auf den Spiegel zu. Schritt für Schritt, bis das Kreuz seine eigene Spiegelung berührte.

Martin war auf alles gefasst, als er es gegen die Glasfläche drückte, doch nichts passierte. Verzweifelt schleuderte er das Kreuz gegen den Spiegel, es zerbrach und fiel zu Boden.

»Verfluchter Teufel, verschwinde!«, Martin schrie, seine Hände suchten verzweifelt nach einem Gegenstand, mit dem er auf den Spiegel einschlagen konnte. Er griff einen der Handspiegel, holte aus und hielt abrupt inne.

Es war nur ein winziges Zucken, ein kurzes Atemanhalten gewesen, aber Martin hatte es bemerkt. Er starrte auf sein Spiegelbild, sah, wie der Spiegel von dem kleinen Spiegel in seiner Hand reflektiert wurde. Er hielt ihn dichter daran und genau dort, wo die beiden Spiegelflächen sich gegenüberstanden, schien die Bestie zurückzuweichen.

Martin warf den Handspiegel auf den Stuhl, rannte zu einem der anderen Frisierplätze, nahm einen der großen Spiegel von der Wand und ging, diesen wie einen Schild vor sich haltend, zurück.

»Was ist mit dir?«, sagte Martin nun laut. »Kannst du deinen eigenen Anblick nicht ertragen?«
Mit jedem Schritt, den Martin näher kam, verformte sich das Glas, schien sich vor Schmerz zu winden.
Dann schließlich begannen sich feine Risse zu zeigen, ehe es mit lautem Krachen zerbarst. Erschöpft ließ Martin seinen Spiegelschild, der unversehrt geblieben war, sinken und blickte in einen leeren Rahmen. Der Boden war übersät mit feinen Glassplittern. Martin nahm den Besen und fegte sie zusammen, gab sie in mehrere Müllsäcke und entsorgte sie einzeln. Jeden Sack in eine andere Mülltonne, das Gleiche tat er mit dem Rahmen, nachdem er ihn in Stücke gehackt hatte.
Als er damit fertig war, ging er zurück in den Laden, um sich zu vergewissern, dass er nichts übersehen hatte. Draußen war es dunkel geworden und Martin hatte nur noch einen Wunsch: schlafen. Nächtelang, tagelang und darüber alles zu vergessen. Er hob den Frisierspiegel vom Boden, der ihn gerettet hatte, und hängte ihn an die Wand, dann ging er zur Treppe und löschte das Licht im Laden.
Er wollte gerade nach oben gehen, als er meinte, ein Wispern hinter sich zu hören. Er drehte sich um und sah ein zartes Leuchten, das aus dem Frisierspiegel zu kommen schien …

21. Januar 1527
Becka konnte nur mit größter Mühe atmen. Die Grassode, die sie ihr auf den Mund gelegt hatten, schützte sie ein wenig vor der herabprasselnden Erde, auch wenn sie freilich nicht als Schutz gedacht war. Ihr Leib schmerzte von den unzähligen Tritten. Sie hielt die Augen zusammengepresst, betete, jedoch ohne Hoffnung, erhört zu werden. Zu tief war ihre Schuld. Sie hätte der

Versuchung widerstehen müssen. Das Böse im Spiegel erkennen müssen und fliehen sollen. Sie war zu schwach gewesen. War ebenso wie die anderen zu seinem Handlanger geworden.

Herr im Himmel, vergib mir.

Ihr Vater und Albert waren nur wenige Tage vor ihr gerichtet worden. An dem Galgen, unter dem man nun sie lebendig verscharrte. Nur Anna war davongekommen. Das Letzte, was Becka von ihr gesehen hatte, war ihr Gesicht im Spiegel in jener grauenvollen Nacht. Als wäre sie leibhaftig darin verschwunden.

Das Gewicht der nassen Erde auf ihrem Leib nahm ihr mehr und mehr die Luft zum Atmen. Bald würde die irdische Pein ein Ende haben. Und dann? Was würde sie erwarten? Becka vermochte es sich nicht auszumalen.

Und der Spiegel? Der Spiegel, der sie alle ins Verderben gestürzt hatte, wie viel Unheil würde er noch anrichten? Sie hatte versucht, ihnen zu erklären, wie alles gekommen war, aber keiner wollte ihr glauben. Sie könne es beweisen, hatte sie auf Knien gefleht und der Pastor sich schließlich erbarmt. Man hatte sie in das Haus ihrer Herrschaft geführt. Das Bett im Schlafgemach war mit schweren Laken verhangen, doch der Geruch des Blutes, das in alle Ritzen gesickert war, hing schwer im Raum. Der Platz über der Kommode war leer. Der Spiegel war verschwunden, ebenso wie Anna. Was auch immer mit beiden geschehen war, Becka würde es nie erfahren.

Noch einmal versuchte sie zu atmen, doch das Gewicht der Erde drückte ihre Lungen zusammen. Das Letzte, was sie wahrnahm, war die Kälte, die in ihren Körper schlich, sich um ihr Herz legte und ihr endlich Ruhe schenkte.

Zwei unversöhnliche Brüder

Der Weg nach Bremen würde noch einige Stunden beanspruchen und so hatten wir uns im Schutze einer kleinen Kapelle zur Nacht niedergelassen. Oktavius schlief unruhig neben mir, während die Schatten sein Gesicht streiften, ihm mit kalten Fingern durch die Haare fuhren. Es war ein friedlicher Ort für all die, die hier Rast und Schutz suchten, nur nicht für uns. Kein Ort dieser Welt, an dem je eine menschliche Seele verweilt hatte, würde dies je für uns sein. Lange Zeit hielt ich es für einen Fluch, wähnte ich mich in den Klauen des Teufels. Erst Bruder Francis ließ mich gewahr werden, dass unsere besondere Gabe ein Geschenk Gottes ist. Ein Geschenk, das zugleich die Verpflichtung bringt, andere Seelen aus größter Pein zu erretten.

1611, drei Jahre nachdem ich mich dem Orden der Kapuziner angeschlossen hatte, hatten wir uns von Amsterdam aus aufgemacht in Richtung Rhein. Unter der Führung des Iren Francis Nugent, der mir Lehrer und Vertrauter wurde, durfte ich der Gründung des ersten Hauses unseres Ordens in dieser Provinz beistehen. Und Köln sollte nicht der einzige Sitz bleiben. Immer war Bruder Francis an meiner Seite, nur ab und an verließ er den Orden und kehrte oft erst nach Wochen sichtlich erschöpft zurück. Wenn ich ihn nach seinen Reisen fragte, sagte er stets: »Bald, Bruder, bald wirst du alles erfahren.«
Es war ein kalter Winterabend im Jahre 1617, als er mich schließlich bat, ihm in den Garten des Klosters zu folgen.

»Nur wenige unter uns sind so offenen Herzens, dass sie Zugang zu anderen Geschöpfen und Wesen finden so wie der heilige Franz von Assisi. Du, mein Bruder, bist einer von uns. Schon seit Langem habe ich dies wahrgenommen und nun ist es an der Zeit, deine Gabe zum Nutzen der Gemeinschaft zu schulen.« Francis legte mir die Hand auf die Schulter, als wolle er mir Mut machen, für das, was mich erwartete.
Sieben Jahre später verließ Francis Münster und machte sich auf den Weg zur Küste, da seine Dienste in Irland gebraucht wurden. Seitdem war es meine Aufgabe, meine besondere Fähigkeit und alles, was ich von ihm darüber gelernt hatte, zum Wohle der Menschen hier einzusetzen.

Vielen konnte ich bereits Beistand geben, den Lebenden wie den Toten. Einige Jahre war ich alleine meiner Aufgabe nachgegangen, doch dann erregte der junge Novize Oktavius meine Aufmerksamkeit, ebenso wie ich dereinst Francis' besondere Beachtung gefunden hatte.

Nach einer kurzen Nacht kamen wir endlich in der Hansestadt an, deren Bürger es angesichts ihrer herrschaftlichen Tracht wohl zu einigem Wohlstand gebracht hatten. Dennoch gab es wie allerorts Bettler und gefallene Seelen, sodass wir unsere Anwesenheit nicht erklären mussten. Auch hier war unser Orden für seine volksnahe Seelsorge und seine Barmherzigkeit bekannt und geachtet.
Die Familie, die unserer Fürsorge bedurfte, lebte in einem ansehnlichen Hause aus Stein unweit des Doms, dem wir trotz unserer Müdigkeit einen kurzen Besuch abzustatten nicht umhinkamen. Nachdem wir uns Zuversicht und Gottes Segen erbeten

hatten, gingen wir direkt zur Kaufmannsfamilie von Darrenburg, wo wir bereits erwartet wurden. Ohne weitere Fragen ließ man uns ein, versorgte uns in der Küche mit Speise und Trank und sogar ein Nachtlager war für uns bereitet. Der Hausherr selbst ließ sich jedoch entschuldigen, er würde erst am nächsten Vormittage von einer Reise aus dem Umland zurückkehren. Die Magd machte auf mich einen ängstlichen Eindruck. Kaum wagte sie, den Blick zu heben, wenn sie uns ansprach, ihre rauen Hände hielt sie verschränkt, als würde sie unablässig zu unserem Herrn beten. Auch sie selbst verbrächte die Nacht nicht im Hause, fügte sie an, falls wir noch etwas bedürften, sollten wir es ihr sogleich sagen. Ich schüttelte den Kopf, bedankte mich für das Mahl und wunderte mich dennoch ein wenig.

»Eine Frage hätte ich doch«, sagte ich schließlich, als sie uns schweigend zu unserer Kammer führte. »Hat dein Herr nicht Frau und Kinder?«

Wohl, antwortete sie, ohne dabei den Blick von ihrem Rocksaum zu heben. Doch seien diese den Sommer über bei Verwandten auf dem Lande. Eine wohlüberlegte Vorsorge, dachte ich bei mir. Zudem konnte es durchaus von Vorteil sein, sich unvoreingenommen einen Überblick zu verschaffen. Ich nahm mir vor, die Nacht über wach zu bleiben. Da ich jedoch von der Reise redlich erschöpft war, legte ich mich in einem der Betten nieder und bat Oktavius, mich vor Anbruch der Abenddämmerung zu wecken.

Als ich erwachte, war rabenschwarze Nacht um mich. Ich richtete mich auf und lauschte in die Dunkelheit. Kein Laut war zu vernehmen.

»Oktavius?«, flüsterte ich. Als ich keine Antwort erhielt, rief ich erneut, lauter diesmal. Aber nur mein eigener Atem war zu hören. In der Dunkelheit erkannte ich lediglich die Umrisse des Zimmers und der Möbel. Vorsichtig stieg ich aus meinem Bette und beugte mich zu Oktavius' Nachtstätte hinab. Sie war unberührt.

An der Wand entlang tastete ich mich zur Tür. Erleichtert sah ich, dass jemand eine Kerze am Treppenaufgang entflammt hatte. Ich nahm sie an mich und ging auf demselben Weg nach unten, den die Magd uns heraufgeführt hatte. Im großen Kamin in der Küche glommen leise knisternd die letzten Reste der Holzscheite, ansonsten war es totenstill. Wieder rief ich Oktavius' Namen, der leise von den kahlen Wänden widerzuhallen schien. Eine Antwort bekam ich hingegen nicht.

Vielleicht war er auf den Hof gegangen, um seine Notdurft zu verrichten? Ich hielt die Kerze in Richtung der Außentür, die ich am Abend bemerkt hatte. Sie war geschlossen, aber nicht verriegelt. Ich hatte sie gerade einen Spaltbreit geöffnet, als ich das Gefühl hatte, jemand würde von der anderen Seite dagegenhalten.

»Oktavius? Bist du das?«

Ich lauschte, doch statt einer Antwort wurde die Tür so heftig zugestoßen, dass durch den Luftzug die Kerze erlosch. Im ersten Augenblick wich ich erschrocken zurück, dann rüttelte ich mit beiden Händen an der Klinke. Vergeblich.

In die Tür war ein kleines Fenster eingelassen. Ich spähte hindurch, der Mond beschien den kleinen Innenhof. Ich erkannte einen Brunnen und ein kleines Bretterhäuschen etwas abseits, doch keine menschliche Seele war zu sehen. Ich trat zurück und während mein Blick noch auf das Fenster gerichtet war, zog eine schwarze Wolkenfront vor den Mond. Die Scheibe verdunkelte sich, statt des Hofes konnte ich nun mein eigenes Gesicht erkennen. Und gerade als ich mich abwenden wollte, sah ich ein zweites Antlitz, das mir über die Schulter blickte. Mit einem Ruck fuhr ich herum, aber der Platz hinter mir war leer.

Furcht stieg in mir auf, ich bekreuzigte mich, eilte hinüber zum Feuer, um an der restlichen Glut meine Kerze erneut zu entflammen. Endlich gelang es und der helle Schein in meiner Hand gab mir ein wenig Sicherheit zurück. Meine Sorge um Oktavius war nun unermesslich. Raum für Raum durchsuchte ich, ohne Erfolg. Weder im Erdgeschoss noch oben in den Zimmern der Herrschaft noch in den Kammern unter dem Dache war mein Bruder zu finden. Als ich den letzten Winkel abgesucht hatte, erinnerte ich mich, unter der Treppe eine kleine Luke gesehen zu haben. Und in der Tat: Als ich sie öffnete, offenbarte sich der Eingang zu einem kleinen Kellergewölbe.

Eiseskälte und modriger Geruch schlugen mir entgegen. Der Raum war weitläufiger, als ich erwartet hatte, voll mit gestapelten Fässern, Säcken und Kisten. Eine Ratte huschte quiekend über meine Füße und ich unterdrückte einen kleinen Aufschrei. Als ich ein Stück tiefer in den Raum gegangen war, vernahm ich ein leises Stöhnen. Ich beschleunigte meinen Schritt, hob die Kerze an und dann sah ich Oktavius auf dem Boden liegen. Er schien gerade zu sich zu kommen, auf seiner Stirn klaffte eine Wunde, sein Gesicht war verschmiert mit Blut und Dreck. Vorsichtig half ich ihm, sich aufzusetzen. Eine Weile sah er mich an, als würde er mich nicht erkennen, dann atmete er erleichtert auf.

»Jemand hat an die Tür geklopft. Ich wollte nicht, dass Ihr geweckt werdet, so schlich ich mich aus der Kammer, aber es war niemand zu sehen. Dann hörte ich Geräusche von unten. Ich folgte ihnen und da stand ein Mann auf dem Flur. Er war gekleidet wie ein vornehmer Herr und doch war etwas Absonderliches an ihm. Ich ging auf ihn zu. Plötzlich griff er mich an, ich war in

Panik und flüchtete mich durch die Kellerluke, im Dunkeln bin ich schließlich über etwas gestürzt.«

Ich tadelte mich, den Knaben mitgenommen zu haben. Fast hätte ich sein Leben auf dem Gewissen gehabt und dabei waren wir noch keinen Tag hier.

Der Rest der Nacht verlief jedoch ruhig. Während Oktavius bis zum Morgengrauen schlief, lauschte ich in die Stille.

Als wir nach unten kamen, erwartete die Magd uns bereits mit Hafergrütze, Brot, Speck und Kaffee. Ich war versucht, sie nach den Vorkommnissen in diesem Hause zu befragen. Entschied mich jedoch dagegen, als ich ihren erschreckten Blick bemerkte, nachdem sie Oktavius' Wunde gesehen hatte, die – dem Herren sei Dank – nicht so schlimm war, wie es zunächst geschienen hatte.

Moritz von Darrenburg, der Herr des Hauses, traf nur wenig später ein. Auch er zeigte sich bestürzt, als ich ihm das Zustandekommen von Oktavius' Verletzung erklärte. Er bat uns in sein Studierzimmer, wo er sich an seinen Schreibtisch setzte und sich die bittersten Vorwürfe machte, uns nicht ausreichend gewarnt zu haben. Er entzündete sich eine lange Pfeife und begann zu erzählen.

Vor beinahe zwei Jahren habe er dieses Haus günstig von der Witwe des Stadtrichters erworben. Am Anfang wären es nur Stimmen und Schritte gewesen, die sie ab und an gegen Mitternacht geweckt hätten. Dann sei seine Frau eines Nachts erwacht, ohne zunächst zu wissen, warum. Doch als sie die Augen aufschlug, stand ein Mann über sie gebeugt. So nah, dass er mit dem seinen fast ihr Gesicht berührte. Als er selbst durch ihren Schrei geweckt wurde, war nichts zu sehen. Das Ereignis wiederholte sich und bald geschah es auch ihm.

Er sei daraufhin zu der Witwe gelaufen und habe sein Geld zurückverlangt, aber sie zeigte sich ungerührt. Sie wisse nichts von einem Spuk. Schließlich habe er sich einem Pfarrer anvertraut, doch die Gebete und die Bemühungen des Geistlichen im Hause machten es eher schlimmer, als würde der Geist von Mal zu Mal zorniger. Auf meine Frage, ob er eine Vorstellung hätte, wer der Geist sei und was er von ihnen wolle, blieb er eine Weile stumm. Dann sagte er: »Nur eine Vermutung. Das Aussehen des Geistes passt auf die Beschreibung des Richters. Ein erneuter Versuch, bei dessen Witwe eine Erklärung zu finden, schlug wiederum nur auf taube Ohren. Sie schalt uns verrückt und bezichtigte uns, nur einen Vorwand zu suchen, unser Geld wiederzubekommen.«

»Wie und wo ist der Richter verstorben?«

»Er hatte in seiner Amtsstube einen Herzanfall. Er soll von einem Augenblick auf den anderen vor seinen Herren getreten sein.«

»Nun, wenn Eure Vermutungen richtig sind, ist er das eher nicht.«

»Mehr kann ich leider nicht berichten. Wenn Ihr uns nicht helfen könnt, weiß ich nicht weiter. Wir werden das Haus aufgeben müssen. Auch wenn mein ganzes Vermögen darin gebunden ist, so ist es das Wohl meiner Familie nicht wert.«

Oktavius hatte sich schnell von dem nächtlichen Schrecken erholt und die ganze Zeit interessiert gelauscht. Als wir uns von Herrn von Darrenburg verabschiedet hatten und durch die Straßen Bremens liefen, um uns zu beraten, schien geradezu sein Eifer für diesen Fall entbrannt zu sein. »Wir müssen mehr über den Richter herausfinden. Es war sein Geist, den wir gesehen haben.«

»Dies ist anzunehmen. Die Frage ist: Was hält seine Seele so unbarmherzig von Gott fern?«

»Oder vom Teufel.«
»Eine interessante These, mein Bruder. Ihr seid demnach der Annahme, der Geist des Richters, sofern er es ist, klammere sich an diese Welt, um den Höllenqualen zu entgehen?«
»Ein verständliches Motiv, würde ich sagen.«
»Durchaus, die Erfahrung hat mich allerdings gelehrt, dass nicht der Wille eine Seele auf Erden zu halten vermag. Vielmehr sind es unerledigte irdische Obliegenheiten. Etwas, das die Seele zu schwer belastet, um den Weg ins himmlische Reich anzutreten. Die Seelen der Menschen, die ihre Untaten nicht bereuen, sind verloren, aber sie empfinden diese Schwere nicht.«
Nach dem was wir von Herrn von Darrenburg über die Witwe erfahren hatten, beschlossen wir, ihr unser wahres Anliegen nicht zu offenbaren, und gaben vor, für die Versorgung der Pestkranken Spenden zu sammeln. Oktavius' jugendlichem Charme verdankten wir es, dass uns die Hausherrin persönlich hereinbat und uns in die gute Stube führte. Kaum hatten wir den Raum betreten, erhielten wir die erste Antwort. Über dem Kamin hing das Porträt eines stattlichen Herren. Ihr verstorbener Gatte, erzählte sie uns. Es war ohne Zweifel der Mann, der uns in der Nacht heimgesucht hatte. Wieder überließ ich Oktavius das Wort. Er erkundigte sich anteilsvoll nach den Todesumständen, aber sie erzählte uns nicht mehr, als wir ohnehin schon erfahren hatten. Wo er denn begraben läge, fragte ich unter dem Vorwand, als Dank für die Spende an seinem Grabe für ihn beten zu wollen.
Als wir den Friedhof betraten, sah ich unweit davon einen der Totengräber bei seiner Arbeit.
»Verzeiht mir, werter Herr, aber ich suche das Grab des Richters Adam Zuklampen.«
Er zeigte es uns und beiläufig fragte ich, ob er bei der Beerdigung

anwesend gewesen sei. Das Glück war mir hold. Die halbe Stadt sei da gewesen, nur sein eigener Bruder nicht, erzählte er. Eine Schande, nicht ein einziges Mal hätte er ihn bisher am Grabe gesehen.

Ich sah Oktavius an und auch er schien die Bedeutung dieser Worte zu erkennen. Wir sprachen ein schnelles Gebet und machten uns auf zum Punkendeich, wo der Bruder, ein Fährmann, wohnte.

Ihr Mann sei nicht im Hause, sagte uns seine Frau, gewährte uns aber Einlass. Das kleine Haus war um Längen bescheidener als das des Bruders. Von innen war es nur spärlich ausgestattet, es machte den Eindruck, als würde die Familie unter zunehmender pekuniärer Not leiden. Diesmal waren wir aufrichtiger in unserem Ansinnen und ich fragte sie sogleich nach der Beziehung ihres Mannes zu seinem verstorbenen Bruder. Schon am Ausdruck ihres Gesichtes konnte ich erkennen, welch schmerzliches Kapitel dies für sie war. Sie erzählte von dem einst innigen Verhältnis der Brüder, als sie beide mittellos hier in Bremen angekommen waren, um in der freien Stadt ihr Glück zu suchen. Während Jonas, ihr Mann, nach ihrer Hochzeit die Fähre ihres Vaters übernommen hatte und sie in bescheidenen, aber auskömmlichen Verhältnissen zufrieden waren, war Adam auch dann nicht befriedigt, als er es zu Reichtum und Ansehen gebracht hatte. Er setzte alles darauf, in das Amt des Stadtrichters gewählt zu werden, und auch dies gelang ihm. Er war von einem einfachen Bauernburschen zu einem der einflussreichsten Bürger der Stadt aufgestiegen. Seinen Bruder besuchte er nun kaum mehr, als wäre der Umgang mit diesem ihm eine Schande.

»Besucht Euer Mann deshalb nie das Grab seines Bruders?«, fasste ich nach.

Sie schüttelte den Kopf und Tränen standen ihr in den Augen. »Vor einiger Zeit verlangten die Melker, deren Vieh drüben auf dem Werder grast, von meinem Manne die Herabsetzung des Fährpreises. Nur noch die Hälfte waren sie bereit zu bezahlen. Mein Mann lehnt dies ab, denn der Lohn war damals schon kaum auskömmlich. Doch die Melker zogen vor Gericht. Jeder andere Richter hätte sie abgewiesen, nur Adam fürchtete um sein Ansehen. Er glaubte, man würde ihn der Dünkelei mit seinem Bruder bezichtigen, wenn er die Klage abwies. So hat er die Halbierung des Fährpreises bestimmt, obwohl Jonas bekunden konnte, dass der alte Fährpreis rechtmäßig mit den Melkern verhandelt war. Jonas war verzweifelt und der Groll auf seinen Bruder unermesslich. Er trat vor ihn hin und verfluchte ihn mit den Worten: Das ungerechte Urteil wird dir noch im Tode keine Ruhe lassen. Da erst kam Adam zur Besinnung. Er wollte Jonas nacheilen, aber er war nur ein paar Schritte weit gekommen, als er tot zu Boden sank.«
»Ihr Mann konnte ihm auch nach seinem Tode nicht verzeihen?«
Sie schüttelte den Kopf und nun liefen die Tränen, die sie die ganze Zeit über zurückgehalten hatten, über ihre Wangen. »Es ist kein Reden mit ihm.«
Als wir uns verabschiedeten, versprach ich, mit ihrem Manne zu sprechen, vielleicht hätte ich mehr Glück. So gingen wir hinunter zum Fähranleger und mussten auch nicht lange warten. Jonas Zuklampen war ein großer und hagerer Mann, dessen Gesichtszüge wenig Regung verrieten. Wir setzten uns auf der Fähre nieder, nachdem er sie an der Kaje vertäut hatte. Eine Weile hörte er uns unbewegt zu, doch als ich ihn bat, um seiner Frau und der Familie im ehemaligen Richterhaus willen, seinem Bruder zu vergeben, stand er auf und hob drohend die Faust. »Nie und

nimmer!«, rief er aus. »Niemals werde ich diesen Bruderverrat verzeihen! Und wenn ich dafür in der Hölle schmore.«
Oktavius versuchte nun seinerseits, den Mann zu erweichen, aber was auch immer wir vorbrachten, stieß auf taube Ohren.
So blieb uns nichts, als zum Haus der von Darrenburgs zurückzukehren.
»Gibt es denn gar nichts, was wir tun können?«, fragte Oktavius betrübt.
»Nun, wenn der lebende Bruder kein Einsehen hat, müssen wir es wohl bei dem toten versuchen.«

In der darauffolgenden Nacht hörten wir das Schlurfen von schweren Schritten vor unserer Kammer. Der Mond schien hell ins Zimmer und deutlich konnten wir sehen, wie die Klinke herniedergedrückt wurde. Dann sprang die Tür mit einem Schwung auf und er stand vor uns. Schierer Zorn wehte uns an, stand so deutlich im Raume, wie der Geist selbst. Ich richtete mich auf und ging ihm ein Stück weit entgegen. »Was suchst du bei uns Richter? Solltest du nicht vordem deinen Bruder um Vergebung bitten?«
Geradezu körperlich konnte ich fühlen, wie sein Zorn stieg.
»Ich weiß von deiner Schuld und ich versichere dir, Gott ist bereit, dir zu vergeben. Aber du darfst nicht hier bleiben. Tritt vor deinen Herren und deine Schuld wird dir vergeben. Ich werde für dich bitten«, versprach ich und ließ mich auf die Knie nieder. Ich betete ohne Unterlass und in der Tat wurde seine Erscheinung schwächer und schwächer, bis sie schließlich verschwand.
Oktavius trat zu mir und half mir auf. »Ist er gegangen?«
»Hoffen wir es, mein Bruder.«
Erschöpft schlief ich daraufhin ein, bis ich durch ein unbestimm-

tes Gefühl erwachte. Ich öffnete die Augen und stieß einen spitzen Schrei aus. Der Geist des Richters stand über mich gebeugt und kaum hatte er meinen Schrecken bemerkt, lachte er derart dämonisch, dass es in den Ohren schmerzte. Auch Oktavius war erwacht und sah angstvoll zu uns hinüber. Dann verschwand der Richter erneut.

Beim Frühstück saßen Oktavius und ich uns schweigend gegenüber.

»So viel Hass, so viel Zorn«, sagte ich schließlich, »dagegen ist kein Ankommen. Wir müssen uns etwas anderes überlegen. Geringstenfalls müssen wir ihn aus dem Haus verbannen, damit die Familie hier unbeschadet leben kann. Vielleicht, wenn er irgendwo weit weg von den Menschen ist, vielleicht besinnt er sich dann von selbst.«

»Aber wie sollen wir dies vollbringen?«

Oktavius saß am Tisch in der dunklen Küche, während ich mich hinter dem großen Fass neben dem Kamin verbarg. Schon beinahe zwei Stunden saßen wir hier, ohne dass der Geist des Richters sich zeigte. Auch war ich mir unsicher, ob meine List gelingen würde. Endlich erklangen schlurfende Schritte, wie wir sie bereits in der Nacht zuvor vernommen hatten. Ich duckte mich hinter das Fass und da hörte ich auch schon Oktavius, wie er von seinem Stuhle auffuhr und schrie: »So tut mir nichts! Erbarmen!« Er rannte zur Hoftür hinaus und der Richter folgte ihm. Schnell sprang ich aus meinem Verstecke hervor und eilte ihnen hinterher. Ich konnte mein Glück kaum fassen, als ich sah, wie der Richter hinter Oktavius her und in den Käfigwagen glitt. Bevor er mich bemerken konnte, hatte auch ich den Wagen erreicht und die Tür versperrt. Obwohl ich bereits zuvor alle Ausgänge und auch die Gitterstäbe mit Weihwasser besprüht hatte, zog ich noch einmal eine dünne Spur rund um den Wagen, während Oktavius vorne herausschlüpfte und seinerseits die Tür hinter sich schloss. Der Richter saß in der Falle. Als er dies bemerkte, versuchte er, durch die Gitterstäbe hindurchzugelangen, aber sobald das Weihwasser ihn berührte, wich er mit zornigen Flüchen zurück.

Wir spannten das Pferd vor den Wagen und machten uns auf den Weg zum Ostertor. Von dort aus sollte es hinausgehen nach dem Schwarzen Meer und der Pauliner Marsch. Geradezu ausgelassen gingen wir des Weges und freuten uns über das leichte Gelingen. Doch noch waren wir nicht am Ziele. Der Richter saß nur undeutlich sichtbar auf dem Wagenboden, bis wir das Rathaus erreichten. Da richtete er sich auf und rief mit schrecklicher Stimme dreimal aus dem Wagen: »Richter, richte recht!« Je näher wir nun dem Ostertor kamen, desto stärker schien der Richter zu werden. Seine Erscheinung wurde größer und heller, das Pferd scheute und stieg, wie wild begann es, um sich zu treten, riss sich vom Geschirr und verschwand in die Nacht. Das Lachen des Richters schallte durch die Straßen. Nun war ich es, der zornig wurde, ich stellte mich vor den Richter hin und schwenkte das Weihrauchgefäß, während Oktavius loszog, um uns ein neues Gespann zu besorgen.

Endlich, kurz vor Anbruch der Dämmerung, hatten wir es geschafft. Der Richter war in die moorige Einsamkeit verbannt und wir lagen erschöpft, aber zufrieden in unseren Betten.

Herr von Darrenburg dankte uns überschwänglich und bat uns zu bleiben, bis seine Familie wieder im Hause sei, die er sofort zurückholen wollte. So blieben wir ein paar Tage. Wir erfreuten uns an den Annehmlichkeiten der Stadt, die von den Kriegs-

wirren im Lande noch unbetroffen war, und machten uns nützlich, wo immer wir konnten. In der dritten Nacht wagten wir uns hinaus in die Pauliner Marsch und in der Tat sahen wir den Richter, wie er einsam seine Kreise zog.
Am übernächsten Tage schickten wir uns an, die Heimreise anzutreten. Wir waren guter Dinge, als wir bei strahlendem Sonnenschein durch das Stephanitor hinausliefen. Doch weit sollten wir nicht kommen.
»Was habt Ihr getan, Ihr Narren?«, rief jemand hinter uns her und als wir uns umblickten, erkannten wir Jonas Zuklampen.
Er kam auf mich zu, packte mich an der Kutte.
Oktavius versuchte, ihn zu beruhigen, aber er schien wie von Sinnen. Endlich ließ er von mir ab und erklärte sich uns.
»Nun hat er mich endgültig zugrunde gerichtet. Keiner wird mehr auf den Werder wollen, sogar die Melker lassen lieber ihr Vieh im Stich, als sich zu ihm übersetzen zu lassen. Es ist Eure Schuld, Ihr habt ihn aus dem Haus vertrieben und nun versetzt er mehr als nur eine Familie in Angst und Schrecken.«
Was er damit meine, fragte ich voller Verwirrung und er berichtete, wie gestern während seiner ersten Fährfahrt zum Werder unter den Melkern ein prächtig angezogener Mann stand. Er hatte jedoch das Gesicht abgewandt, sodass er ihn nicht erkennen konnte. Als sie drüben angekommen waren und er das Fährgeld heischte, raffte sich jener Mann empor, schoss jäh an ihm vorbei und rief mit einem höhnischen Lachen aus: »Der letzte Mann bezahlt die Fähr!« Da erkannte er, wen er übergesetzt hatte, und auch die Melker schrien, er möge sie um Gottes willen gleich wieder zurückbringen.
Ich war wie betäubt, hatte ich doch die Möglichkeit, der Richter könne von sich aus dem Moor entfliehen, nicht bedacht. Wir gin-

gen mit Jonas Zuklampen und schon am Abend konnten wir von seinem Hause aus die Rufe des Richters hören, die vom Werder her über die Weser schallten. »Hahl awer! Hahl awer!«
»Ihr müsst ihn von hier verbannen.«
»Ich fürchte, das können wir nicht«, antwortete ich ihm ehrlich. Meine Worte entfachten seinen Zorn von Neuem. »Ihr habt ihn hierher gebracht.«
»Aber nur Ihr habt die Macht, ihn endgültig zu bannen. Vergebt ihm seine Schuld und er wird seinen Seelenfrieden finden.«
Jonas ließ sich auf einen Holzschemel fallen und stützte den Kopf in die Hände. »Ich kann es nicht, zu schändlich hat er mich verraten. Solch ein Verhalten kann nicht verziehen werden.«
»Ihr seid nicht weniger sturköpfig als Euer Bruder«, rief ich nun aus. »So kann ich nichts für Euch tun. Vergebt und Ihr werdet Ruhe haben«, mit diesen Worten verließen wir den Fährmann.

Jahre später bat ein Geistlicher aus Bremen in unserem Kloster um ein Nachtlager. Ich fragte ihn nach dem Fährmann und er wusste augenblicklich, wen ich im Sinne hatte.
»Fürwahr, noch immer ist das Rufen des Richters zu hören, wenn er in nebligen Nächten am Ufer des Werder steht und den Fährmann ruft. Keiner will mehr dorthin übersetzen und schon gar nicht dort siedeln, obwohl der Wohnraum in Bremen knapper wird und man den Bürgern, die bereit sind, sich dort niederzulassen, Vergünstigungen gewährt.«
Beschämt wandte ich mich ab. Ich hatte mein Bestes gegeben und doch versagt.
Möge Gott den Brüdern Frieden schenken!

Ach wie gut, dass niemand weiß …

»Ich bin soo unglücklich!«
»Trink noch ein Glas Sekt.«
»Ich hab doch schon fünf. Nichts hilft! Kannst du nicht irgendwas tun?«
»Frauke, Liebes, ich habe wirklich alles in meiner Macht Stehende getan. Ich bin Hellseherin, keine Zauberin.«
»Aber du hast mir so schreckliche Dinge vorhergesagt.«
»Jetzt gib bitte nicht mir oder meinen Karten die Schuld.«
»Aber warum hab ausgerechnet ich so 'n Pech mit Männern?«
»Deine Sterne stehen im Augenblick eben etwas ungünstig, aber das muss ja nicht so bleiben. Lass uns Schluss machen, ja? Ich bin wirklich hundemüde.«
»Aber ich bin soo unglücklich.«
»Ich weiß, Süße. Ich weiß.«
Frauke leerte das Sektglas und ließ ihren Kopf in Behlas Schoß plumpsen. Behla strich ihr mitfühlend die Haare aus dem Gesicht. Frauke seufzte. »Kann man da denn gar nichts machen?«
»Lass dir einfach mal ein bisschen Zeit, Liebe kann man nicht erzwingen.«
»Was für Zeit? Ich bin zweiunddreißig. Du musst mir einfach helfen. Ich bin soo …«
»Na schön.«
Frauke richtete sich auf und ihre Augen leuchteten erwartungsvoll, während Behla ihnen den Rest Sekt in die Gläser schüttete.
»Ich kann dir aber nichts versprechen.«

»Schon klar, nun sag endlich.«
»Ich habe letzte Woche auf dem Flohmarkt ein unglaubliches Schnäppchen gemacht. Ein Buch, das mindestens vierhundert Jahre alt ist. Der Trottel, der es mir verkauft hat, dachte, er würde mich mit den 50 Euro übers Ohr hauen. Wenn der wüsste.«
»Was hat das jetzt mit meinem Unglück zu tun?«
»Ganz einfach. Es ist eine Sammlung über Magie und Geisterbeschwörung im 16. Jahrhundert. Und glaub mir, damals hatten Zaubersprüche, die einem halfen, den Richtigen zu finden, Hochkonjunktur.«
»Ich weiß nicht.«
»Lass es uns einfach ausprobieren. Ich meine, wenn es hilft, wäre doch super, und wenn nicht, hast du auch nichts verloren.«
Frauke zuckte unschlüssig mit den Schultern. Behla erhob sich von den Sitzkissen, die um das Metalltischchen lagen, das sie aus Tunesien mitgebracht hatte, und ging zu ihrem Bücherschrank. Sie zog ein dickes Buch mit zerschlissenem Ledereinband hervor und blätterte eine Weile darin herum. »Hier! Das hört sich doch super an. Erst beschwören wir einen Wicht ...«
»Einen was? Einen Wicht? So einen Gartenzwerg?«
»Ein Wicht ist ein kleiner, hilfreicher Geist.«
»Hmm.«
»Wenn wir ihn heraufbeschworen haben, hast du drei Wünsche frei.«
»Drei? Genial. Okay, was muss ich tun?«
Behla zündete sechs schwarze Kerzen an und stellte sie kreisförmig auf den Boden. »Stell dich hier rein und lies das laut vor.«
Frauke wankte durch die Kerzen hindurch und hatte sichtlich Mühe, sich auf den Beinen zu halten. Behla reichte ihr das Buch und deutete auf einen Absatz.

»Das kann ich überhaupt nicht lesen. Was ist das denn für eine Sprache?«
»Platt, denke ich, du bist doch die Bremerin. Lies es einfach vor.«
»Nu sitte ick hier unde wachte un wet nich, weß ick wachte. Nu sende my de Vader und de Söhne un de hillige Geest dat allerschönste, hilligste Wicht, dat tuschen Himmel unde Erdrike is, my sichtliken unde wahrliken to myn Gesichte, Allent, wat ick von öhm begehrend bin, tho wetende, sunder jenigerley Weg, sunder jenigerley Vergeltung. Nu beschwere ick Dy by söven doetbahren Seelen, nu beschwere ick Dy by söven Altaren, nu beschwere ick Dy by alle Gades Hilligen, by allen Gades Frunden; noch beschwere ick Dy by aller Gades Wunden, by Maria, der reinen Magd, dat Du tho my kamen bist.«

Als Frauke den Absatz stockend zu Ende gebracht hatte, klappte sie das Buch zu und sah Behla an. »Ich hab kein Wort davon verstanden. Und jetzt?«
Behla legte den Finger auf die Lippen. »Sei still und warte.«
Frauke wurde schwindlig, leichte Übelkeit stieg in ihr auf. »Mir ist schlecht«, flüsterte sie.
»Ruhe jetzt, das kommt vom Sekt.«
Die Deckenleuchte flackerte kurz und gab dabei ein sirrendes Geräusch von sich. Behla deutete darauf und lächelte.
Frauke verzog das Gesicht. »Kein Wunder bei der Bruchbude hier.«
»Du musst schon daran glauben.«
Frauke wankte aus dem Kreis zurück auf die Sitzkissen. »Bei mir klappt aber auch gar nichts«, brachte sie noch heraus, bevor sie in einen tiefen Schlaf fiel.

»Au, verdammter Mist.« Frauke wollte sich aufrichten, aber ihr Kopf und ihr Rücken wetteiferten darum, wer ihr am meisten Schmerzen bereiten konnte. Frauke ließ sich zurück auf die Kissen sinken und versuchte, sich zu erinnern, wieso sie hier am frühen Morgen in voller Montur in Behlas Bude auf dem Boden lag.
»Moin. Ausgeschlafen?«
Über Frauke erschien Behlas helfende Hand. Frauke winkte ab. »Mein Rücken bringt mich um. Ich wünschte, ich hätte zu allem Übel nicht auch noch diese maroden Bandscheiben.« Frauke streckte sich vorsichtig, aber der Schmerz blieb diesmal aus. Sie setzte sich erst auf, kam dann auf die Beine, aber nur ihr Kopf dröhnte, der Rücken tat keinen Mucks mehr.
Frauke duschte in aller Eile, schüttete eine Tasse schwarzen Kaffee hinunter und fuhr von Behlas Wohnung aus direkt mit der Linie 3 ins Büro. Dennoch war sie eine halbe Stunde zu spät. Leider nicht zum ersten Mal in diesem Monat. Na super, jetzt würde sie zu den Kopfschmerzen auch noch Ärger mit diesem Griesgram von Chef bekommen. Frauke seufzte und wünschte sich, er möge bitte, bitte heute einmal selbst zu spät kommen.
Als sie an ihren Schreibtisch schlich, grinste ihr ihre Kollegin entgegen. »Na, lange Nacht gehabt?«
Frauke winkte ab und schaltete ihren Rechner ein. Anke schob ihr einen Kaffee rüber. »Lass dir Zeit, der Alte kommt später.«
»Wie?«
»Er hat gerade angerufen, dass seine Einfahrt zugeparkt wurde, er wartet auf den Abschleppdienst.«
»Echt jetzt? Genial.« Fraukes Laune besserte sich schlagartig. Erst die wundersame Heilung ihres Rückens, jetzt das. Sollte ihre Pechsträhne endlich zu Ende sein?
Den Abend verbrachte Frauke vor dem Fernseher bei einer Lie-

beskomödie. Zugegeben, es war eine richtige Schnulze, aber ab und an tat es ihr gut, sich ganz ihren Träumereien hinzugeben, wenn schon im richtigen Leben nichts klappte. Der Held überraschte gerade seine Geliebte mit einem riesigen Blumenstrauß. Frauke seufzte und wünschte sich, auch mal von einem so gut aussehenden Mann so einen Blumenstrauß zu bekommen. Der Film war gerade zu Ende, als es klingelte. Frauke öffnete die Tür und prallte beinahe gegen den Blumenstrauß, der ihr entgegengehalten wurde. Von dem Mann, der dahinter stand, sah sie nur den schlanken, durchtrainierten Körper.

»Liebste Frieda, kannst du mir verzeihen?«

»Bitte?«

Der Mann ließ den Blumenstrauß sinken und sah ihr ins Gesicht. »Dies ist ein Blumengruß von Walter mit der Bitte um Verzeihung.«

»Ich heiße nicht Frieda.«

»Nicht? Aber unten steht F. Krämer.«

»Frauke Krämer.«

»Mist. Und Frieda?«

»Gibt es hier nicht.«

»Mist. Ich bin Blumenbote. Hab den Zettel mit dem Straßennamen verbummelt und im Telefonbuch habe ich unter ›F‹ und ›Krämer‹ nur diese Adresse gefunden.«

Frauke zuckte mit den Schultern und der Mann drückte ihr den Blumenstrauß in die Hand.

»Hier, schenke ich Ihnen. Ist jetzt auch schon egal, den Job bin ich eh los«, sagte er und ging.

Frauke blieb im Türrahmen stehen und versuchte, das Ganze zu verstehen. Was für ein bekloppter Zufall, gerade hatte sie sich noch gewünscht ... Irgendwo tief in Fraukes Gehirnwindungen sirrte es wie ein vibrierendes Handy. Sie hatte es sich gewünscht und prompt war es in Erfüllung gegangen, ebenso wie das mit den Rückenschmerzen und dem Chef. Schon witzig.

Sie ging in die Küche, stellte die Blumen in die Vase und seufzte. Naja, zumindest war es eine nette Abwechslung für den Abend gewesen, wenn sie sich auch wünschte, der Strauß hätte wirklich ihr gegolten.

»Okay, vorher haben wir aber noch was zu bequatschen.«

Frauke zuckte zusammen und hätte sie die Vase nicht gerade abgestellt, wäre sie ihr sicher aus den Händen gefallen und auf den Boden geknallt. Frauke fuhr herum und blickte sich hektisch in der Küche um, aber es war niemand zu sehen.

»Hier bin ich!«

Fraukes Blick wanderte Richtung Küchentisch. Auf der Zuckerdose saß ein kleines Männchen mit struppigem blonden Haar, kaum größer als ein Kaffeebecher. Frauke schrie auf, wich zurück und prallte mit dem Rücken gegen die Arbeitsplatte.

»Freut mich auch«, sagte das Männchen und grinste sie an.

Frauke rieb sich die Augen, aber es war kein Trugbild. »Was … Wer …«

»Weiber! Wer bin ich wohl? Der Weihnachtsmann jedenfalls nicht.«

»Aber das … das ist unmöglich.«

Das Männchen seufzte und äffte Frauke nach.

»Immer das Gleiche, dass ihr Weiber nicht mal origineller sein könnt. Sei es darum. Lass uns zum Geschäftlichen kommen.«

»Geschäftlichen?«

»Ja! Und setz dich, ich krieg gleich 'nen steifen Hals.«

Frauke zog den Stuhl ein Stück vom Tisch weg und setzte sich, ohne den Wicht aus den Augen zu lassen.

»Okay, deine drei Freiwünsche hast du verbraucht. Alles Weitere kostet.«
»Kostet?«
Der Wicht seufzte erneut. »Sag mal, die Hellste bist du nicht, was? Na ja, sei 's drum. Hör einfach zu. Ich erfülle dir weiterhin deine Wünsche, für den läppischen Preis deiner minderwertigen Seele. Du lebst noch ...«, der Wicht musterte Frauke von oben bis zur Tischkante, »... sagen wir mal dreißig Jahre in Saus und Braus und danach kann ich deine Seele an den Meistbietenden verhökern.«
»Ver... sag mal, du hast sie wohl nicht alle!« Obwohl Frauke noch immer nicht glauben konnte, was sie hier erlebte, wurde sie langsam wütend. Was bildete sich dieser kleine Wicht eigentlich ein?
Das Männchen hob eine Hand und trommelte mit den Fingerspitzen auf seinen Lippen herum. Dann stand er auf, trat in die Tischmitte und stützte die Hände in die Seiten. »Du solltest ein wenig höflicher sein, immerhin hast du mich hergeholt.«
»Aber das war doch nur Spaß!«
»Spaß? Ich habe dir bereits drei Wünsche erfüllt, das war alles andere als Spaß. Also?«
»Nichts also. Die drei Wünsche waren umsonst, ich schulde dir gar nichts. Und jetzt verschwinde!«
»Ist das dein Wunsch?«
»Ja.«
»Gut, dann sind wir also im Geschäft.«
»Nein!«
»Aber wenn ich dir diesen Wunsch erfüllen soll ...«
»Oh nein, ich lasse mich nicht von dir reinlegen. Das ist ja wohl ein ganz mieses Spielchen. Weißt du was, mach einfach was du willst, aber ohne mich.«

»Dann willst du dir also nie wieder in deinem Leben etwas wünschen?«
»Nicht von dir.«
»Nee, nee, meine Süße, so einfach ist das nicht. Jeder Wunsch von dir ist fortan an mich gerichtet.«
»Ich möchte mit dir keine Geschäfte eingehen. Also verschwinde. Und nenn mich nicht Süße!«
Der Wicht lachte, wobei sein kleiner Kugelbauch auf und ab hüpfte, und setzte sich wieder auf die Zuckerdose. »Putzig. Du hast bereits einen Vertrag abgeschlossen. Du hast keine Wahl.«
»Dann wünsche ich mir eben nichts mehr. Nie wieder.«
»Nun gut, wie du willst.« Er verbeugte sich und ehe Frauke sich versah, war er verschwunden. Frauke atmete tief durch, ging ins Wohnzimmer, wo sie erst drei große Schlucke aus der Cognacflasche nahm und dann zum Telefon griff.
»Das war nicht witzig, Behla! Mach so was nie wieder mit mir!«
»Wovon redest du eigentlich?«
»Von diesem Wicht!«
»Von ... ach, du meinst diesen Zauberspruch? Das war doch nur ein Scherz, um dich aufzumuntern.«
»Von wegen Scherz, er hat mir gedroht, dein Scherz.«
»Frauke, Liebes, ist alles in Ordnung? Hast du getrunken?«
»Natürlich habe ich getrunken auf den Schreck.«
»Okay, und wo ist der Wicht jetzt?«
»Weg. Ich hoffe für immer.«
»Na siehst du. Am besten du gehst jetzt schlafen und morgen sieht die Welt schon wieder ganz anders aus.«

Als Frauke am nächsten Morgen erwachte, war sie sich nicht mehr sicher, ob sie alles nur geträumt oder einfach zu tief in die

Cognacflasche geguckt hatte. Jetzt im Licht der gerade aufgehenden Morgensonne konnte es eigentlich nicht anders sein. Dennoch achtete Frauke darauf, das Wörtchen »wünschen« nicht zu benutzen. Sicher war sicher.

Als Frauke am Abend an der Käsetheke im Supermarkt stand, hatte sie den Vorfall vom Vorabend schon beinahe verdrängt. Doch als sie an der Reihe war und kaum die Worte »Ich möchte bitte …« ausgesprochen hatte, entdeckte sie plötzlich aus dem Augenwinkel den kleinen Wicht auf der Theke, der sie mit zur Seite geneigtem Kopf angrinste. Frauke klappte den Mund zu und verließ den Laden ohne ein weiteres Wort. Als sie zu Hause ankam, wartete der Wicht bereits auf dem Küchentisch.

»Ich habe nicht *wünsche* gesagt«, schrie Frauke ihm entgegen.

Der Wicht zuckte mit den Schultern. »Wünsche, möchte, will – ist doch alles das Gleiche. Da bin ich großzügig, weißt du.«

»Lass mich in Ruhe! Und das ist kein Wunsch, sondern ein Befehl.«

»Warum seid ihr Weiber nur so verbohrt? Denk einfach mal nach. Ich kann dir jeden Wunsch erfüllen. Du willst doch nicht wirklich bis an dein Lebensende alleine in dieser Bruchbude hier versauern.«

»Na klar, deinen faulen Zauber hab ich ja erlebt.«

»Du musst dich nur klar ausdrücken. Ich habe dir deine Wünsche so konkret erfüllt, wie du sie gestellt hast.«

Frauke wollte etwas erwidern, aber der Wicht war verschwunden. Sie holte die Cognacflasche und legte sich aufs Sofa.

Irgendwie hatte er ja recht, sie hatte sich lediglich die Übergabe der Blumen von einem gut aussehenden Mann gewünscht und exakt dieser Wunsch war ihr erfüllt worden. Vielleicht war sein

Angebot doch nicht so unattraktiv? Zugegeben, er machte nicht den ehrlichsten Eindruck, aber was hatte sie schon zu verlieren? Ihre Seele, gut, aber erst nach ihrem Tod. Und alle hatten sie bisher wegen ihres Glaubens an Wiedergeburt ausgelacht, bis auf Behla, aber bei ihr gehörte es gewissermaßen zum Job. Frauke trank den letzten Rest Cognac und rief Behla an.

»Und du willst mich wirklich nicht verarschen, Frauke?«

»Nein, jedes Wort davon ist wahr. Und ich brauche bitte deinen ehrlichen Rat.«

»Kacke, aber so verlockend es klingt, lass die Finger davon. Lieber den Rest deines Lebens bescheiden verbringen, als bis in alle Zeiten in der Hölle schmoren.«

»Glaubst du wirklich an die Hölle und das alles?«

»Keine Ahnung. Aber ich habe, ehrlich gesagt, bisher auch nicht an Wichte und solche Dinge geglaubt. An meine Karten natürlich schon«, fügte sie schnell hinzu.

»Wirklich weiter bringt mich das jetzt auch nicht. Ich brauche das Buch. Da muss doch irgendwas drinstehen, wie man den wieder loswird.«

»Äh, ja also ...«

»Sag jetzt nicht, dass das nicht der Fall ist.«

»Das weiß ich nicht, ich habe es gestern verkauft.«

»Du hast was? Bist du total durchgeknallt.«

»Der Typ hat sechshundert Euro dafür bezahlt.«

»Mehr war dir meine Seele nicht wert?«

»Jetzt mach aber mal halblang, Frauke. Woher sollte ich das denn wissen ...«

»Wie auch immer, du hast mir das eingebrockt und jetzt zum Teufel wirst du mir helfen, da wieder rauszukommen. Also, wer ist der Typ?«

Der Typ hieß Bernd Wengler, war einer von Behlas Kunden und wohnte ganz in der Nähe. Frauke ging direkt zu ihm und hatte Glück, wenn auch nur anfänglich. Denn er hatte das Buch am Morgen zur Post gebracht.
»Nach Amerika! Oh nein, das geht nicht, Sie müssen es zurückholen, vielleicht hat die Post es noch gar nicht weggeschickt.«
»Aber ich will es nicht zurückholen, ich habe es verkauft. Ich bin Antiquar.«
»Aber mein Seelenheil hängt davon ab.«
»Ich kann mich gerne auf dem Markt für Sie umsehen, vielleicht entdecke ich Ähnliches.«
»Ich brauche aber genau dieses Buch. Es ... Sie werden mich jetzt für verrückt halten, aber ich wurde mit einer Art Fluch aus dem Buch belegt und es ist meine einzige Chance, da wieder von loszukommen.«
»Ach so, warum sagen Sie das nicht gleich?«
Frauke sah ihn mit großen Augen an. »Wie?«
»Na ja, wenn es Ihnen nur um den Inhalt geht, ich habe die Seiten kopiert.«
Wieder zu Hause, las Frauke Seite für Seite durch, es dauerte fast die ganze Nacht, zumal einige der Einträge in Plattdeutsch waren, aber nichts davon brachte sie weiter.
»Verdammt. Das gibt's doch nicht. Da stehen Hunderte von Zaubersprüchen, aber es gibt keinen einzigen Hinweis zu den Risiken und Nebenwirkungen?« Frauke war am Verzweifeln. Das war es dann wohl, irgendwann würde sie sicherlich in die Wünsche-Falle des Wichts tappen und dann war ihre Seele – unsterblich oder nicht – futsch.

Als sie am nächsten Tag Bernd Wengler das Skript zurückbrach-

te, bat dieser sie herein. »Dürfte ich vielleicht erfahren, was für ein Fluch das ist, von dem Sie gesprochen hatten?«
»Kennen Sie sich mit so was aus?«
»Ein wenig. Wissen Sie, ich habe mich auf Sagen und Mythologien spezialisiert.« Er reichte ihr eine Visitenkarte. »Vielleicht erzählen Sie mir einfach, worum genau es geht.«
Frauke überlegte kurz und berichtete ihm dann ausführlich. Er schien ihr in der Tat zu glauben.
»Oje, ein Wicht sagen Sie?«
»Das klingt nicht gerade beruhigend.«
»Hat er sich Ihnen mit Namen vorgestellt?«
Frauke überlegte. »Nein, jetzt, wo Sie es sagen. War mir gar nicht aufgefallen.«
»Oje. Das sind die schlimmsten. Da haben Sie nur eine Chance. Kennen Sie das Märchen vom Rumpelstilzchen?«
»Sie wollen mich auf den Arm nehmen?«
»Nein, absolut nicht. Auch Märchen haben einen wahren Kern. Die meisten zumindest. Wichte sind nichts anderes als kleine Dämonen. Kennt man ihren Namen, kann man sie bannen. Aber freiwillig verraten sie ihn natürlich nicht.«
Beide saßen eine Weile still nebeneinander, bis Bernd Wengler schließlich mit den Fingern schnippte. »Warten Sie.« Er stand auf, verließ den Raum und kehrt mit einem dicken Buch zurück. »Wichte haben geradezu zwanghaft den Drang, ihren Namen wieder und wieder zu erwähnen. Sie tun dies natürlich nur dann, wenn keiner es hören kann, darin haben sie oft jahrhundertelange Übung. Sie benutzen ihn dabei eher wie einen Fluch.«
»So wie wir ›Scheiße‹ oder so sagen?«
»Genau.«
Frauke klopfte die Fingerspitzen aneinander und überlegte laut.

»Wann flucht man? Wenn man provoziert wird. Und wenn man so richtig wütend ist, kann man sich schlecht kontrollieren.«
Bernd Wengler sah sie lächelnd an. »So ist es!«

»Ich wünsche mir ... Ich wünsche ...« Frauke lief in ihrem Wohnzimmer auf und ab und wiederholte diese Worte, ohne konkreter zu werden.
Der kleine Wicht tobte auf dem Fenstersims hin und her. »Dämliches Weib, nun sprich es endlich aus.«
»Ich wünsche mir ... Nein, ich möchte gerne ein – oh, genau! Ich möchte, ein ... ein ...«
»Himmel, Zwirn und Wolkenbruch, was Weib, was?«
»Ach, nichts. Ich werde mich erst noch ein Stündchen hinlegen.«
Doch kaum war der Wicht verschwunden, fing sie von vorne an. So ging es den ganzen Tag. Frauke war trotz mehrerer Tassen Kaffee zum Umfallen müde, während der Wicht mit hochrotem Kopf durch die ganze Wohnung tobte. Erst als es draußen dunkel wurde, legt Frauke sich auf ihr Bett und sagte erschöpft. »Okay, du hast gewonnen, ich kann nicht mehr. Was soll ich mir deiner Meinung nach denn wünschen?«
Der Wicht hielt überrascht inne. »Pest und Cholera, wünsch dir, was du willst, aber tu es endlich.«
»Okay, dann wünsche ich ... Ich wünsche ... wünsche ... ach nein, lieber doch noch nicht.«
»Gugelhupf und Radebeul! Verfluchtes Weib, das wirst du noch bereuen!«
»Radebeul?« Frauke richtete sich im Bett auf und sah dem Wicht, der neben ihr auf dem Nachttisch stand, in die Augen. »Radebeul heißt du also. Ein netter Name für einen so abscheulichen Wicht.«

»Das hat dir der Teufel gesagt!«, schrie der Wicht und im nächsten Augenblick war er auch schon verschwunden.
Frauke setzt sich auf und atmete durch. »Ich wünsche mir ...«, sagte sie vorsichtig, doch nichts tat sich. Erleichtert ließ sie sich zurück in die Kissen sinken. Das muss gefeiert werden, beschloss sie und nahm sich vor, gleich morgen früh Bernd Wengler zum Essen einzuladen. Irgendwie hatte sie das Gefühl, dass er nicht Nein sagen würde.

Die Verwandlung

Zügig glitt das Messer den Hals hinauf über die Wange, bis Josef knapp unterhalb der Nase einen leichten Widerstand spürte. Er setzte das Messer ab, näherte sein Gesicht dem Spiegel.

Eines der Barthaare war dicker als die übrigen. Bei Weitem dicker. Borstig und schlohweiß grub es sich aus der Haut hervor. Dreimal musste er mit dem Messer darüberfahren, ehe es nicht mehr zu sehen war. Auch schien dieses Haar schneller zu wachsen. Denn schon wenige Stunden später konnte er es auf seiner ansonsten glatten Haut wieder ausmachen. Dennoch beunruhigte es ihn zunächst nicht weiter.

Erst als sich einige Tage später ein zweites derartiges Haar zeigte, ging Josef zum Friseur gleich um die Ecke.

Friseurmeister Schmidt, mit dem Josef bereits die Grundschule besucht hatte, sah sich die Stellen genau an. Mit einem verschmitzten Lächeln sagte er: »Du wirst ein alter Esel, mein Lieber, da werden die Haare nun mal grau und borstig.«

Als er jedoch nur eine knappe Woche später seinen Rasierschaum angerührt und das Kinn gerade nach vorne gestreckt hatte, hielt er erschrocken inne. Es waren nicht nur neue Haare hinzugekommen, sie waren über Nacht mindestens drei Zentimeter lang geworden.

Ungläubig befühlte Josef mit dem Zeigefinger die Spitzen der Haare. Die Berührung erzeugte eine sanfte Vibration, ein Kitzeln, das sich bis hin zu den Ohren zog. Und selbst nach der Rasur konnte er dieses Vibrieren spüren, wenn er über die betroffenen Stellen strich.

Ja, ich werde wohl alt, dachte Josef, alt und reichlich sonderbar!

Seit Josefs Frau vor einem Jahr gestorben war, pflegte er sonntags bei seiner Tochter Mette zu Mittag zu essen. Mette wohnte mit ihrem Mann und den zwei Töchtern nur wenige Straßen entfernt an der Contrescarpe und Josef verband den Besuch stets mit einem Spaziergang durch die Wallanlagen. So auch an diesem Sonntag. Es war Anfang Dezember, nicht allzu kalt, die Sonne spiegelte sich im Wasser, in dem ein paar Enten ihre Bahnen zogen.

Josef blieb stehen und atmete tief ein. Es roch nach Seeluft, Salz und Tang, ein wenig fischig. Natürlich, dachte er, der Wind kommt aus Norden, wie so oft. Aber so intensiv war ihm dessen Geruch in Bremen noch nie aufgefallen. Er schloss die Augen, konzentrierte sich und roch nun sogar noch mehr: die verwelkten Blätter des vergangenen Herbstes, das feuchte Gras. Das leicht brackige Wasser des Wallgrabens und einen Hundehaufen, der zwei Schrittlängen vor ihm auf dem Weg lag. Zudem hing ein Hauch Parfüm in der Luft, dessen Trägerin längst nicht mehr zu sehen war. Ganz schwummrig wurde ihm davon, so viele Gerüche hatte er nie zuvor in der Nase gehabt, weder hier noch anderswo. Und obwohl er weiterging, obwohl er sich bemühte, nicht auf die Gerüche zu achten, sog seine Nase gierig alles ein, ohne dass er es beeinflussen konnte.

»Gänsebraten mit Rotkohl«, sagte er, kaum dass seine Tochter ihm die Tür geöffnet hatte.

Erstaunt zog sie die Augenbrauen nach oben. »Ja, woher weißt du …?«

»Im Rotkohl ist zu viel Lorbeer drin.«

»Komm erst mal rein.«

»Bei Müllers nebenan gibt's Hering. Und bei Birkendriks riecht es muffig – sind sie verreist?«

Mette sah ihn irritiert an, zuckte mit den Schultern und nahm ihm den Mantel ab. Josef ging durch die Diele und wollte gerade das Esszimmer betreten, als er erschrocken zurückwich. Vor ihm stand eine schwarze Katze. Sie duckte sich und funkelte ihn aus gelben Augen an.

»Seit wann habt ihr eine Katze?«

»Sophie hat sie angeschleppt. Sie wollte doch schon immer eine haben.«

»Katzen gehören nicht ins Haus.«

»Na, so haben wir wenigstens keine Mäuse. Nun setz dich, sie frisst dich schon nicht.«

Eigentlich hatte Josef nichts gegen Tiere. Zwar machte er sich auch nichts aus ihnen, aber Angst hatte er bestimmt nicht. Und dennoch fühlte er eine unbestimmte Bedrohung. Zudem kribbelten die borstigen Haare in seinem Gesicht – die er sich heute Morgen extragründlich rasiert hatte – unangenehm.

»Sie wird ja wohl nicht beim Essen hier bleiben?«

»Stört sie dich?«

»Das ist unhygienisch.«

Mette seufzte, beugte sich hinab, nahm die Katze hoch, die miauend protestierte, und trug sie hinaus in den Garten.

Erleichtert ließ Josef sich am Esstisch nieder. Gleich darauf kam auch Bernhard mit den Kindern nach unten.

Mette trug den Braten von der Küche herein. Der Geruch berauschte Josef geradezu. Er hatte einen unglaublichen Hunger. Das Wasser lief ihm im Munde zusammen und am liebsten hätte er sich allen guten Manieren zum Trotz auf das Essen gestürzt. Und überhaupt, war der Braten nicht zu klein für sie alle?

Josef steckte sich gerade gierig den ersten Bissen in den Mund, als sein Blick zum Fenster wanderte. Die Katze saß außen am

Fensterbrett und fauchte ihn an. Er deutete mit der Gabel auf sie.
»Diese, diese« – das Wort kam irgendwie nur schwer über seine Lippen – »Katze ist schon wieder da!«
»Meine Güte, Papa. Nun reg dich nicht so auf, sie ist draußen, ganz wie du es wolltest.«
»Sie soll aufhören, mich anzustarren, als wenn sie mich fressen wollte.«
Mette lachte und mit ihr die Kinder, die seine Worte offensichtlich für einen Scherz hielten.

Irgendetwas stimmte nicht mit Josef. Er konnte es nicht benennen, aber alles war irgendwie anders, als wäre die Welt um ihn herum schneller, größer, lauter geworden, von all den Gerüchen ganz zu schweigen.
Ob es am Alter liegt, fragte er sich. Krank fühlte er sich immerhin nicht. So beschloss er, das Gefühl zu ignorieren. Er erledigte alles wie gewohnt, die Morgentoilette, den Abwasch vom Abend zuvor, die Vorbereitungen für das Frühstück. Dann aber, als er in seine Schuhe schlüpfen wollte, um zum Bäcker zu gehen, passten sie ihm nicht mehr, sie waren mindestens zwei Nummern zu groß und auch der Hut rutschte ihm über die Ohren.
Josef stellte sich vor den Spiegel, drehte den Kopf erst zur linken, dann zur rechten Seite und betrachtete seine Ohren. Hatten sie sich verändert? Natürlich wusste er, dass die Ohren im Alter größer wurden, aber auch spitzer? Zudem waren sie von einem leichten grauen Flaum bedeckt. Und sein Mund! Um ihn herum hatten sich weitere borstige Haare angesiedelt, die weit hervorstanden, obwohl er sich erst vor einer Stunde rasiert hatte. Auch seine Lippen sahen verändert aus, waren dünner und zugleich nach vorne gezogen, als schürze er sie zum Kuss.

Was geschieht nur mit mir?, dachte Josef. Was geschieht nur?
Er konnte es nicht sagen und das beunruhigte ihn noch mehr. Womöglich eine Krankheit? Ein Infekt? Ja, ein Virus könnte es sein. Es wurde heutzutage so vieles eingeschleppt – eine Seuche gar. Sicherlich hatte ihn diese Katze angesteckt.
Eine knappe Stunde später saß er vor seinem Hausarzt, der ihn zu beruhigen versuchte, obwohl er beim Anblick der Haare in Josefs Gesicht ein Schmunzeln nur mühevoll unterdrücken konnte. Genaueres könne man natürlich erst nach der Blutuntersuchung sagen, aber nein, etwas Ernstes sei es bestimmt nicht. Vermutlich eine Hormonstörung. Außer dem – er machte eine unbestimmte Handbewegung – Bartwuchs sei ja auch gar nichts festzustellen.
»Und meine Füße, meine Ohren, mein Mund?«, brachte Josef ein. »Mein ganzer Körper. Er ist geschrumpft«, sagte er und der Hausarzt nickte wissend. »Das Alter«, sagte er, »das Alter. Der Körper verändert sich nun einmal. Und nicht unbedingt zu seinem Vorteil, leider.«
Nur zu gerne hätte Josef sich damit zufrieden gegeben, aber so recht konnte er an eine derart simple Erklärung nicht glauben. Nun, in einer Woche, wenn er die Laborergebnisse vom Arzt bekäme, würde er mehr wissen. Doch so weit sollte es nicht mehr kommen.

Schon am nächsten Morgen waren die Veränderungen so deutlich, dass Josef entsetzt vor seinem eigenen Spiegelbild zurückwich. Der Mund war weit nach vorne gezogen, ebenso die Nase und zwischen beiden zeigte sich eine senkrechte Kerbe, die Josef mit den Fingern auseinanderziehen konnte, bis die Zähne sichtbar wurden, die nicht nur schmaler und gelber, sondern auch länger waren.

Mein Gott, ich muss Hilfe holen!, dachte er. Irgendjemand muss es stoppen. Es muss doch zu stoppen sein.
In seiner Not griff er zum Telefon und wählte die Nummer seiner Tochter. Kaum dass Mette sich gemeldet hatte, redete er los. »Ich bin es, dein Vater«, sagte er. »Du musst kommen, sofort, etwas geschieht mit mir, etwas Unvorstellbares, Grauenhaftes.« Er suchte noch nach Worten der Erklärung, als er am anderen Ende nur ein genervtes »Hallo ... hallo?« hörte. Dann wurde der Hörer aufgelegt.
Und jetzt erst bemerkte er es, jetzt, da er nicht aufhörte zu sprechen, obwohl ihm niemand mehr zuhörte, jetzt, da er seine Lungen voll Luft pumpte, um seiner Rede Nachdruck zu verleihen. Erst jetzt hörte er das jämmerliche Fiepen, das alles war, was von seiner kraftvollen Stimme geblieben war.
Nun wurde Josef endgültig von Panik ergriffen. Kopflos lief er in der Wohnung hin und her. Ganz und gar getrieben von dieser einen Frage: Was geschieht nur mit mir, was geschieht hier? Ich muss Hilfe holen, ich brauche Hilfe. Sofort!
Er machte sich erst gar nicht die Mühe, in Schuhe oder Mantel zu schlüpfen, auch die Hose war ihm inzwischen zu weit, nur dank des enger geschnallten Gürtels rutschte sie ihm nicht über die Knie.
Er öffnete die Wohnungstür im selben Augenblick, in dem auch seine Nachbarin in das Treppenhaus trat. Frau Schnackendiek, die ohnehin nie besonders freundlich war, starrte ihn entsetzt an. Josef starrte zurück und während er dort stand, merkte er, wie seine Hose zu Boden rutschte. Frau Schnackendiek öffnete den Mund und begann zu schreien. Josef glaubte, sein Kopf würde zerbersten. Er wollte sich am liebsten die Ohren zuhalten, aber er konnte sich inzwischen nicht mehr aufrecht halten, er benötigte

Arme und Hände ebenso wie Beine und Füße, um so schnell wie möglich aus der Hose zu springen und die Treppe hinunterzueilen. Erst in der hintersten Ecke des Kellers hielt er inne. Dort wartete er, bis es dunkel und still war.

Es war eine eisige Nacht. Zarte Schneeflocken fielen herab und zauberten Milliarden schimmernder Kristalle auf Wege und Häuser. Josef hörte sie unter seinen kleinen tippelnden Schritten knistern. Er hatte sich sämtlicher Kleidungsstücke entledigt, da er so weit geschrumpft war, dass seine Unterhose ihm bis zum Hals reichte und er sich beim Laufen auf allen vieren immer wieder darin verfing. Dennoch fror er kaum, seine gesamte Haut war inzwischen mit einem dichten grauen Pelz bedeckt.
Der Weg durch die Wallanlagen zog sich endlos hin. Zudem sah die Welt aus dieser neuen Perspektive vollkommen fremd aus, mehrmals musste er innehalten, um sich zu orientieren. Als er endlich das Haus seiner Tochter erreicht hatte, plagte ihn eine neue Sorge. Wie sollte er sich bemerkbar machen? Die Klingel war unerreichbar für ihn und selbst wenn er all seine Kraft aufwandte, so würde ein Klopfen seiner kleinen Hände – oder waren es bereits Pfoten? – ungehört bleiben.
Er schlüpfte durch den Zaun in den Garten. Wenn er Glück hatte, war die Familie im Wohnzimmer und saß behaglich vor dem Fernseher. Vor der Terrassentür könne er vielleicht auf sich aufmerksam machen.
Und dann? Was würde dann geschehen? Würden sie ihn erkennen? Josef zitterte. Wenn sein eigen Fleisch und Blut ihn nicht mehr erkennen würde, wäre er wahrhaftig verloren.
Sein inzwischen winziges Herz überschlug sich beinahe, als er tatsächlich Mette und Bernhard im Wohnzimmer sitzen sah.

Freudig lief er hinüber, richtete sich auf, um an der Scheibe zu kratzen, als er wieder dieses Vibrieren in den Barthaaren spürte. Er hielt in der Bewegung inne und nun hatte er auch einen Geruch in der Nase. Ein Geruch, der ihn vor Angst fast ohnmächtig werden ließ. So lautlos wie möglich drehte er sich um. Sie lag nur wenige Meter von ihm entfernt im Gebüsch. Reglos, bis auf die Schwanzspitze, die leicht hin- und hertanzte. Die in der Dunkelheit glühenden Augen fixierten ihn. Ohne Vorwarnung sprang sie hervor und Josef schafft es gerade noch, mittels eines beherzten Sprungs durch das Belüftungsgitter eines Kellerfensters ihren Pranken zu entwischen.
Zwar war er nun in dem Fensterschacht vor der Katze sicher, aber erleichtert fühlte er sich nicht. Zum ersten Mal seit seine Veränderung angefangen hatte, wurde ihm wirklich klar, was mit ihm geschehen war. Er stellte sich auf, reckte sich, sodass er sich im Fenster spiegelte. Kein Zweifel: Was ihm dort entgegenblickte, war eine Maus. Bis ins kleinste Detail, alles war verwandelt. Nichts Menschliches war mehr zu sehen, er war äußerlich ganz und gar eine Maus. Einzig der Schwanz fehlte.
Josefs letzte Hoffnung schmolz dahin. Er war verloren. Genauso gut hätte die Katze ihn fressen können. Niemand würde ihm jetzt noch helfen können, kein Arzt der Welt und auch seine Tochter nicht.
Aber wie? Wie nur konnte so etwas sein? Und warum? Warum gerade er?
Josef wurde vom Miauen der Katze aus seinen Gedanken gerissen. Er sah, wie sich seine Tochter zu ihm herunterbeugte.
»Was hast du denn da?«, sagte sie und sah in den Schacht. Josef drückte sich in die dunkelste Ecke.
»Da ist doch gar nichts, dummes Ding. Nun aber rein mit dir.«

Josef wartete eine Weile, eher er aus dem Schacht kletterte. Er warf einen letzten Blick durch das Terrassenfenster. Die Katze lag auf dem Schoß seiner Tochter und beide schliefen friedlich vor dem Fernseher.

Dann machte er sich auf den Weg, wohin auch immer, hier jedenfalls konnte er nicht bleiben. Josef versteckte sich am Tage vor den Menschen, in der Nacht vor herumstreunenden Katzen. Er ernährte sich von allem, was er finden konnte, und er fühlte sich unglücklich und einsam. Jedes Mal wenn er erwachte, inspizierte er seinen Körper, ob sich nicht etwas verändert hatte. Er hatte sich einmal verwandelt, vielleicht würde es ein zweites Mal geschehen, den umgekehrten Weg. Aber sosehr er sich bemühte, er konnte nichts finden. Auch der Schwanz ließ weiterhin auf sich warten. So war er weder Mensch noch Maus.

Die Menschen kreischten, wenn sie ihn sahen, oder sie traten nach ihm, die Mäuse beäugten ihn misstrauisch, um schließlich fiepend das Weite zu suchen. Noch immer konnte er die Sprache der Menschen verstehen, während die der Mäuse nur ein inhaltloses Piepen für ihn war.

Josef saß unter einer Bank am Wallgraben, um die Essensreste von einer weggeworfenen Papierserviette herunterzusammeln, als sich eine junge Frau näherte. Schnell wollte er ins Gebüsch verschwinden, doch die Serviette klebte an seinen Pfoten. Sie sah ihn an, aber weder kreischte sie, noch wandte sie sich angewidert ab. Sie lächelte und ging in die Hocke.

»Na, da haben wir dich ja endlich«, sagte sie mit sanfter Stimme.

Erstaunt blieb Josef sitzen.

»Hab keine Angst«, sagte sie freundlich und streckte eine Hand nach ihm aus. »Komm zu mir, ich kann dir helfen. Ich weiß, was mit dir los ist, dass du noch nicht lange so bist wie jetzt. Das ist sicherlich nicht einfach.«

Josef war skeptisch, aber gleichzeitig keimte Hoffnung in ihm auf. Sollte es in der Tat Menschen geben, die seine wahre Natur noch erkannten?

»Na komm. Keine Angst«, sagte sie erneut und öffnete ihre Hand, damit er darauf Platz nehmen konnte.

Was habe ich schon zu verlieren?, dachte Josef und nahm das Angebot an.

Behutsam steckte sie ihn in ihre Manteltasche und als sie ihn wieder herausholte, befanden sie sich in einem Häuschen am Stadtrand von Bremen. Das Körbchen auf dem Küchentisch, in das sie ihn setzte, war mit weichen Tüchern ausgekleidet, im Raum war es warm und es duftete nach Käse und frischem Brot. Die junge Frau ging aus dem Zimmer und rief die Treppe hinauf. »Großmutter? Ich habe ihn gefunden.« Dann kam sie zurück und setzte sich zu ihm an den Tisch.

Wenig später betrat eine alte Frau die Küche, auch sie lächelte, während sie ihn genau in Augenschein nahm, dann wandte sie sich an ihre Enkeltochter.

»Das hat ja lange gedauert.«

»Gut Ding will Weile haben, Großmutter. Aber ist er nicht hübsch?«

Wieder sah die Alte Josef an. »Ganz ordentlich für den Anfang.«

Josef blickte von einer zur anderen und fragte sich, was hier vor sich ging. Wovon sprachen sie? Auch hatte er nun das Gefühl, die Enkelin schon einmal gesehen zu haben. Aber wann und wo?

»Dann habe ich also die Prüfung bestanden?«, fragte sie ihre Großmutter und diese nickte.

»Oh, wie fein«, rief sie aus. »Und nun noch das Schwänzchen.«

»Nichts da«, antwortete ihre Großmutter und erhob sich. »Das mache ich, solange ich noch lebe. Wenn ich mal nicht mehr bin, dann kannst du das übernehmen.«
Natürlich, jetzt fiel es Josef wieder ein. Es war schon einige Wochen her. Er hatte in dem kleinen Café im Schnoor gesessen. Sie war an seinem Tisch vorbeigekommen und hatte ihn angelächelt. Er hatte sie gegrüßt, doch sie hatte nur etwas Unverständliches gemurmelt und war weitergegangen.
Die Alte kam nun wieder zurück und hielt etwas in die Höhe, das sich zwischen ihren Fingern wand wie ein Regenwurm.
»So, mein Kleiner. Gleich haben wir es geschafft.«
Ehe Josef auch nur ansatzweise begreifen konnte, was hier geschah, hatte sie ihn gepackt, einige Worte gemurmelt und ihm das Schwänzchen angesteckt.
Josef glitt zurück in das Körbchen. Ihm war mit einem Mal ganz schummrig. Vor seinen Augen wurde alles verschwommen und farblos und er fühlte sich kleiner als je zuvor. Doch auch seine Angst schien zu verfliegen. Es wurde ihm leicht ums Herz und all die quälenden Gedanken hörten auf, sich in seinem Kopf zu drehen. Und je mehr die Welt um ihn herum vor seinen Augen floh, desto näher rückten ihre Gerüche an ihn heran. Josef stellte sich auf die Hinterbeinchen und schnüffelte und schnüffelte. Und nun war nur noch dieser eine Wunsch in ihm, dieser eine wunderbare Geruch, der sein ganzes Denken durchflutete. Schnell sprang er aus dem Körbchen, kletterte vom Tisch hinüber zur Anrichte, biss ein Stück aus dem herrlichen Käse und verschwand damit in einer kleinen Mauerritze, wo er sich glücklich und zufrieden satt aß.

»Ganz erstaunlich.« Der Kiefer gab ein knackendes Geräusch von sich, als Professor van Hagen den Holzkeil zwischen die Zähne des toten Jungen trieb. Dicker rötlicher Schleim quoll hervor und man konnte deutlich eine Bewegung in der Mundhöhle ausmachen. Der Professor zog den Kiefer mit den Händen auseinander und im selben Augenblick hopste eine Kröte aus dem Mund des Knaben auf dessen Brust.
Ich hielt mir die Hand vor den Mund und schaffte es nur unter größten Anstrengungen, meinen Mageninhalt an seinem Platze zu belassen.
»Johann, würden Sie freundlicherweise ...« Der Professor sah zu mir herüber, ohne die Kröte aus dem Blick zu verlieren. »Oh, nun gut, bemühen Sie sich nicht.«
Er ging in die Hocke, wodurch er selbst ein wenig wie eine Kröte aussah, packte das Tier mit einer Hand und steckte es in einen Leinensack. Mit erstaunlicher Leichtigkeit – immerhin hatte er im Frühjahr das fünfte Lebensjahrzehnt hinter sich gebracht – kam er wieder in den Stand und hielt mir triumphierend seine Beute entgegen. Ich nickte ihm zu und stürzte ins Freie, um meinen Magen zu erleichtern.

Mein Name ist im Übrigen Johann Bensen. Geboren und aufgewachsen bin ich in Hamburg, wo ich auch bis vor vier Jahren gelebt habe. Bis ich Professor van Hagen kennenlernte. Eine wahrhaft schicksalhafte Begegnung.
Professor Dr. Dr. Vincent van Hagen wurde in Amsterdam geboren, hatte am Athenaeum Illustre in Amsterdam Medizin,

Philosophie in Berlin und Biologie an der Sorbonne in Paris studiert und sich danach auf Studienreisen begeben. Er spricht sechs Sprachen fließend, lebte einige Zeit in Stockholm, danach zwei Jahre in London, wo er seine Passion für die Kriminalistik entdeckte, neben Geschichte und Okkultismus eines seiner Steckenpferde. Dazu hielt er diverse Fachvorträge in Deutschland, unter anderem 1846 am Gymnasium Academicum in Hamburg, wo ich einer seiner Zuhörer war. Das Schicksal fügte, dass ich damals in einen mysteriösen Todesfall verstrickt wurde und ohne die Hilfe des Professors hätte mein Leben sicherlich eine äußerst unerfreuliche Wendung genommen. Um es kurz zu machen, ich stehe tief in seiner Schuld. Aber nicht nur deswegen entschloss ich mich, ihn auf seinen Reisen als sein Assistent zu begleiten.

Von dem Fall in Bremen erfuhren wir von einem Bekannten des Professors, dessen Schwager dort als Arzt praktizierte. Er erzählte uns von den außergewöhnlichen Todesfällen in der Hansestadt. Bereits mehrere Kinder waren trotz offenkundig guter Gesundheit über Nacht verstorben und immer hatte sich eine Kröte im Raum befunden, bei einigen wurde sogar beobachtet, wie diese direkt aus dem Mund des Kindes gesprungen war.
Professor van Hagen hatte bereits eine Vielzahl rätselhafter Todesfälle aufgeklärt und sein Ruf als exzellenter Mediziner und Kriminologe eilte ihm in ganz Europa voraus. Dennoch gab es Skeptiker, was vor allem darauf beruhte, dass nicht alle Fälle von Professor van Hagen mit natürlichen Ursachen erklärt werden konnten. Zu welcher Kategorie dieser Fall gehörte, der uns an einem trüben Novembertag des Jahres 1850 in die Hansestadt geführt hatte, vermochte ich zunächst nicht zu bestimmen, wenngleich ich bereits eine gewisse Ahnung hatte.

Ich atmete noch einmal tief durch und ging zurück in die Kellerwohnung am Neustadtsdeich. Der Professor fuhr fort, die Leiche des Jungen mithilfe seines Bekannten Doktor Mertens in Augenschein zu nehmen, als wir einen Schrei aus der Küche hörten. Zusammen stürzen wir in den Nebenraum.

Die Mutter des Knaben stand mitten in der Küche, vor ihr auf dem Boden lag ein Korb. Zwei Kröten saßen darin, eine dritte bewegte sich träge auf die Frau zu. Ehe wir es verhindern konnten, sprang ihr Gatte auf und zertrampelte das Tier.

»Nicht! Lassen Sie das!« Professor van Hagen schaffte es gerade noch, den Mann davon abzuhalten, die beiden Kröten im Korb zu attackieren. Auch diese packte er jeweils in einen Stoffbeutel.

»Woher haben Sie diese Tiere, wenn ich fragen darf?«

Die Mutter des Jungen schüttelte den Kopf. »Ich weiß nicht. Ich versteh das nicht, da waren doch die Äpfel drin, die der Junge von der Alten gekriegt hat.«

»Der Alten?«

»Tausendmal hab ich ihm gesagt, er soll nichts annehmen von Fremden. Vier Äpfel hat die ihm gegeben, einen hat er gegessen und die restlichen drei hab ich hier reingelegt, damit er nicht rankommt.«

»Wann hat er den Apfel gegessen?«

»Gestern Abend, vorm Schlafengehen.«

»Und die Dame, die Alte? Kennen Sie sie?«

»Nee, ich war ja nicht dabei. Aber ich glaub, das kann nur die alte Hinnerk sein, die ist ein bisschen wunderlich im Kopf.«

»Schön, schön. Kommen Sie, Johann, wir haben vorerst genug gesehen.«

Wir verabschiedeten uns und Professor van Hagen bat Doktor Mertens, sich um den weiteren Verbleib der Leiche zu kümmern.

Als wir in unserem Hotel angekommen waren, machte sich der Professor sogleich an die Arbeit. Zwar ist er auf Reisen in seinen Forschungen naturgemäß etwas eingeschränkt – in seinem Haus in Amsterdam befindet sich ein Labor, um das ihn so manche Fakultät beneidet –, aber auch unterwegs hat er es zu unglaublicher Perfektion gebracht. In einem seiner Schrankkoffer, um deren Transport ich mich zu kümmern habe, hat er stets alles dabei, was er für die Untersuchung von Spuren, wie er es nennt, benötigt.

»Ganz erstaunlich, mein lieber Johann. Es ist in der Tat, wie ich es bereits vermutete. Es handelt sich bei den angeblichen Kröten mitnichten um solche. Was Sie hier sehen, sind drei überaus erstaunliche Exemplare der Leptodactylus aus der Gattung der Anura, der Froschlurche. Auch Pfeiffrösche genannt.

»Nie gehört.«

»Nun, eine verzeihbare Wissenslücke, mein lieber Johann. Diese Gattung ist ausschließlich in Südamerika beheimatet.«

»Da bin ich aber froh«, sagte ich etwas schnippisch, denn verzeihbar war bei dem Professor relativ und ich hatte den gönnerhaften Tonfall wohl gehört.

»Dennoch könnte es für das Vorkommen der Tiere durchaus eine logische Erklärung geben. Was bei Weitem erstaunlicher ist, ist die Tatsache, dass sich alle drei aufs Äußerste gleichen, selbst das Gewicht stimmt exakt überein. Als handle es sich um ein und dasselbe Tier.«

»Wenn Sie sie nicht aufgespießt hätten, Herr Professor, hätte man sie ja fragen können, ob es nicht vielleicht Drillinge sind.«

»Äußerst amüsant, mein Lieber.« Der Professor sagte dies mit hochgezogenen Augenbrauen und ohne mich anzusehen. Immer wieder einmal versuchte ich, ihn zum Lachen zu bringen, aber mochte er noch so viele Fähigkeiten haben, Humor gehörte ganz gewiss nicht dazu.

»Und wie sind diese possierlichen Tierchen nun hierhergekommen?«

»Genau das, mein lieber Johann, gilt es herauszufinden. Unter anderem.«

»Und wie?«

»Lassen Sie das getrost meine Sorge sein.«

Noch so eine Art des Professors, mir immer wieder unmissverständlich zu verstehen zu geben, wie wenig ich verstehe. Während der Professor sich noch eine halbe Stunde mit den Kröten, Verzeihung, den Pfeiffröschen beschäftigte, sah ich aus dem Fenster und fragte mich, ob wir nicht lieber nach der Alten suchen sollten.

Als ich mich umblickte, hatte er die armen Tiere in je ein Glas gestopft und diese mit einer Flüssigkeit aufgefüllt.

»Haben Sie schon eine Vermutung, woran der Junge gestorben ist?«

»Nun, wie Sie wissen sollten, schätze ich es wenig, mich in Vermutungen zu ergehen. Was ich aber zu diesem Zeitpunkt mit Sicherheit sagen kann, ist, dass der Junge weder aufgrund äußerer Gewalteinwirkung noch durch Ersticken gestorben ist. Genauere Erkenntnisse wird uns die Sektion der Leiche einbringen.«

»Vielleicht wurde er vergiftet. Ich meine vergiftete Äpfel ...«

»Sie sollten weniger Märchenbücher und mehr Fachliteratur lesen, mein lieber Johann.«

»Und diese Pfeiffrösche ...«

»... haben kein Gift, das dem Menschen gefährlich werden könnte. Dennoch kann ein allergischer Schock nie ganz ausgeschlossen werden, aber in unserem Fall weist nichts darauf hin.« Pro-

fessor van Hagen ging hinüber zur Tür und zog seinen Mantel über. »Nun, worauf warten Sie, Johann? Kommen Sie.«
»Und wohin, wenn ich fragen darf?«
»Wir müssen diese Alte finden.«
Ich schluckte ein »Wurde aber auch Zeit« hinunter und folgte dem Professor, gespannt, wo er denn dachte, die Alte aufzustöbern. »Das wird sicherlich nicht einfach werden«, erlaubte ich mir schließlich zu bemerken, als wir die Treppen hinunter zur Empfangshalle des Hotels liefen.
»Mein lieber Johann, wie lange kennen wir uns nun? Ich denke, lange genug, dass Sie wissen müssten, dass ich nichts dem Zufall überlasse.« Mit diesen Worten ließ er mich auf dem Treppenabsatz stehen und ging zur Empfangsdame hinüber, die ihn sofort anlächelte und einen jungen Burschen herbeiwinkte, der neben dem Eingang wartete. Er stellte sich als Heinrich vor und bat uns, ihm zu folgen. Vom Hotel aus fuhren wir mit der Droschke über die Weser zurück Richtung Neustadt. Ganz in der Nähe der Wohnung des toten Jungen befand sich ein kleiner Markt und wie uns Heinrich versicherte, sollte die Alte dort um diese Tageszeit zu finden sein. Und in der Tat saß sie auf einem Schemel neben einem Korb mit Äpfeln, die sie für ein paar Groschen feilbot.
»Ein bisschen wie eine alte Hexe sieht sie schon aus«, flüsterte ich dem Professor zu, der mir einen strafenden Blick zuwarf.
Während der Professor ein paar Wort mit Heinrich wechselte, sah ich mich auf dem kleinen Platz um. Es waren überwiegend Bauern aus dem Umland, die hier ihre Waren anboten. Viele von ihnen waren bereits dabei, ihre Habseligkeiten zusammenzupacken. Kinder liefen umher und zankten sich um liegen gebliebene Obst- und Gemüsestücke. Etwas weiter hinten an einer Straßen-

ecke sah ich zwei Jungen stehen, einer von ihnen rieb einen rotbackigen Apfel an seiner Hose blank und biss herzhaft hinein.
»Himmel, Herr Professor – der Junge! Er hat gerade in einen Apfel gebissen.«
»Ja und?«
»Wenn es ein Apfel der Alten ist?« Ich wollte zu dem Jungen rennen, aber der Professor hielt mich zurück. »Machen Sie sich nicht unbeliebt, mein lieber Johann.«
»Aber ...«
»Ich bin davon überzeugt, dass die Äpfel dieser Dame nicht die Auslöser der Vorkommnisse sind.«
»Nicht? Aber wozu sind wir dann hier?«
»Ich möchte lediglich mit ihr reden.«
Reden? Nun gut, dachte ich, ein Professor van Hagen wird schon wissen, was er tut. Er kaufte der Alten eine Tüte Äpfel ab und fragte sie, ob sie sich an den Jungen erinnern könne, dem sie gestern vier Äpfel geschenkt habe. Sie sah ihn mit ihren trüben grauen Augen an, lächelte und sagte, sie würde jeden Tag Äpfel an Kinder verschenken. Der Professor fragte noch, ob es immer dieselben Kinder seien. Sie bejahte, sie kenne alle Kinder hier aus dem Neustadtsviertel. Der Professor bedanke sich und wir gingen zurück zur Droschke. Ich wartete auf eine Erklärung, aber van Hagen schwieg wie meist, wenn er sich an einem Gedanken festgebissen hatte.
Wir fuhren zurück ins Hillmann-Hotel am Herdentor, das vor drei Jahren erbaut worden war. Während ich mir die Weser-Zeitung zu Gemüte führte, saß der Professor in dem Sessel im Salon unserer Suite, starrte auf die Gläser mit den eingelegten Tieren und aß einen Apfel. »Möchten Sie auch, Johann?« Er hielt mir die Schale mit den Äpfeln entgegen, ich lehnte dankend ab.

Am nächsten Morgen machten wir uns auf den Weg ins Hospital in der Großenstraße, wo Doktor Mertens uns in einem der Kellerräume erwartete. Mir schwante, was mir bevorstand, und ich sollte recht behalten. Doktor Mertens hatte den Körper des Jungen bereits geöffnet und einige Organe entnommen. Trotz der Kühle im Raum lag ein süßlicher Käsegeruch in der Luft, bei dem mir der Gedanke an mein Frühstück äußerstes Unbehagen verursachte. Während ich den Blick möglichst abwandte, bekamen Professor van Hagens Augen jenen Glanz, den sie stets anzunehmen pflegten, wenn etwas sein Interesse geweckt hatte.
»Konnten Sie schon etwas in Erfahrung bringen, Herr Kollege?«
»Ich habe mir alle Punkte, auf die achtzugeben Sie mich gebeten hatten, sorgfältig angesehen, aber sie alle waren ohne Befund.«
»Alle?« Der Professor zog ungläubig die Augenbrauen nach oben und ich wusste genau, was er in diesem Augenblick dachte, nämlich dass er sich lieber selbst um den Leichnam gekümmert hätte. Aber auch er konnte sich schließlich nicht zerteilen.
»Ja, sehen Sie.« Beide traten direkt an den steinernen Tisch, auf dem der Junge lag. Ich nutzte die Gelegenheit, wieder ein Stück in Richtung Tür zurückzuweichen und meinen Kragen zu lockern.
»In der Tat.« Während der Professor und sein Kollege sich an dem Leichnam zu schaffen machten, was nicht ohne diverse ekelerregende Geräusche von sich ging, machte ich mir meine eigenen Gedanken. Der Junge war nicht das erste Opfer dieser seltsamen Umstände. Immer waren junge Menschen betroffen, die sich bis zu ihrem Tode bester Gesundheit erfreut hatten, und immer tauchten im Raum, in dem man die Leiche gefunden hatte, Kröten auf.
Um mein Gesicht zu wahren, trat ich wieder ein Stück weit näher heran und fragte: »Schon etwas gefunden, Herr Professor?«

»Ja und nein, mein lieber Johann. Es gibt nichts, worin sich dieser Körper von dem eines Lebenden unterscheidet, außer der Tatsache, dass er unbestritten tot ist. Aber das Fehlen jeglicher Anhaltspunkte, woran der Junge gestorben sein könnte, wirft einige interessante Fragen auf.« Der Professor wandte sich wieder an Doktor Mertens. »Nun, mein Lieber, wie würden Sie das Aussehen dieses Körpers beschreiben?«

»Um ehrlich zu sein, sieht er für mich aus, als hätte man ihm bei lebendigem Leib die Seele aus dem Körper gesogen. Was natürlich Unsinn ist.«

»Keine voreiligen Bewertungen! In der Wissenschaft gilt jede These so lange, bis sie widerlegt ist. Und jetzt müssen Sie uns entschuldigen, mein lieber Freund.«

Obwohl ich natürlich nicht unglücklich darüber war, diesen Ort verlassen zu dürfen, wunderte ich mich doch über den plötzlichen Aufbruch. Innerlich hatte ich mich auf mehrere Stunden eingestellt. Wenn der Professor sich erst einmal in wissenschaftliche Untersuchungen vertieft hatte, dann konnte ihn normalerweise nichts und niemand dabei stören, aber anscheinend gab es etwas, das ihn noch brennender interessierte. Ich fragte gar nicht erst, wohin die Reise ging.

Ein kurze Droschkenfahrt später stiegen wir am Domshof an der Ecke zum Schüsselkorb aus und betraten die Räume der bremischen »Gesellschaft Museum«. Auch hier war der Professor bereits avisiert. Ein älterer Herr mit spärlichem Haarkranz stellte sich als Hans Albrecht vor und führte uns in einen der Schauräume. Jeder Zentimeter schien hier von Schaukästen, Tafeln und Vitrinen ausgefüllt zu sein. »Verzeihen Sie die beengten Verhältnisse, Herr Professor van Hagen. Wir haben das Gebäude vor dreizehn Jahren bereits erweitert, aber unsere Unterstützer sind nur allzu eifrige Sammler, was uns natürlich wiederum sehr freut.« Während er redete, holte er aus einer der Vitrinen ein Glas, das mich sofort an diejenigen erinnerte, die bei uns im Salon unserer Hotelsuite standen. Der Professor gab einen Laut des Entzückens von sich, als er das Glas in den Händen hielt.

»Sehen Sie nur, Johann!«

Ich sah mir den Inhalt näher an und runzelte die Stirn. »Noch ein Frosch, wie nett.«

»Nun, mein lieber Johann, Sie haben zuweilen wirklich eine sehr bodenständige Art von Humor.«

Na, lieber bodenständig als gar keinen Humor, dachte ich mir, sprach es aber lieber nicht aus. In manchen Dingen konnte der Professor äußerst sensibel sein. Wobei ich doch gerne gewusst hätte, was er mit bodenständig meinte.

»Aber vielleicht würden Sie etwas genauer hinsehen?«

Ich tat ihm den Gefallen. »Das ist eine von diesen ...«

»Leptodactylus, ganz exakt, mein Lieber. Womit sich gleich zwei Thesen bestätigt hätten.«

»Aha. Und die wären?«

»Nun strengen Sie Ihren Gehirnkasten doch ein wenig an, Johann.« Als ich nichts weiter erwiderte, seufzte er und fuhr fort: »Zum einen haben wir hiermit die Bestätigung, dass es sich bei den Froschlurchen, die wir bei dem Jungen gefunden haben, tatsächlich um die Gattung der Leptodactylus handelt, womit wir auch das Herkunftsgebiet bestimmt haben. Und zweitens wissen wir nun, dass die unsrigen nicht die ersten hier in Bremen sind. Wir haben endlich einen Anhaltspunkt.«

»Und der wäre?« Wieder erntete ich einen verständnislosen Blick. »Bitte, Herr Albrecht, würden Sie meinen Begleiter aufklären, woher Sie dieses Exemplar haben.«

Herr Albrecht schien begeistert ob dieser Bitte und erzählte uns ausschweifend, wie das Museum zu seinen Exponaten käme. Der Professor hatte sichtlich Mühe, ihm dabei nicht ins Wort zu fallen. »Dieses spezielle Stück«, kam er endlich zum Punkt, »stammt von Kapitän Lüder Janssen. Er hat es 1845 von einer seiner Reisen aus Übersee mitgebracht. Er ist neben seiner Seemannstätigkeit ein begeisterter Naturwissenschaftler und Völkerkundler.«

»Können Sie uns sagen, wo genau er dieses Exemplar gefunden hat?«

»Leider nein, aber ich kann Ihnen gerne die Adresse von Kapitän Janssen geben.«

Wir wollten gerade die Droschke besteigen, als eine andere neben uns hielt und Doktor Mertens sichtlich erregt ausstieg.

»Herr Professor, es gibt, wie ich soeben erfahren habe, einen neuen Fall.«

Professor van Hagen schickte unsere Droschke fort und wir stiegen bei Doktor Mertens ein, der uns sogleich berichtete. »Ich habe zwei Polizisten hingeschickt, damit sie das Haus bewachen.«

»Wann genau ist es passiert?«

"Wieder in der Nacht. Und wieder ist es ein Kind, ein junges Mädchen diesmal, noch keine sieben Jahre alt.«

Das Bild, das sich uns bot, war dem des Jungen ähnlich. Wie hatte Doktor Mertens sich geäußert? Als hätte man ihm bei lebendigem Leibe die Seele ausgesaugt. In der Tat, das traf es auch hier. Die Kleine lag friedlich in ihrem Bett, als würde sie schlafen.

»Und der Frosch?«, fragte ich.

»Bei der Leiche haben wir nichts gefunden, aber ...« Doktor

Mertens geleitete uns in den Keller, vor dessen Tür er ebenfalls einen Polizisten postiert hatte.
Im Keller war es dunkel, feucht und modrig. »Passen Sie auf, wohin Sie treten, sie sind hier allerorten.«
Ich zog meinen Fuß zurück und keine Sekunde zu früh. Überall in dem schmalen Gang hüpften sie wild durcheinander.
»Erstaunlich!«
»Erstaunlich? Wohl eher widerlich.« Ich blieb wie angewurzelt stehen, bereit für den Rückzug. Doch da hatte ich meine Rechnung ohne den Professor gemacht.
»Nun stehen Sie nicht so rum, Johann. Helfen Sie mir, die Tiere einzufangen.«
»Einfangen? Aber womit denn?«
»Nun fragen Sie nicht so dämlich, Johann. Mit Ihren Händen natürlich. Wozu hat Gott Sie mit diesen überaus nützlichen Greifwerkzeugen ausgestattet?«
Er zerrte einen leeren Holztrog aus einer der Ecken und begann tatsächlich damit, die Frösche einzufangen.
»Zweiunddreißig«, zählte er, als der letzte im Trog saß.
Während Doktor Mertens und ich alle Mühe hatten, die wenig possierlichen Tierchen daran zu hindern, wieder herauszuhüpfen, suchte der Professor Boden und Wände ab.
»Hier, sehen Sie: ein Riss im Mauerwerk. Er ist durchaus breit genug und zudem feucht.«
»Der Grundwasserspiegel ist hier sehr hoch. Viele der Häuser rechts und links der Weser leiden darunter«, bestätigte Doktor Mertens die Entdeckung des Professors.
»Interessant.«
»Und jetzt?«, wollte ich wissen.
»Doktor Mertens, darf ich Sie bitten, sich um diese Leptodac-

tylus zu kümmern und um den Verbleib des Mädchens? Und Sie, Johann, begleiten mich.«

An der Treppe drehte sich Professor van Hagen noch einmal um. »Ach, und wären Sie so nett, Herr Kollege, mir einen Stadtplan von Bremen zu besorgen? Wir sehen uns in zwei Stunden im Speisesaal unseres Hotels.«

Die Droschke hielt vor einem der stattlichen Häuser in der Contrescarpe. Eine Bedienstete öffnete uns. Van Hagen überreichte ihr seine Karte und wenige Augenblicke später kam sie zurück und führte uns in den Salon im hinteren Teil des Hauses. Kapitän Lüder Janssen stand in voller Uniform am Kamin, als wir eintraten.

Der Professor hielt sich nicht lange mit Höflichkeiten auf und fragte den Kapitän nach der Reise, von der er den besagten Pfeiffrosch mitgebracht hatte.

Lüder Janssen war wohl erstaunt über diese Frage, aber auch erfreut, von seinen Reisen berichten zu können. Die Bedienstete brachte Tee, wir setzten uns und er begann zu erzählen. Er hatte mit seinem Segler Auswanderer nach Mexiko gebracht und sich von der Reederei eine Auszeit von einem Jahr erbeten, das er nutzen wollte, um seinen Forschungen nachzugehen. Er hatte einen Trupp zusammengestellt, mit dem er von Mexiko aus über Panama nach Peru aufgebrochen war. Es war eine beschwerliche, aber höchst interessante Reise gewesen. Neben dem Pfeiffrosch hatte er unzählige Tier- und Pflanzenarten mit nach Bremen gebracht, viele davon waren in der westlichen Welt bis dato unbekannt gewesen.

»Aber nur ein Exemplar jeder Art?«, fragte der Professor.

»Ja, von jedem nur ein Exemplar«, bestätigte der Kapitän. Der

Professor schien eine Weile darüber nachzudenken, dann fragte er. »Hat das Tier noch gelebt, als sie in Bremen ankamen?«
»Nein, ich hatte es gleich nach der Entdeckung präpariert.«
»Und in Formaldehyd eingelegt?«
»Ja.«
Ganz offensichtlich war dies nicht die Antwort, die der Professor sich erhofft hatte. Ich konnte geradezu sehen, wie es in seinem Kopf arbeitete. »Gab es im Zusammenhang mit diesem Fund etwas Besonderes?«
»Nein, eigentlich ... doch warten Sie. Wir hatten unweit des Machu Picchu Überreste einer Inkastätte entdeckt. Dort habe ich den Pfeiffrosch und einen Tag später die Pachamama gefunden. Ich erinnere mich genau, es war ein erstaunlicher Zufall.«
Der Professor zog die Augenbrauen zusammen. Es war wie eine allergische Reaktion, die sich jedes Mal zeigte, wenn das Wort »Zufall« fiel.
»Pachamama?«
»So hatte einer unserer einheimischen Führer sie genannt. Die Mutter der Erde. Eine der Gottheiten der alten Inkastämme. Sie wurde unter anderem in Form eines Frosches oder einer Kröte dargestellt, die in der Erde sitzt und die Seelen der Verstorbenen in sich aufnimmt.«
»Interessant. Und Sie haben dort eine solche Darstellung gefunden?«
»Ja, eine kleine steinerne Figur.«
»Die Sie ebenfalls mit nach Bremen genommen haben. Sie befindet sich jedoch nicht im Museum?«
»Nein, ich hatte sie für meine Privatsammlung bewahrt.«
»Mein lieber Herr Janssen, wäre es möglich, einen Blick darauf zu werfen?«

»Leider nein, ich habe sie nicht mehr.«
Jetzt schien es interessant zu werden, zumindest begannen die Augen des Professors zu funkeln.
»Sie wurde mir vor gut zwei Monaten gestohlen. Von meiner eigenen Magd, zusammen mit anderen Wertgegenständen. Sie hat alles geleugnet, obwohl es mehr als offensichtlich war, dass nur sie für den Diebstahl infrage kam.«
»Wo ist sie jetzt?«
»Wir haben sie entlassen, mehr kann ich leider nicht sagen.«
Wir verabschiedeten uns von Kapitän Janssen und fuhren zurück zum Hotel. Der Professor sprach die ganze Fahrt über kein Wort. Auch ich war sprachlos, konnte ich mir auf das Gehörte doch keinen Reim machen. Eine gestohlene Steinstatue, ein Frosch in Formaldehyd – was in aller Welt sollte das mit den mysteriösen Todesfällen zu tun haben?

Doktor Mertens hatte wie verabredet einen Stadtplan mitgebracht, den der Professor nun interessiert studierte und dabei mit einem Bleistift diverse Kreuze hineinmalte. »Es ergibt sich, wie ich vermutet hatte, ein eindeutig erkennbares Muster. Die Fundorte der Leichen liegen alle hier um diesen Bereich. Nur das Haus von Kapitän Lüder Janssen fällt heraus.«
Doktor Mertens beugte sich über den Tisch, auf dem der Plan lag. »Nun, die Todesfälle waren alle in den ärmeren Vierteln rechts und links der Weser, hier im Bereich Tiefer und Neustadt.«
»Und es war nur ein Erwachsener unter den Opfern. Hier oberhalb des Tiefers, alle anderen waren Kinder.«
»Und?«, mischte ich mich ein, weil ich beim besten Willen nicht erkennen konnte, welche Schlüsse daraus zu ziehen waren. Aber wie so oft ließ der Professor mich im Ungewissen.

»Darauf kommen wir später zurück, mein lieber Johann. Doktor Mertens, Sie müssen mir helfen, eine gewisse Gesche Lempke zu finden. Sie war bis vor Kurzem im Hause von Kapitän Janssen angestellt.«

»Oh, ich weiß, wen Sie meinen. Sie hatte laut dessen Aussage den Kapitän bestohlen, man konnte ihr aber nichts beweisen.«

»Sie wissen davon?«

»Ja, und zwar aus einem traurigen Grunde. Sie ist nur eine Woche später elendig auf der Straße zu Tode gekommen.«

»Interessant. Haben Sie sie untersucht?«

»Sie glauben, sie könnte ...«

»Nicht nur das, mein Lieber. Es gibt berechtigte Gründe anzunehmen, sie könnte der Auslöser gewesen sein.«

Doktor Mertens sah den Professor mindestens ebenso erwartungsvoll an wie ich.

»Oder vielmehr ein Gegenstand, der sich laut Kapitän Janssen in ihrem Besitz befunden hat.«

»Wie kommen Sie nur darauf, Herr Professor?«, fragte ich und erntete einen strafenden Blick. »Nun, mein lieber Johann, wenn Sie besser zuhören würden, wüssten Sie die Antwort.« Damit war meine Frage für ihn erledigt und er wandte sich wieder Doktor Mertens zu. »Wir müssen uns die Leiche der Frau ansehen.«

»Wie stellen Sie sich das vor, Herr Professor? Sie ist längst begraben.«

»Was nicht so bleiben muss.«

»Sie wollen die Leiche doch nicht etwa ... wo denken Sie hin. Mit welcher Begründung sollten wir die Erlaubnis für ein derartiges Vorhaben erhalten? Bei allem Respekt, mein lieber Professor van Hagen, aber ich denke doch, das ginge entschieden zu weit.«

»Sie haben recht, verzeihen Sie mir.« Damit war das Thema für

den Professor aus Sicht von Doktor Mertens erledigt. Ich wusste es natürlich besser, wenn der Professor sich etwas in den Kopf gesetzt hatte, ließ er nicht locker. Mir schwante Übles und ich sollte recht behalten.
Den darauffolgenden Tag war der Professor alleine unterwegs. Erst zum Abendbrot erschien er im Hotel mit einem beschwingten Lächeln auf den Lippen und einem Spaten im Gepäck.

»So machen Sie doch, Johann.«
»Wenn man uns hier erwischt, dann landen wir hinter Gittern, das ist Ihnen hoffentlich klar, Herr Professor.«
»Wenn Sie nicht so rumtrödeln würden, wären wir längst wieder im Hotel.«
Der Professor hatte leicht reden, schließlich war ich es, der bis zur Hüfte im Grab stand und buddelte.
»Die Erde ist tonnenschwer.«
»Selbstverständlich ist sie das, Johann.«
»Was ist daran selbstverständlich. Es hat die letzten Tage nicht einen Tropfen Regen gegeben.«
»Der Grundwasserspiegel, mein Lieber. Erinnern Sie sich doch.«
Der Professor hatte – natürlich – recht. Überall, wo wir in letzter Zeit gewesen waren, um Leichen zu besichtigen, war es feucht und modrig.
»Und wer benötigt Feuchtigkeit, um sich zu vermehren, Johann?«
»Froschlurche?«
Der Professor hielt die Laterne höher und grinste. »Sie sind bisweilen gar nicht so dumm, wie man manchmal glauben könnte, mein lieber Johann.«
Noch so eine Bemerkung und du kannst alleine weiterbuddeln, dachte ich gerade, als ich mit dem Spaten auf Holz stieß. Vor-

sichtig stemmte ich den Sargdeckel auf und schob ihn zur Seite. Vorsichtshalber hielt ich die Luft an und die Augen geschlossen, was nicht nur feige, sondern im Nachhinein betrachtet unverzeihlich war. Erst als ich den Aufschrei des Professors, gefolgt von einem dumpfen Schlag, hörte, öffnete ich die Augen wieder. Von meinem Standpunkt aus konnte ich nur noch die Fußsohlen des Professors sehen. Ich versuchte, aus dem Grab zu klettern, rutschte aber von der losen Erde immer wieder ab. Erst als ich den Sargdeckel seitlich gegen die Kuhle stellte, gelang es mir herauszuklettern.

Der Professor lag vor mir auf dem Boden, auf seiner Brust saß ein Pfeiffrosch von den Ausmaßen eines Schäferhundes. Sein Maul war weit aufgerissen und er spie Hunderte Artgenossen auf den Professor, der reglos dalag. Dennoch waren sein Mund und seine Augen weit aufgerissen. Ich griff zur Schaufel und schlug zu, gerade noch rechtzeitig, denn eines der Tiere schickte sich bereits an, im Mund des Professors zu verschwinden. Der Körper des Riesenfrosches zerplatzte vor meinen Augen und im selben Augenblick verwandelten sich auch seine Ableger in schleimige, stinkende Pfützen.

Ich hob den Kopf des Professors an, befreite sein Gesicht von dem Schleim und klopfte ihm auf die Wange. Aber nichts tat sich. Sein Gesicht blieb bleich und regungslos.

Hilfe suchend sah ich mich um, doch natürlich war weit und breit niemand in Sicht. Noch einmal rüttelte ich an den Schultern des Professors, versuchte, seinen Puls zu ertasten, doch war ich viel zu aufgewühlt, um sagen zu können, ob sein Herz noch schlug. Voller Verzweiflung ließ ich mich zurücksinken und da sah ich sie. Beschmiert von Schleim und Erde, lag sie neben dem Professor. Eine kleine Statue in der Gestalt eines Frosches. Ich

griff nach dem Spaten, holte aus und schlug so lange darauf ein, bis sie endlich zerbarst. Wie benommen stand ich da und sah auf den zerbrochenen Stein herab, bis sich hinter mir etwas regte.
»Johann? Was stehen Sie da so rum, helfen Sie mir lieber auf!«

Der Professor erholte sich erstaunlich schnell. Dennoch bestand Doktor Mertens auf zwei Tagen Bettruhe. Ich spielte die Krankenschwester und ließ mich den ganzen Tag von dem Professor hin- und herscheuchen. Mein schlechtes Gewissen verwehrte es mir, mich zu beschweren. Abends brachte ich dem Professor Suppe ans Bett und setzte mich neben ihn, um ihm beim Essen Gesellschaft zu leisten.
»Nun sehen Sie nicht so trübe aus der Wäsche, mein Lieber, das schlägt einem ja auf den Magen.«
»Ich hätte fast Ihren Tod verschuldet.«
»Papperlapapp. Auch wenn Sie gesehen hätten, wie dieser riesenhafte Leptodactylus aus dem Sarg gesprungen ist, hätten Sie es nicht verhindern können. Vielmehr verdanke ich Ihrer Weitsicht, die Statue zu vernichten, mein Leben. Also Schluss mit der Trübsalblaserei.«
Ich nickte erleichtert. »Eine Sache müssen Sie mir noch erklären, Herr Professor. Woher wussten Sie, dass sie sich im Grab befand? Woher wussten Sie überhaupt, dass die Statue des Kapitäns damit zu tun hatte?«
»Recherche, mein lieber Johann. Recherche, angewandte Kombinatorik und moderne Technik. Wie Sie wissen, bin ich ein wenig herumgekommen und habe dabei durchaus die eine oder andere interessante Person kennengelernt.«
Ich nickte und fragte mich insgeheim, ob er auch mich zu dieser Personengruppe zählte.

»Dank der Telegrafie konnte ich mich mit einigen Kollegen in Verbindung setzen, die mir meinen Verdacht hinlänglich bestätigten. Der Göttin Pachamama wurde in der Kultur der Indios eine herausragende Stellung zugeschrieben. Sie wurde als die personifizierte Mutter Erde verehrt, die Leben schenkt, es aber ebenso zu nehmen vermag. Alle Götter in diesen Kulturen haben neben ihrer wohlwollenden, schöpferischen auch eine dunkle, Unheil bringende Seite. Solange sie bei dem Kapitän trocken und fern der Erde stand, ging keine Gefahr von ihr aus. Die Magd hingegen hatte die Statue in der feuchten Erde unter ihrer Kammer versteckt und somit ihre Unheil bringenden Kräfte zum Leben erweckt. Gesche Lempke war ihr erstes Opfer und die Göttin nistete sich in ihr ein, um ihre Brut auszusenden und weitere Seelen zu sich zu holen.«

»Und warum nur Kinder?«

»Weil die Seelen von Kindern am reinsten und kraftvollsten sind.«

»Und jetzt ist die Gefahr gebannt?«

»Ja.«

»Und Doktor Mertens, weiß er Bescheid?«

Professor van Hagen lächelte. »Selbstverständlich nicht. Ich habe ihm von einem Bakterium erzählt, das sich über das Grundwasser ausgebreitet hätte und das nun nicht mehr aktiv ist.«

»Und das hat er geglaubt?«

»Ich bin mir nicht sicher. Aber es war eine Antwort, die seinen wissenschaftlich geprägten Geist nicht auf die Probe stellte, also gab er sich gerne damit zufrieden. Und jetzt, mein lieber Freund, lassen Sie mich ein paar Stunden schlafen.«

Wein, Weib und jede Menge Ärger

Ich bin kein schlechter Mensch, ehrlich nich. Schon meine Oma hat immer gesagt: »Der Lütte ist ein Schlitzohr durch und durch, aber das Herz, das hat er auf dem rechten Fleck.«

Hat er, kann ich nur bestätigen. Erst n einziges Mal habe ich in Oslebs eingesessen. Dabei habe ich der Versicherung echt nen Gefallen getan. Erst die Woche davor stand fett in der Zeitung, dass die gar nich wissen, wohin mit der ganzen Kohle.

Okay, Anfängerfehler. Und überhaupt, Versicherungsbetrug macht ja jeder. Nein, heutzutage muss man sich spezialisieren. Nischengeschäfte nennt man so was. Und als ich so am Grübeln bin, drückt mir Fortuna nen dicken Schmatz auf die Wange. »Wein, Weib und Gesang« stand da in der Zeitung und ich hatte sofort dieses Kribbeln unterm Pony. Singen is jetzt zwar nich so mein Ding und so n Typ, der Miezen auf die Piste schickt, bin ich nich. Wie gesagt: Herz am rechten Fleck! Außerdem: Weiber! Nee, handelt man sich nichts als Ärger mit ein. Aber von Wein versteh ich was. Und dass es da Flaschen gibt, für die man sich locker nen fetten Benz untern Hintern schieben könnte, is ja kein Staatsgeheimnis. Und wo gibts den teuersten Wein in Bremen? Na? Klaro, Ratskeller.

Also hab ich dann auch gleich ne Führung mitgemacht. Haben Sie ne Ahnung, was da bei denen im Keller so alles Staub ansetzt? Schatzkammer, sag ich nur. Cool eigentlich, aber das is wie mit Kunst. Nen gezockten Monet kannste auch nich einfach bei eBay verhökern. Muss schon n echter Liebhaber sein, der kein

Problem damit hat, dass außer ihm niemand seine Geldanlage bewundern darf. Und so leicht kommt man in die Schatzkammer auch nich rein, tief in diesem Kellerlabyrinth, vergittert, Sicherheitsschloss – nich dass das jetzt n Problem für mich wäre, aber da gibt es ja noch was viel Besseres.
Nie im Leben hätte ich geglaubt, dass mich n paar Heilige mal so in Hochstimmung versetzen würden. Das war wirklich wie der Gang zum Heiligen Gral, vorbei an den zwölf Holzfässern, benannt nach den Aposteln. Sie wissen schon, die Kumpel von Jesus. Und immer dieser Duft im Riechkolben nach altem – richtig altem Wein. Und da stand sie, die Rose. So n altes Fass in nem dunklen Kellerraum. Randvoll mit dem ältesten Wein Deutschlands und der is noch immer trinkbar. N Rüdesheimer von 1653. Theoretisch, praktisch darf da natürlich keiner bei. Nur der Kellermeister und der jeweilige Bürgermeister dürfen ihn verkosten – heißt, mehr als n Fingerhütchen is nich drin. Und schon n Tropfen davon hat hochgerechnet nen Wert von über ner Million Euro, erzählt die Führerin. Würden die das Fass verhökern, wäre Bremen ratzfatz schuldenfrei.
N Millionenschatz, an dem man einfach so auf dem Weg zum Pinkelbecken vorbeilatscht und der nich ernst zu nehmend gesichert is, also zumindest für mich weiter kein Problem …
Und hatte ich eigentlich schon erwähnt, dass ich das Herz am rechten Fleck hab? Deshalb hab ich natürlich nur n Viertelliterchen abgezapft, bei so nem Riesenfass is eh immer n bisschen Schwund. Erzähl mir doch keiner, dass sich die Angestellten da nich mal hin und wieder selbst n Fingerhütchen genehmigen. Wird ja auch wieder aufgefüllt und bei Wein is das wie beim Menschen, frisches Blut sichert den Fortbestand.

Jedenfalls steht sie jetzt schön bei mir aufm Wohnzimmertisch, die Rose. Hab mir zur Feier des Tages erst mal n Bierchen aufgemacht, an die Rose geh ich natürlich nich ran. Aber mal schnuppern … das kann dem Edelgesöff doch nichts anhaben, oder? Schön vorsichtig mit dem Korken, bloß nix verschütten.
Riecht ja echt edel. Und ich kann nich glauben, wie easy das war. Ich nehm noch ne Nase und mir wird direkt schwummrig. Haut gut rein das Zeug. Ich hab glatt das Gefühl, als würd der Wein in der Flasche kichern. Ganz schön dämlich, was? Also mit Bier passiert einem so was nich. Ich genehmige mir noch eins und schlummre sanft dahin.

Ein Kribbeln an meiner Nase weckt mich. Ich wedle mit der Hand vor meinem Gesicht rum, aber das Kitzeln hört nich auf. Und als ich die Augen aufmach, starr ich in zwei blaue Glupscher. Scheiße, denke ich und kneife die Augen schnell wieder zu. Mein Kopf fühlt sich eigentlich ganz normal an, mehr als vier Bier waren es auch nich, echt jetzt. Vielleicht die Aufregung? Vorsichtig öffne ich das rechte Auge, dann das linke. Nichts, nur mein Wohnzimmer. Na also.

Gleich am nächsten Morgen ruf ich n paar potenzielle Kunden an. Hab mich natürlich schlau gemacht. Weinsammler mit Bankkonto gibts wie Blubberblasen im Schampus, einen werde ich schon zum Überschäumen kriegen. Natürlich rede ich nich gleich Klartext. Ich hätte da ne ganz besondere Rarität, die ich jetzt nich jedem anbieten würde – nein, mehr würde ich am Telefon nich sagen, aber man könnte sich doch mal treffen … so in der Art halt. Als auch der Zehnte einfach auflegt, kommen mir dann aber doch so meine Zweifel an der Strategie.

»Hey Süße, n bisschen wirst du wohl bei mir bleiben müssen«, sage ich mit Blick auf die Flasche. Und wieder habe ich dieses Kichern im Ohr. Und nich nur das.

»Ihr seid ein gar wunderlicher Kautz, edler Herr.«

Hat da jemand was gesagt? Ich seh mich um, aber da is niemand.

»In der Flasche.«

Die Flasche? Ich halte die Karaffe gegens Licht. Irgendwie sieht der Wein da drin jetzt anders aus. Scheiße, der is doch nich gekippt? Schnell entkorke ich ihn, aber ehe ich meinen Riechkolben reinstecken kann, steigt feiner Dunst daraus auf, der über meinem Sofa hängen bleibt wie unter ner kaputten Dunstabzugshaube. Voll unheimlich, sieht aus, als würde sich da nach und nach was verdichten. Ich kann sogar Farben und Umrisse erkennen.

Gequirlte Hundekacke aber auch! Von Speed kennt man so was ja, aber vom Weinschnüffeln? Ich reibe mir die Augen, glotze wieder nach oben, aber das Rumgereibe hat rein gar nichts gebracht, im Gegenteil. Jetzt siehts echt aus wie ne Tusse, so ne, wie man sie von alten Ölschinken kennt. Weiter Rock und in der Mitte zusammengeschnürt, dass die Möpse fast gegen das Kinn drücken.

Alter Schwede, so nen Trip hatte ich im ganzen Leben noch nich. Wenn das von dem Wein kommt, dann ergeben sich da noch ganz andere Märkte! Geradezu hysterisch fange ich an zu kichern.

»Warum lacht Ihr?«

Ich kichere noch mehr. Ne Halluzination, die total geschwollen labert! Es is zum Schreien. Sie scheint das allerdings anders zu sehen, denn jetzt werden ihre blauen Augen dunkel und ihre zugegeben hübsche Stirn kriegt Bügelfalten.

»Sein Benehmen dünkt mir überaus ungehobelt!«, sagt sie. Oha, jetzt is sie böse! Das wars dann wohl mit dem edlen Herren. Bei dem Gedanken krieg ich nen totalen Lachanfall, muss mir echt den Bauch halten. Was für n Trip!

»Wenn er sich beruhigt hat, findet er mich im Schlafgemach«, gibt sie zum Besten und – plopp – weg is sie. Meine Fresse. Ich rapple mich hoch, um schnell die Flasche zu verkorken, da trifft mich fast der Schlag. Sie is so gut wie leer! Scheiße, dass das Zeug so schnell verdunstet, kann doch gar nich sein. Irgendwas is hier oberfaul. Ich zünde mir ne Kippe an und laufe im Zimmer auf und ab, während ich versuche, n wenig Ordnung in mein Oberstübchen zu bringen.

»Gott, gütiger ... Feuer!«

Mit einem Mal is sie wieder da und wedelt mit den Armen über meinem Schädel rum.

»Reg dich ab, das is nur ne Fluppe!« Hab ich tatsächlich mit ihr gesprochen?

»Verzeihung?«

»Ne Zigarette. Tabak, du verstehen?«

»Oh, ich habe davon gehört. Die Franzosen haben Blätter davon nach Europa gebracht.«

»Der hier is von Aldi.«

»Aldi?«

Okay, hier is in der Tat was oberfaul. »Wer, zum Henker, bist du eigentlich? Oder vielmehr was? Und was hast du in meinem Wohnzimmer zu suchen?«

»Aber er selbst hat mich doch hergebracht«, sagt sie schnippisch.

»Er?«

»Ja, er«, sagt sie und zeigt angenervt auf mich. »Er befreite mich aus dem Fasse und verbrachte mich in diese Gemächer. In dieser Flasche.«

Irgendwie erinnert mich das an ne Fernsehserie aus dem letzten Jahrtausend.
»Wofür ich ihm zu Dank verpflichtet bin.«
»Aha«, mehr bring ich grad nich raus. Aber mir dämmert langsam, warum schwuppdiwupp die Flasche fast leer is. Ich kann mir zwar nich vorstellen, wie die da reingepasst hat, allein der Vorbau is Körbchengröße C, minimum, aber irgendwie …
»Noch mal zum Mitschreiben. Du hast in diesem Fass gesteckt? Seit 1653?«
»Oh, nein. Es passierte anno 1602.« Ein tiefer Seufzer folgt. Sie geht oder vielmehr schwebt hinüber zum Sofa und platziert sich dort reichlich aufreizend für ne Vierhundertjährige. Überhaupt, ihr Alter sieht man ihr nich die Spur an. Sie sieht aus wie Mitte zwanzig. Rosige Wangen, brünettes Haar. Den Vorbau hatte ich ja schon erwähnt. Eigentlich ganz schnuckelig für n Gespenst.
»Er kennt sicherlich das holde Bildnis einer Rose über dem Fasse? Man erzählt, ein Maler habe damit seine Zeche bezahlt. Die wahre Geschichte wird hingegen verschwiegen.«
Eigentlich interessiert mich nur, wie ich die Dame in die Flasche zurückstopfen kann, um sie an den Meistbietenden zu verticken. Was für nen Marktpreis haben eigentlich Flaschengeister?
Aber – habe ich das schon erwähnt? – ich bin kein schlechter Mensch und so setze ich mich, um mir ihre Geschichte anzuhören.
»Ich wurde in dem Gewölbe hinterrücks gemeuchelt. Zuerst erfasste ich nicht, dass ich die arme Maid sein sollte, die dort so bleich am Boden lag. Ich ängstigte mich zu Tode und kroch in das Fass, um mich vor dem Angreifer zu verbergen.«
Wie kann n Geist sich zu Tode ängstigen, frage ich mich, nicke aber nur mitleidvoll.

»Erst nach Tagen wagte ich mich hervor. Mein Körper war verschwunden und niemand schien mich zu missen. Ich war derart traurig, dass ich in das Fass zurückkehrte und für lange Zeit dort verblieb. Eines Tages beschloss ich, diesen traurigen Ort zu verlassen. Aber es war, als wäre meine Seele mit dem Wein durch ein geheimnisvolles Band verknüpft. Nur wenn aus dem Fasse gezapft wurde, konnte ich heraus, war aber der Wein getrunken, musste ich in das Fass zurückkehren. Und dann hörte es auf. Niemand trank mehr von meinem Wein und ich war gefangen. Bis Ihr mich errettet habt. Sagt, wie habt Ihr von meinem Schicksal erfahren?«

»Ähm, ja also ...« Scheiße, soll ich ihr jetzt die Wahrheit um die Ohren hauen? Ich kratze mich am Kopf, um Zeit zu gewinnen. »Na, Hauptsache, du bist da raus, nich wahr? Und sag mal, was hat das jetzt überhaupt mit diesem Rosenbild zu tun?«

»Na, es erschien in jenem Augenblicke, als meine Seele eins mit dem Wein wurde. Als Sinnbild unserer Verbindung.«

Sinnbild. Ich versteh kein Wort, aber das komische Bild kratzt mich im Augenblick auch herzlich wenig. »Und, äh, was genau hast du jetzt vor?«

»Nun, da ich tief in Eurer Schuld stehe, willige ich natürlich in eine Vermählung ein.«

»Vermählung?« Die glaubt doch wohl nich ernsthaft, dass ich sie heiraten würde. »Hör mal zu, Süße, wir müssen jetzt mal Klartext reden.«

Sie hält sich die Hand vor den Mund und kichert. »Wie seltsam Ihr Euch ausdrückt.«

»Ich kenn dich doch überhaupt nich. Und außerdem, is ja nich persönlich gemeint oder so, aber du bist doch viel zu alt für mich.«

Schlagartig wird das Kichern zu nem Schluchzen und tatsächlich laufen ihr Tränen über die Wangen. Herrje, die wird doch jetzt nich den teuren Wein in meinen Teppich versickern lassen?
»Bitte nich weinen, ich habe das auch gar nich so gemeint!«
Während sie sich die Augen mit ihrem Rocksaum betupft, greife ich mir unauffällig den Korken vom Tisch.
»Es is nur so, dass mir das alles n bisschen zu schnell geht. Ich brauch einfach noch n paar Tage. Eine Hochzeit, das muss doch richtig geplant werden. Am besten gehst du erst mal wieder in die Flasche zurück. Nur kurz. Wir wollen doch nich, dass die Leute sich die Mäuler über uns zerreißen, wenn wir hier so in Sünde zusammen hausen.«
Jetzt strahlt sie wieder. »Wie edel von Euch. Oh, mein Held. Mein Retter«, haucht sie mir noch ins Ohr, vernebelt sich und verschwindet in der Flasche. Schnell schiebe ich den Korken hinterher und lehne mich erleichtert zurück. Was n Trip, das glaubt mir keiner!

Und was ne verzwackte Lage! Schon seit zwei Stunden renne ich jetzt zwischen Sofa und Schrankwand auf und ab, aber außer platt gelaufenen Teppichfransen is nich viel bei rausgekommen. Wenn ich die Flasche verhökere, wird der Käufer doch zumindest am Wein riechen wollen, wie sonst soll er mir glauben, was da drin is?
»Verzeihung?«
Ich bleibe stehen und gucke zum Tisch. Auch das noch, sie kann sogar im verflüssigten Zustand quatschen, na, das kann ja heiter werden. Mir dünkt, sozusagen, dass ich mir das mit dem Verkaufen wohl endgültig von der Backe wischen kann.
»Was is?«

»Wäre es nicht von Vorteil, wir würden die Hochzeit gemeinsam planen?«
»Nein, es soll ne Überraschung werden. Und bitte stör mich jetzt nich. Ich muss nachdenken.«
»Worüber?«
Weiber! Warum können die einem eigentlich nie zuhören? »Wenn ich dir das jetzt sage, dann is es ja wohl keine Überraschung mehr.«
»Aber mir ist langweilig.«
»Hör mal, du hast Jahrhunderte so verbracht, jetzt wirst du doch wohl mal n paar Stunden die Füße still halten können.«
»Meine Füße?«
Wenn die jetzt nich endlich die Klappe hält, schmeiße ich ihr die ganze traurige Wahrheit an den Flaschenhals, Herz am rechten Fleck hin oder her.

Um endlich nen klaren Kopf zu bekommen, verlasse ich meine Wohnung und schlender die Schlachte entlang. Die Sonne scheint, ne leichte Brise weht über die Weser. Es wird Frühling, is mir bis dato noch gar nich aufgefallen. Wie auch, wenn man bis zum Pony in Arbeit steckt?
Ein Pärchen nach dem anderen schlendert an mir vorbei, Hand in Hand und mit nem Grinsen, als gäbs hier irgendwo Botox im Zehnerpack zum Schnäpchenpreis samt Spritzbesteck. Diese Sache mit der Liebe war mir schon immer suspekt. Was bitte is an der Aussicht, jeden Morgen dasselbe zerknitterte Gesicht neben sich im Bett schnarchen zu sehen, nur so wahnsinnig toll? Gut, zugegeben, hätt mich Marion damals nich so abserviert ... Aber spätestens seitdem habe ich gecheckt, dass diese ganze rosarote Wolke einem doch nur von den Hormonen vorgegaukelt

wird, damit es auch ja immer genügend Menschen gibt, die diesen Planeten verpesten können.
Nee, war schon gut so. Zwar, zugegeben, ne Schocktherapie, als ich Marion mit diesem Penner von der Versicherung beim trauten Kundengespräch in unserem Bett ertappt habe, aber is schon gut so. Allein is man eh besser dran. Quatscht einem nich dauernd wer dazwischen so wie diese Rose. Dabei is die nur ne fadenscheinige Kopie einer Frau. Wenn auch ne ziemlich hübsche, irgendwie.
Heiraten! Mann, Mann, Mann, die Alte hat aber auch wirklich so einiges verpasst die letzten Jahrhunderte. Na ja, war bestimmt ziemlich öde, so allein in dem Fass. Obwohl, wenn sie schlau is, hat sie sich die Lage schön getrunken, Stoff genug war ja da. Hab ich auch versucht, nach Marions Auszug. Hat allerdings nur begrenzt geholfen.
Ach, Scheiße, jetzt is aber mal Schluss mit der Rumheulerei. Is eigentlich gar nich meine Art. Liegt wohl am Wetter. Is echt warm jetzt und die Vögel zwitschern auch noch.
Wie is das eigentlich mit so nem Geist im Bett? Läuft da überhaupt was, ich meine, so ohne Körper? Womöglich is sie noch Jungfrau. Was ne Verschwendung von Ressourcen. Dabei sieht sie wirklich scharf aus. Ich meine für so nen Geist und in dem Alter.
»Mein Held«, hat sie gesagt, das hat noch keine zu mir gesagt, nich mal Marion, als sie echt noch in mich verknallt war.
Is ja schon witzig, wie sie spricht.
Ich laufe und laufe, aber irgendwie kriege ich meinen Gehirnkasten nicht auf die Reihe. Was mach ich jetzt nur mit dieser Flasche. Verkaufen is, wie gesagt, Essig.
Zurückbringen? Aber was, wenn sie quatscht und mich verrät?

Ich bleib stehen und guck auf die Weser. Vielleicht sollte ich ne Flaschenpost aus ihr machen und das Problem jemand anderm überlassen? Nein, war n Scherz. Sie wissen doch, Herz am rechten Fleck – würd ich ja nie tun, so was Herzloses.
Nee, ehrlich.
Im Grunde kann sie einem wirklich leidtun, so n hübsches junges Ding. Na ja, jung mein ich jetzt natürlich relativ.
Mann, Mann, Mann, vierhundert Jahre in so nem Fass. Was sie da wohl so alles mitgekriegt hat? Gibts da nich diese Geschichte, dass sich die Ratsherren zu geheimen Besprechungen unter der Rose zusammengefunden haben, um Geheimnisse auszutauschen. Da könnte man sicherlich Romane drüber schreiben.
Und sicher hat die noch so einiges anderes erlebt. Vielleicht kann man da ja wirklich n Buch drüber schreiben. Wenn das schon mit dem Wein nichts wird. Ich mein, wär doch schade um den ganzen Aufwand. Und, na ja, wie gesagt, so ganz unschnuckelig is sie ja auch nich. Und die Mädels von früher, die sind doch bestimmt auch viel besser erzogen, von wegen fremdgehen und so.
Also vielleicht sollt ich ja noch mal mit ihr reden, ganz in Ruhe.
Wieder zu Hause, nehme ich die Flasche hoch und sehe sie mir an. Sieht einfach nur nach Wein aus. So richtig kann ich es noch immer nicht glauben, dass sie da drinsitzt. »Hallo?«
Keine Antwort. Habe ich mir das Ganze doch nur eingebildet? Ich schüttle die Flasche vorsichtig und jetzt höre ich ein Stöhnen.
»Ich will hier raus. Bitte.«
Ich zögere ein wenig und öffne die Flasche.
Diesmal ist sie schneller draußen, als ich gucken kann.
»Das wurde auch Zeit. Behandelt ein Ehrenmann so etwa seine Verlobte?«
Jetzt will ich n Schritt auf sie zumachen, da macht die schon wie-

der Druck. Da kann ich ja gar nich mit um. Also erst mal Zeit schinden.

»Moment mal, ich habe dir keinen Antrag gemacht, von Verlobung kann überhaupt keine Anrede sein.«

»Aber Ihr habt mir die Ehe versprochen!«

»Habe ich? Nich dass ich wüsste.« Langsam werde ich sauer, so hatte ich mir das nicht vorgestellt. Erst einen auf hilfloses süßes Frauchen machen und jetzt so pampig.

»Ihr wollt Euer Wort brechen?«

»Von brechen kann keine Rede sein, da ich nichts versprochen habe.«

Jetzt klimpert sie mit ihren langen Wimpern und dicke Tränen kullern.

Scheiße, Tränen konnte ich noch nie ab. »Ist ja schon gut, tut mir leid.«

Das hilft erstaunlich schnell, schon strahlt sie wieder und kommt zu mir rübergeschwebt.

»Dann bleibt es bei der Hochzeit! Es wird ein rauschendes Fest. Wir werden die ganze Stadt einladen ...«

»Nu mal langsam! Das kann ich mir überhaupt nicht leisten!«

»Aber ich bin von adligem Geschlecht!«

»Ja, aber dein Adel ist heute leider keinen Cent mehr Wert und meine Mittel sind, gelinde gesagt, begrenzt.«

»Oh.«

Bilde ich mir das ein. Oder ist sie ein ganzes Stück blasser geworden?

»Ihr seid mittellos?«

»Na ja, das ist jetzt relativ.«

Sie schwebt zu mir herüber und legt ihre Hand auf meine Wange, als wenn sie mich trösten will.

»Aber wir werden schon über die Runden kommen, vielleicht kannst du ja auch arbeiten gehen.«
Jetzt wird sie tatsächlich noch blasser. »Küss mich«, haucht sie mir ins Ohr und ich tue es glatt.
Es fühlt sich ganz normal an, eigentlich sogar richtig gut, doch plötzlich wird mir irgendwie schwummerig und ich habe so ein komisches Gefühl.
»Was ist das?«, frage ich und sie sieht mich an und lächelt.
Was ich leider zu spät sehe, ist, dass sie die Flasche in der Hand hält.
»Ich bin untröstlich«, höre ich gerade noch, ehe es mich förmlich in die Flasche hineinzieht und sie den Korken draufsetzt. »Aber es ziemt sich nun mal nicht, mich unter meinem Stand zu vermählen. Wenn Ihr meiner nicht würdig seid, muss ich mich schweren Herzens nach einem anderen Edelmann umsehen.«
Hab ichs nich gleich gesagt: Weiber! Mit denen handelt man sich nichts als Ärger ein.

Eine polarisierende Entdeckung

Erst wenige Wochen war ich zurück in meiner Heimatstadt Bremen. Man hatte mich nach Beendigung meines Studiums der Mathematik und Medizin in Göttingen an den Lehrstuhl für Mathematik berufen, doch nachdem mein Vater sein Vermögen verloren hatte, sah ich es als meine natürliche Pflicht an, meine Eltern zu unterstützen. So nahm ich stattdessen eine Stellung als Professor der Medizin am Gymnasium illustre in Bremen an. Eine Stellung, die mir neben der Lehrtätigkeit auch den Dienst am städtischen Krankenhaus abverlangte, was mir, wie ich eingestehen muss, weder lag noch behagte. Meine Leidenschaft galt der Wissenschaft an sich. Schon im Kindesalter verbrachte ich meine Zeit im elterlichen Garten damit, der Natur ihre Geheimnisse zu entlocken.

Dennoch gab ich mir redlich Mühe, versuchte, die Besonderheiten eines jeden Patienten und seiner Leiden zu verstehen, beschränkte meine Kuren auf solche, die mir den größten Nutzen und zugleich den wenigsten Schaden anzurichten schienen.

Nicht alle meine Kollegen befürworteten mein Vorgehen und es kam gelegentlich zu Diskussionen, in denen man mich spüren ließ, dass meine Vorbehalte gegen einige der praktizierten Methoden eher meiner Jugend, denn meinem Vermögen zugeschrieben wurden.

So war ich dem tierischen Magnetismus gegenüber äußerst skeptisch. Seit 1786 Johann Caspar Lavater unsere Stadt besucht hatte, war dessen Methode in Bremen nicht nur Gesprächsstoff

in den medizinischen Zirkeln, sondern hatte alsbald auch Anwendung in der Praxis einiger meiner Kollegen gefunden. Unter ihnen Doktor Wiener, einer der angesehensten und damit einflussreichsten Mediziner in Bremen. Ich hatte einige seiner Vorträge am Gymnasium gehört, die wohl seine Studenten, jedoch nicht mich zu überzeugen vermochten. Zu wenig schienen mir günstige und ungünstige Wirkungen erforscht, zu wenig von dem, was er als Tatsache darbot, wissenschaftlich bewiesen.
Obgleich Doktor Wiener im Range weit über mir stand, wagte ich eines Abends bei einem unserer Zirkel, meiner Meinung Ausdruck zu verleihen. Während meine Kollegen betreten schwiegen, lehnte sich Doktor Wiener zurück, zog an seiner Zigarre und bemerkte: »Nun, mein werter Herr Kollege. Es betrübt mich, dass meine Vorlesungen Sie nicht überzeugen konnten. Wiewohl es Sie in gewisser Weise auszeichnet. Als junger Wissenschaftler sollte man sich unzweifelhaft selbst ein Bild machen. Warum begleiten Sie mich nicht zu einem meiner Versuche? Es wäre mir eine Ehre.«

So ergab es sich, dass ich am vorletzten Novembertag des Jahres 1796 Doktor Wiener zu einem seiner Magnetisierungsversuche begleitete. Seine Patientin war Elise Foch, die Tochter eines reichen Schottherrn, ein unverheiratetes Frauenzimmer im zwanzigsten Lebensjahr. Seit Kindestagen, so berichtete mir Doktor Wiener, litt sie unter Somnambulie und ihr Schlafwandeln war umso besorgniserregender, da es sich nicht auf das Haus beschränkte. Mehr als einmal war sie des Nachts durch die Stadt gewandert, ohne zu erwachen. Sie selbst hatte keinerlei Erinnerung an diese Ausflüge, fühlte sich am darauffolgenden Morgen lediglich müde und erschöpft. Dieser Zustand hatte sich zuletzt

verschlimmert und vor einer Woche hatte man sie ohne Besinnung auf der Straße gefunden.
Doktor Wiener hatte vor unserem Besuch einige magnetische Stahlstäbe in seine linke Rocktasche gesteckt, deren freundschaftliche Pole einander berührten. Nachdem er die Kranke in Schlaf versetzt hatte, fuhr er mit diesen Magneten in der linken Hand einige Male in der Entfernung etwa eines Zolls an dem Vorderarm der Kranken herunter.
Er hatte mich gebeten, mehrere Fuß Abstand zu halten, dennoch konnte ich mit Gewissheit sagen, dass er ihren Arm weder berührte noch so zu dem Gesicht der Patientin stand, dass sie es hätte wahrnehmen können, selbst wenn sie die Augen geöffnet hätte. So konnte ich sicher sein, dass es weder einen körperlichen noch einen der Vorstellung der Patientin entsprungenen Reiz gab.
Dennoch zuckte die Kranke verschiedentlich mit dem Arm, sobald Doktor Wiener diesen einige Male mit den Magneten entlanggefahren war. Nach dem Erwecken setzte sie sich im Bett auf und begann, ihren Arm zu reiben. Als Doktor Wiener sie darauf ansprach, antwortete sie, sie hätte eine wunderliche Empfindung darin, es wäre kalt und schmerzhaft und sie fühle sich ängstlich und beklommen, ohne dass sie dies näher bezeichnen könne.
Auch diese Aussage erschien mir glaubwürdig, machte sie auf mich fürwahr einen ernsthaft gepeinigten Eindruck. Ihr junges Gesicht, das vor dem Versuch hübsch und frisch anzusehen gewesen war, zeigte sich müde und mit dunklen Schatten unter den Augen.
Doktor Wiener empfahl der Kranken einige Stunden der Ruhe und wir verabschiedeten uns. Zu Fuß machten wir uns auf den Weg zum Gymnasium. Wiener schritt stramm voran, sichtlich

zufrieden. »Nun, mein werter Doktor Reinhold, konnten Sie sich eine Meinung zu unserem Versuch bilden?«
Ich schwieg eine Weile, war ich mir selbst nicht schlüssig ob meiner Antwort. Ich hatte von dererlei Versuchen gehört und gelesen und natürlich kannte ich die Forschung des italienischen Arztes Luigi Galvani, dem es gelungen war, präparierte Froschschenkel zu kontraktieren, indem er mithilfe von Metallplatten die von ihm als Tierelektrizität bezeichnete, den Muskeln innewohnende Kraft beleben konnte.
»Ein Bild gewiss«, antwortete ich endlich. »Dennoch frage ich mich, was die Ursache dieser Reaktion ist und woran man ausmachen kann, ob die Wirkung nicht zudem schädlichen Einfluss ausübt, womöglich sogar mehr denn heilenden. Ehe die genaue Ursache der hervorgerufenen Reaktionen nicht untersucht ist, haben wir nicht das Recht ...«
»Werter Herr Kollege, es wurden bereits erstaunliche Erfolge erzielt und viele konnten von ihren Leiden befreit werden. Gibt uns das nicht recht genug? Ist es nicht geradezu unsere Pflicht, alle Möglichkeiten in Betracht zu ziehen?«

Im Gymnasium angekommen, bat Doktor Wiener mich in sein Studierzimmer. »Ich verstehe Ihre Skepsis. Und als Wissenschaftler erscheint mir jedwede Form von Vorbehalt durchaus förderlich. Aber in diesem Bereiche sind hinreichend Belege für die Existenz der Lebenskraft, die im Grunde der von Galvani beschriebenen Tierelektizität entspricht, vorhanden. Wir wissen unlängst, dass sie nicht nur in uns sitzt, sondern über unseren Körper hinaus wirkt. Denken Sie allein an die Fähigkeiten der Zitterrochen. Die elektrischen Schläge, die Aale auszusenden vermögen. Und ist nicht das Schlafwandeln an sich Beweis ge-

nug. Alle an Somnambulie Erkrankten sind in der Lage, mit geschlossenen Augen weite Strecken zurückzulegen. Sie weichen Hindernissen aus, von deren Existenz sie nichts ahnten. Wie anders als durch diese sensible Aura der nach außen hin wirkenden Lebenskraft könnte dies erklärt werden?«
»Dennoch besitzen wir keine direkte Erkenntnis über diese Lebensenergie. Alle Beobachtungen lassen sie lediglich vermuten, unsere Erkenntnisse resultieren aus Rückschlüssen.«
»So und nicht anders funktioniert Wissenschaft. Das Zusammenwirken von Anschauung und Verstand. Beobachtung und Rückschluss. Das haben Sie doch sicher auch so gelernt. Nur weil sich etwas der direkten Betrachtung entzieht, heißt das also nicht, dass es nicht existent ist.«

Wenige Tage später ließ Doktor Wiener mich durch einen Boten in das Städtische Krankenhaus bitten, wo er mich am Bett eines Kranken empfing.
»Ah, der junge Herr Kollege.« Doktor Wiener winkte mich zu sich. »Ich würde gerne Ihre Meinung zu diesem Fall hören«, sagte er und trat einen Stück zurück, damit ich mich neben ihn an das Bett des Kranken stellen konnte.
»Martin Senkendeel. Er ist sechsundzwanzig Jahre alt, Schneidermeister, verwitwet und hat fünf Kinder. Man hat ihn vorgestern in den frühen Morgenstunden besinnungslos in der Knochenhauerstraße gefunden. Er war vom Fulbras in der Wachtstraße auf dem Weg nach Hause, als er nach eigenen Angaben eine Beklemmung um das Herz verspürte. Zudem war ihm, als hätte jemand eine Zentnerlast auf seine Schultern gewuchtet. Er bekam Schweißausbrüche, Atemnot und sank bewusstlos zu Boden, wo man ihn Stunden später aufgefunden hat. Seine Haut ist kalt

und feucht, sein Puls beschleunigt und noch immer klagt er über Atemnot.«

»Er kam aus der Weinschänke?«

Wiener lächelte. »Wo er nach bestätigter Aussage lediglich zwei Glas Wein zu sich genommen hat. Eine Menge, die einem Manne in seinem Alter üblicherweise keine Probleme verursacht.«

»Gab es weitere derartige Krankheitsfälle an diesem Abend?«

»Nicht, dass es uns bekannt wäre.«

Ich beugte mich über den Kranken, der mit geschlossenen Augen und glänzender Stirn tief in den Kissen lag. Ich fühlte seinen Puls und seine Temperatur. Beides war, wie Doktor Wiener es mir berichtet hatte. Ohne Zweifel litt der Schneidermeister größte Not.

»Seine Lunge ist ohne Befund und er hat, wie Sie sich eben selbst überzeugen konnten, kein Fieber. Er weist keinerlei Anomalien auf. Auch die Lymphknoten sind nicht geschwollen.«

Ich ahnte, worauf Wiener hinauswollte. »All dies lässt wohl eine Beeinträchtigung seiner Lebensenergie vermuten.«

Wiener verschränkte die Arme hinter dem Rücken und nickte. »Mag es mir gelungen sein, Sie zu überzeugen, mein werter Herr Kollege?«

Ich konnte mich eines triumphierenden Lächelns nicht erwehren. »Nicht mehr und nicht weniger als vor ein paar Tagen. Ich habe lediglich Ihre Absicht erraten.«

»Nun, ist es nicht so, dass es zur Widerlegung einer These einer Gegenthese bedarf? Warum stellen Sie nicht eigene Forschungen an und belehren uns eines Besseren?«

Diesmal schien ich es zu weit getrieben zu haben. Das Gespräch war beendet und Doktor Wiener verließ den Krankensaal.

Wie dem auch sei, er hatte nicht unrecht. Ich würde die Herausforderung annehmen, obgleich mir bewusst war, dass das

Ergebnis meiner Forschung für meine medizinische Laufbahn in Bremen nicht ohne Einfluss bleiben würde, sollte ich zu einem anderen Ergebnis kommen als zu dem meiner Kollegen.

Ich schickte mich an, Doktor Wiener von meinem Entschluss zu unterrichten. Als ich an die Tür seiner Studierstube klopfen wollte, wurde diese geöffnet und die junge Dame trat heraus, zu deren magnetischer Behandlung ich Doktor Wiener vor einigen Tagen begleitet hatte.
Ich begrüßte sie mit Namen, woraufhin sie verunsichert wirkte, so erklärte ich schnell, woher wir einander bekannt waren.
Nun schien sie sich zu erinnern und lächelte charmant. Überhaupt sah sie in Gänze äußerst adrett aus, ihre Wangen zeigten eine zarte Färbung und ihre Augen waren aufmerksam und voller Lebenskraft.
Ich sprach sie auf ihre gesunde Ausstrahlung an und die zarte Färbung ihrer Wangen kräftigte sich.
»Sie und Doktor Wiener haben wahre Wunder an mir vollbracht«, bestätigte sie. »Schon nach der vierten Behandlung hat sich mein Befinden gebessert.«
»Dies beglückt mich überaus. Doch die Ehre gebührt allein Doktor Wiener. Ich durfte lediglich seiner Behandlung beiwohnen.«
Ein wenig verlegen standen wir noch eine Weile beieinander, ehe sie sich verabschiedete.
Beschwingt und bester Laune betrat ich Doktor Wieners Stube.

Ich ließ Martin Senkendeel in eine separate Kammer verlegen, wo ich ihn ungestört und ohne Einflüsse von außen meinen Studien unterziehen konnte. Aber selbst nach erschöpfenden Untersuchungen konnte ich keine Ursache für seine Not finden. So versuchte ich, mehr über seine Lebensumstände herauszufinden, darüber, an welchen Krankheiten er bisher gelitten hatte. Es stellte sich heraus, dass er bereits zur Behandlung von Schlafstörungen und übermäßiger Schwäche im städtischen Krankenhaus gewesen und damals von Doktor Heine einer magnetischen Kur unterzogen worden war.

Zudem berichtete mir eine der Schwestern, dass es in der Vergangenheit ähnliche Fälle gegeben habe, die man sich nicht hätte erklären können. Ich bat sie, mir Näheres darüber zu berichten, doch wurde unser Gespräch von Doktor Wiener unterbrochen, der über den Flur des Krankenhauses geeilt kam.

Ein dringlicher Fall, erklärte er mir. Fräulein Foch, er müsse sofort zu ihr.

Ich erschrak und bat darum, ihn begleiten zu dürfen. In der Droschke erzählte er mir von einem erneuten Rückfall in die Somnambulie. Vollkommen verwirrt und entkräftet sei sie zu Hause angekommen und liege seitdem in argen Träumen darnieder.

Der Anblick der blassen und sichtlich gequälten jungen Frau bestürzte mich, war sie mir bei unserer letzten Begegnung doch so gesund und fröhlich erschienen. Doktor Wiener tastete nach ihrem Puls und zog die Augenbrauen nach oben. Ohne weitere Bedenken begann er daraufhin mit der magnetischen Behandlung. Wut stieg in mir auf. Wiener mit seiner Kurpfuscherei.

»Was tun Sie?«, herrschte ich ihn an. »Ist sie nicht schon gepeinigt genug? Wollen Sie ihr noch größere Not zufügen?«

»Sollen wir tatenlos bei ihrem Leid zusehen? Schlagen Sie eine bessere Methodik vor und ich will Ihnen gerne den Vortritt lassen.« Wiener funkelte mich an.

Betreten senkte ich den Kopf. Natürlich hatte ich dem nichts entgegenzusetzen, so niederschmetternd dies auch war.
Beinahe eine Stunde dauerte die Behandlung, die Doktor Wiener sichtlich anstrengte. Endlich beruhigte sich Elise, ihr Atem ging ruhiger, ihr Puls regelmäßig.
»Sie wird nun einige Stunden schlafen«, sagte Doktor Wiener und führte mich mit sich aus dem Zimmer. Als wir auf die Straße traten, erwartete ich die bittersten Vorwürfe, doch er klopfte mir einträchtig auf die Schulter. »Sie ist ein hübsches junges Ding. Ich kann Ihren Aufruhr wohl verstehen. Aber seien Sie versichert, auch wenn die Methodik nicht Ihren wissenschaftlichen Ansprüchen genügt, so weiß ich als Arzt, was ich tue.« Er verabschiedete sich von mir, drehte sich dann aber noch einmal zu mir um. »Sie könnten mir einen Gefallen erweisen, werter Herr Kollege. Da ich morgen im Gymnasium nicht abkömmlich sein werde, möchte ich Sie bitten, nach Fräulein Fochs Befinden zu sehen.«

Nur zu gerne kam ich Doktor Wieners Bitte nach. Elise war noch sehr schwach, nur wenig Farbe war auf ihre Wangen zurückgekehrt. Sie saß im Bett und lächelte, als sie mich erblickte.
Nachdem ich mich von der Regelmäßigkeit ihres Pulses überzeugt hatte, setzte ich mich zu ihr und bat sie, mir von den Ereignissen der vorletzten Nacht zu berichten.
Viele Tage war sie zuvor nicht mehr geschlafwandelt und sie war voller Hoffnung, geheilt zu sein. Sie erinnere sich daran, wie sie zu Bett gegangen zu sein. Und an diesen furchtbaren Traum. Ich bat sie, ihn mir zu erzählen, und sie tat es stockend.
»Um mich herum war tiefste Nacht. Ich fror entsetzlich und war erfüllt von einer unbestimmten Furcht.«

»Es war sicher ein Traum?«
»Sie meinen, es war kein Traum, sondern meine Wahrnehmung während ich schlafwandelte?«
»Es könnte durchaus so gewesen sein.«
Sie schlug die Hände vor das Gesicht. »Nein, nein, dies mag ich mir beileibe nicht vorstellen.« Es dauerte eine Weile, ehe sie in der Lage war weiterzusprechen. »Etwas verfolgte mich. Ich konnte es deutlich fühlen, obgleich es sich mir nicht offenbarte. Endlich wagte ich, mich umzuwenden. Erst sah ich einen Schatten und dann waren da diese Augen, wie glühende Kohlen schienen sie im Nichts zu schweben. Enger und enger wurde mir das Herz, ich wollte schreien, doch kein Laut drang über meine Lippen. Dies ist das Letzte, woran ich mich entsinnen kann.«
Doktor Wiener hatte recht, es lag mir mehr an Elise, als ich mir eingestehen mochte, und es quälte mich über alle Maßen, sie so leiden zu sehen. Am liebsten hätte ich ihr meine gesamte Zeit gewidmet, doch musste ich mich um meine Pflichten kümmern und um unseren Patienten im städtischen Krankenhaus. Zudem schien es mir zwischen dem Leiden des Schneidermeisters und dem von Elise einige Gemeinsamkeiten zu geben, die es mir wert schienen, sie einer näheren Betrachtung zu unterziehen. Insbesondere diese Träume. Auch er erzählte von glühenden Augen, die ihn in der Nacht verfolgt hätten, auch er zeigte die gleichen Symptome. Und je mehr ich beide Fälle miteinander verglich, gab es im Grunde nur einen Unterschied und auch dieser war geringfügig. Während Elise schlafwandelte und somit ohne Bewusstsein voranschritt, war das seinige durch den Genuss des Weines getrübt gewesen. Bis spät in den Abend sinnierte ich darüber und kam doch zu keiner Erkenntnis. Ratlos und verzweifelt beschloss ich, meinen Kummer mit einem Gläschen Wein zu besänftigen.

Ich kehrte im Fulbras in der Wachtstraße ein. Es blieb nicht bei einem Glas und bald gelang es mir, mich von meinen unerbittlichen Gedanken zu lösen. Ich lauschte stattdessen dem Gespräch einen Tisch weiter, an dem sich ein paar junge Burschen über einen der ihren lustig machten.

»Ein wahres Großmaul, sage ich euch! Spottete nicht nur der Jungfrau Maria, sondern redete auch von der Saake mit größter Geringschätzung. Bis ihm eines Abends sein Lachen vergangen ist. Ein halbes Fass Wein war vonnöten, um ihn zum Reden zu bewegen. Als er die Nacht zuvor über den Stephanskirchhof gegangen sei, habe sich plötzlich etwas auf seine Schultern gelegt, sagte er, und als er sich umgeschaut habe, habe er deutlich die Saake gesehen, mit feurigen Augen, langem Bart und großen Hörnern. Nur ein inbrünstiges Gebet habe ihn aus ihren Klauen errettet. Sie habe ihm noch einige Stöße mit ihren Hörnern in den Rücken versetzt und sich von dannen gemacht.«

»Welch ein Narr«, fuhr ein anderer unter Lachen fort. »Womöglich hätte jemand seine Worte für bare Münze genommen, hätte nicht der Lohgerber kurz vor dem Eintreten des Possenreißers die Gesellschaft mit den Späßen unterhalten, die sein Ziegenbock am Abend vorher getrieben hatte. Der war nämlich aus seinem Stall ausgebrochen und hatte alle Leute auf dem Kirchhof und in der Nachbarschaft in der Dunkelheit erschreckt.«

Nun lachte und grölte die ganze Burschenschaft.

»Was ist dies für eine Mär von der Saake, von der die Burschen erzählen?«, fragte ich den Wirt, der mir ein weiteres Mal Wein einschenkte.

»Gottloses Pack«, brummte er. »Sollten sich nicht über Dinge lustig machen, von denen sie nichts wissen.«

»Was meinen Sie?«, fragte ich und er sah mich ungläubig an.

»Haben Sie nie von der Saake gehören?«
Ich schüttelte den Kopf und er setzte sich zu mir.
»Niemand wagt es, sie zu beschreiben, und doch gibt es sie, so wahr ich hier sitze. Alles was ich über sie zu erzählen vermag, ist, dass es kein menschliches Wesen ist. Ein grauenvoller Spuk, ein tückisches Scheusal, gestaltlos lauert es in dunklen Ecken, hinter Häuservorsprüngen und in einsamen Straßen, um sich in Windeseile auf jene zu stürzen, die arglos daherkommen.«
Belustigt lehnte ich mich zurück. »Solche Ammenmärchen gibt es viele. Sie dienen gemeinhin dazu, Kinder und Trunkenbolde zu schrecken. Doch so viel Wein hatte ich noch nicht.«
Der Wirt erhob sich. »Wie Sie meinen. Doch seien Sie gewarnt! Viele vor Ihnen haben die Saake verspottet und es später elendig bereut.«
Jetzt musste ich lachen. »Ja, von Ziegenböcken in die Flucht getrieben, das habe ich gehört.«
Er stützte sich auf den Tisch und sah mir in die Augen. »Wie viele abtrünnige Ziegenböcke mag es wohl geben, die sich einem auf den Rücken schwingen, sich tragen lassen, bis die Unglückseligen unter ihnen bewusstlos darniedersinken, ohne mehr gesehen zu haben als zwei glühende Augen in rabenschwarzer Nacht?«
Wiewohl ich wusste, dass es sich nur um Aberglauben handeln konnte, erschreckten mich seine Worte. Zwei glühende Augen in der Nacht. Eben von diesen hatten mir Elise und Martin Senkendeel voll des Schreckens erzählt.

Ich zahlte meine Zeche und verließ den Weinkeller. Ohne Umwege lief ich hinunter zur Schlachte, von dort aus die Weser entlang verlief der kürzeste Weg zum Hause meiner Eltern. Nebelschwaden zog über das Wasser dahin, beleuchtet vom fahlen

Schein des Mondes. Eine Ratte huschte hinunter zum Wasser, ansonsten war weit und breit niemand zu sehen. Dennoch hatte ich das ungewisse Gefühl, nicht alleine zu sein. Vorsichtig wandte ich mich um, aber keine Menschenseele war zu sehen. Wie schnell man sich von derlei Ammenmärchen anstecken lasse, sagte ich mir, dennoch blieb das befremdliche Empfinden. Die Haare in meinem Nacken richteten sich auf, ich schauderte am ganzen Körper und es war mir, als würde ich mit jedem Schritt schwerer. Ich ging rascher voran und versuchte, meine Gedanken abzulenken, als ich Schritte hörte.
Mit pochendem Herzen blieb ich stehen und lauschte, doch kamen sie nicht wie erwartet von hinten. Ein Bursche, der offenbar dem Weine noch mehr zugesprochen hatte als ich, kam mir vom Osterdeich aus entgegen. Erleichtert atmete ich auf und setzte meinen Weg fort. Sobald er an mir vorübergezogen war, verschwand das befremdliche Gefühl und wohlbehalten gelangte ich zu Hause an.

Gleich am nächsten Morgen bat ich die Schwester zu mir, die mir von den anderen mysteriösen Fällen berichtet hatte. Auf meine Frage hin bestätigte sie mir, dass alle Kranken in dem Gebiet zwischen Schlachte und Knochenhauerstraße aufgefunden worden waren, stets in der Nacht. Ich entließ sie zurück an ihre Arbeit, sie aber zögerte und als ich mich nach dem Grund erkundigte, erzählte sie mir, man hätte in den frühen Morgenstunden an der Schlachte einen Toten aus der Weser geborgen. Ein junger Bursche, der hin und wieder im Krankenhaus ausgeholfen habe. Augenblicklich musste ich an meine nächtliche Begegnung denken und erkundigte mich nach dem Verbleib seines Körpers.

Es war in der Tat der Mann, der mir begegnet war. Ich erschrak zutiefst, war er mir, obgleich angetrunken, wohlauf und leidlich gut zu Fuß erschienen. Zudem erinnerte ich mich an das befremdliche Empfinden, welches ich verspürt hatte, bis zu dem Augenblick, da er an mir vorübergegangen war.
Es drängte mich, nach Elise zu sehen. Zu meinem Bedauern blieb ich glücklos, da sie sich bei einer Tante zu Besuch befand und erst am späten Abend zurückerwartet wurde. So ging ich hinunter an die Schlachte, ging am Ufer auf und ab, ohne einen Anhaltspunkt zu erlangen, was hier geschehen sein mochte.
Dies war wohl der Moment, indem ich mir eingestand, dass ich immer mehr geneigt war, Doktor Wieners Theorie des tierischen Magnetismus Glauben zu schenken. Sosehr es sich weiterhin meiner Logik entzog, so eindringlich waren die Zeichen, die diese nach außen wirkende Lebensenergie, wie er sie beschrieben hatte, glaubhaft machte. Doch was hätte eine solch unglaubliche Kraft, diese Lebensenergie derart zu schädigen?

Bis spät in die Nacht hinein vertiefte ich mich in die Aufzeichnungen, die Doktor Wiener bei seinen Versuchen angefertigt hatte, ohne etwas zu finden, was mir hätte Klarheit verschaffen können. Es war weit nach Mitternacht, als ich beschloss, mir erneut vor Ort ein Bild zu machen, denn, was immer es sein mochte, es schien nur des Nachts seine unheilbringenden Kräfte auszusenden. Diesmal ging ich sogleich in die Knochenhauerstraße. Der volle Mond stand hoch über den Häusern, es war eine klare und ruhige Nacht, deren Stille nur ab und an vom Klappen eines Fensters oder dem Bellen eines Hundes unterbrochen wurde. Von hier aus ging ich in die Pelzerstraße und weiter in die Sögestraße. Ich wandelte umher, blickte mich um, lauschte, ohne etwas zu erblicken oder zu hören. Auch jenes seltsame Gefühl, welches ich in der Nacht zuvor verspürt hatte, stellte sich nicht wieder ein. Alles was ich fühlte, war bleierne Müdigkeit und Kälte, sodass ich beschloss, mein Vorhaben zu unterbrechen und nach Hause zu gehen.

Ich machte kehrt und blieb sogleich wie angewurzelt stehen. Nur wenige Fuß vor mir kroch ein Schatten um eine der Häuserecken. Er wurde länger und länger, doch sosehr ich auch lauschte, ich konnte keine Schritte vernehmen. Wie gebannt starrte ich auf die Stelle und endlich sah ich, was dem Schatten folgte. Es war eine dünne, bleiche Gestalt, gewandet in ein langes weißes Hemd. Mit bloßen Füßen schritt sie voran. Das blonde Haar hing ihr lose über die Schultern und ihre Augen waren geschlossen.

Es war Elise. Schon wollte ich auf sie zueilen, besann mich dann aber eines Besseren. Einen Schafwandler jäh aus seinem Traum zu reißen, könnte ungeahnte Folgen nach sich ziehen. So hielt ich mich im Hintergrund und wartete, an eine Hauswand gedrängt, um ihr zu folgen. Kaum war sie an mir vorüber, beschlich mich jenes beklemmende Gefühl. Kälte legte sich um mein Herz und während Elises Schritt leichter zu werden schien, wurde der meine schwerer und schwerer. Es war, als würden meine Füße wie magnetisch vom Boden angezogen, jedes Anheben raubte mir Kraft. Bald schon musste ich innehalten und rang nach Atem. Mein Körper fühlte sich an, als würde er zugleich von einer Kraft angezogen und abgestoßen. Wie ein Magnet, dessen Pole miteinander rangen.

Um Elise nicht aus den Augen zu verlieren, stolperte ich weiter, wenngleich meine Aufmerksamkeit zunehmend von etwas in Anspruch genommen wurde, das ich hinter meinem Rücken fühlte. Etwas, das mir folgte, mir die Kraft zu rauben – ja, alle Lebensenergie aus mir herauszusaugen schien. Ich blieb stehen und wandte mich um. Zuerst konnte ich nichts weiter erkennen als einen formlosen Schatten, der annähernd die gesamte Straßenbreite einnahm und von undurchdringlicher, geradezu körperlich greifbarer Schwärze war. Und dann flammten sie auf. Zwei glühende Augen, die wie aus dem Nichts zu mir herüberstarrten. Ich erschrak so sehr, dass ich augenblicklich die Besinnung verlor.

Es war ein nicht enden wollender Albtraum. Wieder und wieder stierte ich wie gebannt in diese unheilbringenden Augen, die näher kamen, flohen, um sich erneut zu nähern, und meine Angst ins Unermessliche steigen ließen.

Als ich endlich erwachte, war ich schweißgebadet und lag in meinem Bett. Ich versuchte, mich aufzusetzen, doch eine Hand hielt mich zurück. Elise saß mit besorgtem Gesicht an meinem Bett, neben ihr stand Doktor Wiener.

»Welch abscheulicher Traum ...«, sagte ich mit trockenem Mund.

Elises Miene blieb unberührt und noch ehe sie etwas erwidern konnte, wusste ich, dass es kein Traum war. Sie schilderte mir, wie sie in der Nacht durch meine Schreie aus ihrem eigenen schlafwandlerischen Traum gerissen worden war. Erst konnte sie nicht verstehen, wo sie sich befand und was vorgefallen war, bis sie mich bewusstlos am Boden liegen sah. Da war sie unverzüglich zu Doktor Wiener geeilt.

Beinahe eine Woche dauerte es, bis ich wieder bei Kräften war und das Bett verlassen konnte. Mehrmals versuchte ich währenddessen, Doktor Wiener von meinen Erlebnissen zu berichten, doch ich hielt immer wieder inne. Was war es überhaupt, das ich gesehen, gefühlt hatte? Weder konnte ich es beschreiben, noch hatte ich die geringste Erklärung dafür. Alles was ich erreichen würde, wäre, mich vor meinem Kollegen der Lächerlichkeit preiszugeben. Und dennoch, wie hätte ich angesichts einer solchen Gefahr schweigen können? So wagte ich eines Abends, als ich in Doktor Wieners Studierstube mit ihm zusammen am Kamin saß, ihm davon zu berichten. Ich erzählte von dem Schatten, der erst Elise und dann mich bedrängt hatte, von den glühenden Augen und davon, was mir der Wirt über die Saake erzählt hatte. Doktor Wiener lächelte mich milde an. »Mein lieber Freund. Sosehr es mich erfreut, dass Sie Ihre wissenschaftlichen Ansprüche an die Realität angepasst haben, sosehr fürchte ich, dass Sie über das Ziel hinausgeschossen sind. Wir müssen dieses dunkle Zeitalter des Aberglaubens endlich hinter uns lassen und der Wissenschaft ihren Weg ebnen. War dies nicht gerade Ihre Forderung, die Sie so eindringlich an uns gerichtet hatten? Wohlgleich, nach alldem, was Sie durchgemacht haben, ist Ihre Verwirrung verständlich. Aber sie lässt sich leicht zerstreuen. Auch ich habe mir Gedanken zu jener Nacht und den vorherigen Ereignissen gemacht. In der Tat ist es auffällig, dass alle jene Fälle von plötzlicher Schwäche lediglich in diesem begrenzten Stadtgebiet und hier wiederum nur des Nachts und bei Mondenschein aufgetreten sind. Ich habe mit Doktor Heine darüber resümiert und wir sind zu einer Theorie gelangt, die gewiss auch Sie überzeugen wird. Sicherlich ist es Ihren wachsamen Augen nicht entgangen, dass gerade in dem betroffenen Gebiete überaus viele Dächer mit Kupferplatten beschlagen sind. Unserer Annahme nach treffen hier mehrere Faktoren in ungünstiger Weise aufeinander. Es ist hinreichend belegt, dass sowohl der Mond als auch Metalle Einfluss auf die Lebensenergie des Menschen haben. Schon der volle

Mond allein vermag diese derart zu beeinträchtigen, dass es bei ansonsten gesunden Menschen zu Schlafstörungen und nervösen Leiden, ja gar zu Anfällen von Somnambulie kommt. Zudem litten alle Kranken vorab unter einer Störung des Flusses ihrer Lebensenergie, was sie besonders anfällig für derartige Einflüsse macht.«

»Nicht so ich«, erwiderte ich und Doktor Wiener nickte.

»Nicht in einer Weise, die sie beeinträchtigt hatte. Dennoch hätte eine Störung vorliegen können, die sich jetzt nach dem Anfall wiewohl nicht mehr nachweisen lässt.«

Ich wollte Einspruch erheben, doch Doktor Wiener sah mich eindringlich an. »Nur einmal angenommen, diese Saake würde fürwahr existieren. Denken Sie nicht auch, dass es selbst in diesem Falle unklug wäre, die Bürger dieser Stadt damit zu beunruhigen? Wir haben eine einsichtige Erklärung der Fälle und vermögen die Erkrankten rasch zu heilen. Wir haben alles getan, was wir tun können. Es ist überaus wichtig, den Glauben der Menschen in die moderne Medizin zu stärken, anstatt sie mit alten Mythen ratlos allein zu lassen. Oder wollen Sie, dass all unsere wissenschaftlichen Errungenschaften infrage gestellt werden? Wollen Sie dem Hexenglauben und der Scharlatanerie neuen Nährboden bieten?«

»Es gab einen Toten!«

Doktor Wiener erhob sich und ging zu seinem Schreibtisch. »Der Mann ist gestürzt und in der Weser ertrunken. Er war trunken und unachtsam. Selbst wir können die Menschen nicht von solcherlei Dummheit abhalten.«

Ich erhob mich ebenfalls und ging zu ihm hinüber. Ehe ich etwas sagen konnte, trat er mir entgegen und legte seine Hand auf meinen Arm. »Es ist nicht gut, allem und jedem mit unbesonnener Beharrlichkeit auf den Grund gehen zu wollen. Bei manchen Dingen tut man gut daran, sie auf sich beruhen zu lassen.«

»Was wollen Sie damit andeuten?«

»Vertrauen Sie mir, junger Freund, Sie würden weder sich noch sonst jemandem einen Gefallen erweisen. Denken Sie an Ihre sicherlich glänzende Zukunft, an Elise. Ich hege wohl zu Recht die Vermutung, dass Sie gedenken, sie zu ehelichen.« Er sah mich dabei so durchdringend an, dass es mir einen Schauer über den Rücken jagte.

Lange habe ich mit mir gehadert und schließlich geschwiegen. Aber die Last des Schweigens liegt schwer auf meinen Schultern. Schon vor einiger Zeit habe ich meine Professur niedergelegt und widme mich nunmehr meinen einsamen Studien. Elise, die inzwischen meine Frau ist, steht treu an meiner Seite. Die Wissenschaft indes hat in meinen Augen ihren Glanz verloren. Immer mehr hadere ich mit ihr und mit mir selbst, der ich mich für so klug hielt und nun erkennen muss, wie wenig ich über diese Welt weiß. Noch immer wandere ich des Nachts durch die Straßen. Noch immer gibt es diese unerklärlichen Fälle von spontaner Schwäche, die Doktor Wiener ohne großes Aufsehen mit seiner Methodik behandelt. Und noch immer glauben wir daran, der Lage Herr zu sein. Vielleicht mag eines Tages die Wissenschaft in der Tat so weit sein, der Welt ihre Geheimnisse zu entlocken. Vielleicht vermag jemand hinter das Geheimnis der Saake zu kommen, sie gar zu besiegen. Ich versuche, es mir einzureden, wiewohl ich es kaum zu hoffen wage.

Aus tiefster Seele

»Da beugte er sich über seine Frau und sah, dass ihr Mund offen stand. Aber weder war ein Lufthauch zu spüren noch ein Atemzug zu hören. Er hatte wohl davon gehört, dass die Seele nachts den Körper durch den Mund verlassen könne. Doch er dachte, seine Frau würde ihm einen Streich spielen. So wendete er ihren Körper herum, bis sie mit dem Gesicht im Kopfkissen lag, um ihr zu zeigen, dass er nicht auf ihren Scherz hereinfiele. Darüber schlief er ruhig ein, denn er dachte, sollte tatsächlich etwas Wahres an der Geschichte sein, so würde die Seele schon einen andern Weg finden, um in den Körper zurückzukommen. Wie er jedoch am nächsten Morgen erwachte, fand er seine Frau tot und alle Wiederbelebungsversuche blieben vergebens!«
Als Charlotte, mein Kindermädchen, mit ihrer Erzählung geendet hatte, schauderte sie und zog mir die Bettdecke bis zum Hals.
»Nun schlaf aber endlich. Und nicht, dass du von dieser grausigen Geschichte Albträume kriegst! Du wolltest sie ja unbedingt hören. Dabei müsstest du sie längst auswendig können.«
Da hatte sie wohl recht, dennoch konnte ich nicht genug davon bekommen, sie wieder und wieder von ihr zu hören. Ich nickte mit glänzenden Augen und einem wohligen Kribbeln auf der Haut.

Ich kann nicht sagen, woher meine kindliche Vorliebe für Schauergeschichten stammte. Eine Geschichte ohne Grusel war für mich eine langweilige Geschichte und Märchen wie Hänsel und Gretel waren mir wiederum zu brutal.
Die Geschichte von der abgesperrten Seele hatte mich aber nicht

nur wegen des Grusels fasziniert. Sie hatte eine Reihe von Fragen in mir aufgeworfen, die mich mein Leben lang begleiten sollten: Was war wohl aus der Seele geworden? Was würde nach meinem Tod mit meiner Seele passieren? Und woher kommt die Seele überhaupt?

All diese Fragen kreisten beständig durch meinen Kopf. Charlotte, die dem katholischen Glauben angehörte, hatte dafür eine einfache Erklärung: »Die Seele wird uns von Gott gesandt und sie kehrt nach unserem Tod zu ihm zurück, sofern sie es denn verdient hat.« Doch wirklich zufrieden war ich damit nicht. Meine Eltern waren Juden und ich hätte gerne ihre Vorstellung gehört, aber ich wagte nicht, sie danach zu fragen. Also musste ich unbedingt selbst so eine Seelenwanderung miterleben.

Nachdem ich nächtelang unserem Hund beim Schlafen zugesehen hatte und schließlich zu der Erkenntnis gelangt war, dass Tiere wohl keine unsterbliche Seele hätten, schlich ich mich eines Nachts in das Schlafgemach meiner Eltern. Mein Vater schnarchte geräuschvoll, aber meine Mutter lag still und reglos auf dem Rücken. Ihr Gesicht schimmerte weiß wie Milchpudding im Mondlicht. Ich beugte mich über sie. Ihr Mund war leicht geöffnet, ganz so wie in der Erzählung. Ich nahm all meinen Mut zusammen und beugte mich tief zu ihr hinab, lauschte, ob sie atmete. Nichts war zu hören. Immer weiter näherte ich mein Ohr ihrem Mund. Und noch immer konnte ich weder einen Atemzug hören noch einen Lufthauch spüren.

Als meine Wange so dicht vor ihrem Gesicht war, dass ich ihre Wimpern berührte, zerriss ein Schrei mir beinahe das Trommelfell und ich fiel rücklings zu Boden.

Ich bekam eine Woche Hausarrest, in der ich mir immer wieder anhören musste, dass ich beinahe meine eigene Mutter zu Tode erschreckt hätte. Was ich mir wohl dabei gedacht hätte, fragte sie mich unentwegt und schließlich erzählte ich ihr die Geschichte von der abgesperrten Seele. Hätte ich ihr nicht händeringend beteuert, dass Charlotte mir diese Geschichte nur auf mein unablässiges Drängen hin erzählt hatte, hätte meine Mutter sie wohl des Hauses verwiesen. So blieb es bei einer Ermahnung und dem Verbot von weiteren Schauergeschichten.

Als ich zwölf Jahre alt war, brach der Erste Weltkrieg aus. Die anfängliche Euphorie und der Glaube an einen raschen Sieg ebbten schnell ab, als die ersten Kriegsversehrten nach Bremen zurückkehrten. Ende 1916 stagnierte das Kurzwarengeschäft meines Vaters merklich. Nachdem zwei seiner Angestellten eingezogen wurden und er aufgrund des Warenmangels die letzte Verkäuferin entlassen musste, half ich fortan im Laden aus. Da wenig zu tun war und auch in der Schule immer mehr Stunden ausfielen, weil viele unserer Lehrer sich freiwillig an die Front gemeldet hatten, machte es mir wenig aus.
Mein Vater selbst wurde von Tag zu Tag stiller, verbrachte beinahe seine ganze Zeit vor dem Radio und verkündete eines Abends beim Essen, dass auch er für sein Vaterland kämpfen wolle. Meine Mutter stand schweigend auf und ging nach oben, wohl wissend, dass es keine Hoffnung gab, ihn umzustimmen.

Drei Monate konnte meine Mutter den Laden halten, dann schloss sie ihn und nahm eine Anstellung bei Kaffee HAG an, wo inzwischen statt Kaffee Wellpappe und Trockengemüse produziert wurden. Dennoch ging es uns vergleichsweise gut, wir hatten Verwandte auf dem Lande, die wir ab und an besuchten und die uns etwas von ihren heimlichen Vorräten zusteckten.

Die größte Angst meiner Mutter war, dass auch ich eingezogen werden würde, denn der Bedarf an Soldaten war ungebrochen. Ihre Sorge blieb unbegründet, nicht jedoch unsere Sorge um meinen Vater. Er gilt bis heute als vermisst, aber ich weiß, wann und wie er gestorben ist, denn ich träumte von ihm. Träumte, wie er in einem der Schützengräben von einem Granatsplitter getroffen wurde, und schon damals war ich mir sicher, dass es mehr war als ein Traum. Wieder eroberten die Kindheitsfragen nach dem Verbleib der Seele meine Gedanken. Und dieser Traum bestätigte mir, dass die Seele nach dem Tod des Körpers auf Erden verweilt und auch in der Lage ist, Kontakt zu uns aufzunehmen, zumindest für eine Weile.

Die folgenden Jahre waren von Hunger, Revolte und politischen Unruhen geprägt. Es waren keine leichten Jahre, aber wir überstanden sie. Meine Mutter und ich eröffneten unseren Laden wieder und führten ihn nun gemeinsam. Bis Mitte der Zwanziger hatten wir ihn zweimal erweitert und er lief besser denn je. Die Arbeit machte mir Spaß und bald gab ich meinen Wunsch, Naturwissenschaften zu studieren, auf, um den Laden ganz zu übernehmen. Die Wissenschaft blieb mein Steckenpferd, auch wenn ich schon bald nur noch wenig Zeit dafür haben sollte.

Es war ein stürmischer Aprilmorgen, als sie in mein Geschäft geweht wurde. Sie trug die Haare halblang und offen, wie es Mode geworden war, mokkabraun und glänzend umrahmten sie ihr zartes, fast kindliches Gesicht. Es war mir unangenehm, als sie bemerkte, wie ich sie anstarrte, obgleich es sie nicht zu stören schien, denn sie lächelte und kam auf mich zu. Zum ersten Mal, seit ich in diesem Laden hinter der Theke stand, war ich um

Worte verlegen. Sie jedoch überging meine Schüchternheit, war fröhlich und, wie ich erfreut zu erkennen meinte, nicht nur an meiner Ware interessiert. Von nun an kam Berta von Öhsen fast täglich und jedes Mal steckten mir die Worte im Halse fest. Erst wenn sie die Tür hinter sich schloss, war meine Stimme sicher und geschmeidig wie eh und je. Ich ärgerte mich, verfluchte meine Schüchternheit und konnte sie doch nicht abschütteln.

Eines Abends, ich kam von Freunden, die in der Neustadt wohnten, begegneten wir uns auf der Straße. Sie stieg gerade aus einem Automobil und hakte sich bei einem sehr eleganten Herrn unter. Sie war seit drei Tagen nicht im Laden gewesen, jetzt ahnte ich warum. Ich Tölpel hatte es nicht vermocht, meine Chance zu nutzen, und nun war mir ein anderer zuvorgekommen. Ich wollte meinen Weg ändern, um ihnen nicht zu begegnen, aber sie hatte mich bereits erkannt. Sie gingen auf mich zu und ich kam nicht umhin zu bemerken, was für ein schickes Paar sie abgaben. Als sie mich ihrem Begleiter vorstellte, lächelte dieser mich an und sagte: »Sie sind also der schüchterne junge Herr.«

Ich wusste nichts zu erwidern und wäre am liebsten vor Scham zerflossen. Nicht nur, dass sie sich einem anderen zugewandt hatte, sie hatte sich bei ihm auch noch über mich und meine Ungelenkheit lustig gemacht.

Da mir nichts Besseres einfiel, als betreten zu Boden zu blicken, klopfte er mir auf die Schulter und sagte: »Machen Sie sich nichts daraus, das wird schon.« Er wechselte einen Blick mit seiner Begleitung und ergänzte: »Mir fällt gerade ein, dass ich noch ein wichtiges Telefonat zu führen habe. Ich denke, Herr Honigmann, es macht Ihnen gewiss nichts aus, an meiner statt meine Nichte zum Abendessen zu begleiten.« Damit übergab er mir ihren Arm und verabschiedete sich mit einer Verbeugung.

Berta kicherte. »Verzeihen Sie das Benehmen meines Onkels. Er lebt in Amerika und ist für ein paar Monate zu Besuch.«
Ich wusste zwar nicht, ob derartige Verkupplungsversuche in der Neuen Welt üblich waren, aber ich war ihm nach dem ersten Schock überaus dankbar für sein beherztes Eingreifen.

Noch am selben Abend verflog meine Schüchternheit und ich wagte es, Berta meine Liebe zu gestehen. Ein halbes Jahr später heirateten wir. Meine Mutter überließ uns die Wohnung über dem Laden und Berta unterstützte mich in der Buchhaltung und beim Verkauf. Es war eine wunderbare Zeit und nicht nur unsere Liebe, auch die Wirtschaft erblühte, die goldenen Zwanziger hielten uns im Rausch. Das Leben war wie ein Bad in prickelndem Sekt.
Als Berta eines Morgens im Laden ohnmächtig wurde, wurde ich mit einem Schlag nüchtern, aber drei Tage später auf das Freudigste von meinen Ängsten befreit. Ihre Schwäche hatte eine natürliche und wunderbare Erklärung: Wir sollten ein Kind bekommen. Ich verbot Berta von nun an, hinter dem Tresen zu stehen. Sie sollte sich schonen, was sie anfangs nur widerwillig tat. Als ihr Leib sich merklich rundete, hatte sie allerdings nichts mehr gegen die Ruhepausen einzuwenden. Ich war wie berauscht vor Glück.

Fünf Wochen vor der geplanten Niederkunft erwachte ich des Nachts mit pochendem Herzen. Ich fühlte Angst, ohne ausmachen zu können, woher sie kommen mochte. Sicherlich ein schlechter Traum, dachte ich und versuchte, mich daran zu erinnern. Berta lag neben mir, sie schien friedlich zu schlafen. Dennoch war ich unruhig und machte Licht.

Der Anblick ist mir noch heute in jedem schrecklichen Detail vor Augen. Berta lag stumm und bleich auf dem Rücken, die Bettdecke war ein Stück zur Seite gerutscht, ihr Bein lugte hervor und ein Teil des Nachthemdes. Es war blutgetränkt.

So hatte ich in dieser Nacht nicht nur unser Kind, sondern auch meine über alles geliebte Frau verloren. Als würde die ganze Nation mit mir fühlen, wurden auch die Zeiten schlechter, aber es kümmerte mich nicht. Ich lebte wie in Trance, ging meinen Geschäften nach, zog mich ansonsten von allem zurück. Blieb, wann immer ich es einrichten konnte, zu Hause, denn hier fühlte ich mich Berta nahe. So nahe, dass ich glaubte, ihr Lachen zu hören, ihre Lippen auf meinem Nacken zu spüren, den Hauch eines Kusses, wenn ich morgens erwachte. Und je mehr Zeit verstrich, desto sicherer war ich mir, das Bertas Seele hier war.
Ich begann zu hoffen, Kontakt zu ihr aufnehmen zu können. Ich sprach mit dem Rabbiner darüber und sogar mit dem Pfarrer von St. Willehardi, der Kirche, die nicht weit von meiner Wohnung entfernt war. Alle fühlten mit mir, doch keiner konnte mir Hoffnung geben, sie vor dem Jenseits wiederzusehen. Selbst ein Medium hatte ich bestellt. Sie sagte, sie könne die Anwesenheit meiner Frau ebenso fühlen, der angebliche Kontakt, den sie nach langen Sitzungen herbeiführte, erwies sich letztendlich aber als schierer Betrug.

Als ich Ende der Zwanziger in Berlin einen Vortag von Albert Einstein hörte, fasste ich endlich Zuversicht. Es war noch lange keine Antwort auf meine Frage, aber es war ein Ansatzpunkt, ein kleines Licht, das ich nähren konnte. Zurück in Bremen besorgte ich mir alle Schriften, die ich zu Einsteins Theorien finden konnte, und studierte sie sorgsam. Mein Arbeitszimmer war angefüllt und immer mehr zog ich mich dorthin zurück, vernachlässigte meine Geschäfte. Es ging um das Zusammenwirken von Energie und Materie. Und nur als solche konnte ich mir eine unsterbliche Seele vorstellen: Energie, die es geschafft hatte, sich von der Materie des Körpers zu lösen. Ich brannte darauf, selbst mit Albert Einstein zu reden, ihm meine These vorzutragen. Es gelang mir sogar, brieflich Kontakt zu ihm aufzunehmen, und er zeigte sich nicht abgeneigt. Doch die Zeiten verdüsterten sich. Herr Einstein hätte kurzfristig das Land verlassen müssen, erklärte man mir, als ich um einen Besuch bei ihm bat. Wer konnte ihm das verübeln? Die Hetze gegen Juden spitzte sich immer mehr zu und auch ich und meine Familie blieben nicht verschont. Meine Mutter nahm wieder ihren christlichen Glauben an, in der Hoffnung, mich und sich selbst damit vor den Verfolgungen zu schützen. Dennoch musste ich meinen Laden schließen und auch zu Hause wurde ich nicht von Übergriffen verschont. Noch waren es Drohungen und Einschüchterungsversuche, doch dabei würde es nicht bleiben, soviel war uns bewusst. Deportationen und Ermordungen von Juden waren längst kein Gerücht mehr. Meine Mutter flehte mich an, das Land zu verlassen. Aber wie hätte ich das tun können, wie hätte ich unsere Wohnung verlassen und damit das letzte Band zu Berta zerschneiden können? Für mich war es eine Tatsache, dass ihre Seele dort verweilte. Ich konnte sie nicht im Stich lassen. Ohne sie, ohne die Hoffnung, eines Tages doch noch Kontakt zu ihr aufnehmen zu können, könnte ich ebenso gut tot sein.

Die ganze Nacht lag ich wach, dachte über den Tod nach, darüber, dass dann meine Seele ebenso frei wäre wie Bertas, dass sie

meinen Körper verlassen könnte, denselben Zustand erreichen würde, den auch ihre Seele hatte. Und es war mir auf einmal alles klar und leicht und ich wusste, was ich tun musste. Was hielt mich noch in meinem Körper und in dem armseligen Leben, in dem dieser gefangen war?
Im Keller verwahrte ich das Rattengift, das wir hin und wieder für das Lager gebraucht hatten. Ich nahm es mit in die Wohnung, kochte mir Tee und schrieb einen Brief an meine Mutter. Ich wusste nicht, ob sie meine Tat verstehen würde, aber ich musste ihr zumindest erklären, dass ich nicht aus dem Leben scheiden wollte, weil ich wegen meiner Herkunft verfolgt wurde. Sie durfte auf keinen Fall eine Schuld empfinden.
Am Abend legte ich mich ins Bett, schloss die Augen und wie ich es erhofft hatte, konnte ich Bertas Anwesenheit spüren. Ich legte meine Hand auf ihr Kopfkissen und fühlte Wärme, als hätte sie gerade noch hier neben mir gelegen. Ich setzte mich auf, nahm das Glas, das ich mir auf dem Nachttisch bereitgestellt hatte. Als ich es an die Lippen setzte, um zu trinken, meinte ich, einen erschrockenen Seufzer zu hören. Ich setzte es ab und lauschte, alles war still. Wieder hob ich das Glas, nahm einen ersten bitteren Schluck, doch dann fühlte ich deutlich eine Hand auf der meinen. Eine Hand, die versuchte, die meinige davon abzuhalten, das Glas zu leeren. Ich flüsterte Bertas Namen, versicherte ihr meine Liebe. Ich flehte sie an, mich zu ihr zu lassen, aber sie antwortete nicht. Verzweifelt schlug ich mir die Hände vors Gesicht und als ich die Augen geschlossen hatte, sah ich sie. Sie kniete neben dem Bett, die Hand auf meinen Arm gelegt, und schüttelte den Kopf.
Am nächsten Morgen wachte ich auf und es dauerte eine Weile, bis ich zu mir kam, mich an die Ereignisse des Vorabends er-

innern konnte. War alles nur ein Traum gewesen? Ich wandte den Kopf zur Seite, auf dem Nachttisch stand das Glas mit dem Rattengift.

Beinahe zwanzig Jahre sind seitdem vergangen. Schon einen Tag danach teilte mir meine Mutter mit, dass es ihr gelungen war, eine Schiffspassage nach Amerika für uns zu buchen.
Meine Mutter ist vor vierzehn Jahren verstorben, ich aber lebe noch immer in New York mit meiner zweiten Frau und unseren beiden Töchtern.

In Bremen erzählte man sich einst …

Bremische Sagen und Geschehnisse

Der Giftmischer Blentermann.

Zu Anfange des 17. Jahrhundert lebte in der Stadt ein Bürger, Namens Hermann Blentermann. Derselbe vergaffte sich in seines Nachbarn, des Lüder Paschedags, Tochter, so daß er seines eigenen Weibes nicht allein ganz und gar vergaß, sondern dieselbe unter jeder Bedingung sich vom Halse zu schaffen trachtete, um die Nachbarstochter sich wieder zur Ehe geben zu lassen. Er sann hin und her, wie er die Sache anstellen sollte, konnte aber zu keinem festen Entschluß kommen. Da begab er sich zu der Fickschen, die in allen schlechten Streichen bewandert war, und fragte sie um ihren Rath. Dies Weib rieth ihm denn, seine Frau zu vergiften und meinte, Quecksilber sollte von vortrefflicher Wirkung sein. Diese Rede gefiel ihm, und als seine Frau süße Milch mit Brot aß, warf er ihr für einen Groten von dem Gifte hinein. Als dies ohne sonderliche Wirkung blieb, meinte die Ficksche, er solle Rattenkraut kaufen, was er auch that. Dies streute er aus einer Federpose aufs Brot, und strich Butter darüber her. Als die Frau dies zu sich genommen hatte, starb sie, nachdem sie einige Tage hindurch große Pein erlitten. Die Sache mußte natürlich Verdacht erregen, besonders da man sich schon vierzehn Tage mit dem Gerüchte trug, daß Blentermann der Tochter Lüder Paschedags, im Fall des Ablebens seiner Frau, die Ehe versprochen habe. Er wurde also eingezogen, mußte sein Verbrechen eingestehen und erlitt am 7. August 1606 seine Strafe. Nachdem er zuvor mit glühenden Zangen gezwickt war, wurde er mit dem Rade zerstoßen und dann darauf gelegt.

*aus: Bremen's Volkssagen. Herausgegeben von Friedrich Wagenfeld, Bremen 1845. (**Wie von Sinnen**, S. 5–17.)*

Kindeshand, die sich an der Mutter vergreift, wächst zum Grabe heraus.

Zu Anfang des 14. Jahrhunderts wohnte eine arme Wittwe in der Nähe des Jodenbergs vor dem Doventhore in einem Häuschen, das ihr die reiche Schwanke geschenkt hatte, die Frau Conrads von Verden, bei deren Eltern sie lange Jahre als treue und fleißige Magd gedient hatte, weshalb sie auch in ihren alten Tagen von dieser mancherlei Unterstützungen erhielt. Freilich hatte sie eine Tochter, die in der Stadt an einen wohlhabenden Mann, einen Gerber verheirathet war; aber dieselbe war von harter und stolzer Gemüthsart, und als der Rath zu jener Zeit den Gerbern ihre Rolle gab, wodurch sie die Berechtigung erhielten, in Zukunft eine Zunft zu bilden, so fuhr der Hochmuthsteufel so ganz und gar in die neue Frau Meisterin, daß sie sich der Mutter schämte und ihr am Ende sogar verbot, je wieder ihr Haus zu betreten.
Die alte Frau war stumpf und gebrechlich, selbst mit dem Spinnen wollte es nicht mehr vorwärts, und sie hätte umkommen müssen ohne die Hülfe fremder Leute. Aber das nahm ein Ende mit Schrecken, als der mächtige Conrad von Verden, der sich in Verbindung mit seinen reichen Vettern mehrere Gewaltthaten erlaubt hatte, mit seiner ganzen Sippschaft und der Stadt vertrieben wurde. Da konnte sie nicht mehr mit ihrem Henkeltopf hingegen, um von der Frau Schwanke die Ueberbleibsel des Mittagsmahles zu holen, wie sie seit Jahr und Tag gewöhnt war, und nun trieb sie die bittere Noth, die Mildthätigkeit ihrer Tochter in Anspruch zu nehmen; es war ein harter Schritt für sie, und mit zitternder Hand langte sie nach dem Stabe, womit sie ihren schwankenden Gang schon seit längerer Zeit zu unterstützen gezwungen war.

Unterwegs stand sie mehrmals still; sie fürchtete einen heftigen Auftritt mit ihrer Tochter, und überlegte, ob es nicht gerathener sei, ihre Noth jedem Andern zu klagen, als eben ihrem Kinde, als sie plötzlich vor dem Hause ihres Schwiegersohns stand. Noch einen Augenblick war sie unschlüssig; dann aber ermannte sie sich und trat hinein. »Ist sie doch meine Tochter, mein einziges Kind,« murmelte sie leise vor sich hin: – »Gott der Herr und der heilige Willhadus werden ihren harten Sinn ändern.«

Sie trat in die Wohnstube, wo sie die ganze Familie beim Mittagsessen vereinigt fand. Sie war zuerst sehr verlegen, sie, in so ärmlicher Kleidung, diesem Reichthum gegenüber, wovon das Hausgeräth und die ganze Einrichtung zeugten, und rang vergebens nach Worten, um ihr Anliegen vorzubringen. Als sie sich darauf etwas gesammelt hatte, schilderte sie in einfacher, ungekünstelter Rede die Hoffnungslosigkeit ihrer Tage auf die ergreifendste Art.

Dem Schwiegersohn trat das Wasser in die Augen; aber er war ein schwacher Mann, der sich von seiner Frau ganz beherrschen ließ und um Alles in der Welt nicht gewagt hätte, eine selbstständige Verfügung zu treffen, wie sie sein Herz ihm gebot; denn er würde mit Freuden die alte hülflose Frau zu sich ins Haus genommen haben, hätte es einzig von ihm abgehangen. So aber schaute er erst fragend zu seiner Frau hinüber, ob er auch ihrer Zustimmung gewiß sein könne. Aber Entsetzen ergriff ihn, als er ihr Gesicht sah. Es war ihm nichts Neues, daß sie selbst bei geringen Anlässen in heftigen Zorn gerieth; aber eine solche Wuth, eine solche widerliche Verzerrung ihrer Züge hatte er noch nie gesehen. Es war, als wenn bei dem Anblick ihrer Mutter ein böser Geist in sie gefahren sei; die Röthe des aufwallendes Zorns wich einer fahlen Leichenblässe und mit den funkelnden Tigeraugen

schien sie das Wesen, dem sie ihr Leben und Dasein verdankte, das mit mütterlicher Fürsorge ihre Jugend behütet und in kranken Tagen sie so treu gepflegt hatte, durchbohren zu wollen.
Erschrocken sieht sich die Alte nach einem Stuhl um, denn ihre Kräfte drohen sie zu verlassen. Bei dem Manne siegt in diesem Augenblick das menschliche Gefühl über die Furcht vor seiner Frau, und er eilt hinzu, um die Halbohnmächtige aufzufangen.
Bis dahin hat die Meisterin ruhig dagesessen, ohne ein Wort zu sprechen oder sich nur zu rühren. Jetzt mit einem Male kömmt ihr Grimm zum Ausbruch, wie ein zermalmendes Gewitter, das schon eine Zeitlang drohend am Himmel gestanden. Sie stößt ihren Mann mit Riesenkraft zurück und stürzt sich wüthend a[u]f die eigene Mutter, wie ein wildes Thier, um sie zu mißhandeln, weil sie es gewagt, gegen ihr ausdrückliches Verbot vor ihr zu erscheinen. Sie schlägt sie mit Fäusten und wirft sie endlich zur Stubenthür hinaus.
Da lag sie auf der Hausflur, das Gesicht zur Erde gewendet; sie regte sich nicht mehr, und vergebens war die Aufforderung der Tochter, aufzustehen. Der unnatürliche Zorn der Letztern ist plötzlich verraucht bei diesem jammervollen Anblick; ihr ist, als werde ihr in diesem Augenblick eine Decke vor den Augen weggezogen, als werde sie jetzt erst inne, gegen wen ihr blinder Jähzorn gewüthet.
»Mutter!« rief sie, entsetzt über ihr Beginnen – »Vergieb mir! komm an das Herz deiner sündigen, reuigen Tochter. Bei Gott und allen Heiligen, wenn die zarteste Sorgfalt, die liebevollste Pflege im Stande ist, das Andenken an den greuelvollen Frevel aus deinem Gedächtniß zu vertilgen, so sollst du ihn vergessen.«
Von tiefstem Mitleid ergriffen, beugte sie sich über die Unglückliche, um sie aufzurichten; nie wollte sie sich wieder von ihr tren-

nen und ihr nie wieder Anlaß zur Klage geben. Aber diese Sinnesänderung kam zu spät und mit Schrecken bemerkte sie, daß sie Liebkosungen an eine Leiche verschwendete.
Dem irdischen Richter entging die Meisterin; denn es stellte sich heraus, daß die Alte nicht sowohl in Folge der Mißhandlung, als vielmehr vor Angst und Schrecken gestorben sei. Es wohnt aber ein Richter über den Wolken, der sich im Lohnen und Strafen durch keine irdischen Rücksichten und Spitzfindigkeiten bestimmen läßt. Die Meisterin starb bald darauf eines jähen Todes, und mit Grauen bemerkte der Todtengräber einige Tage nach der Beerdigung, daß die Begrabene ihre Hände, womit sie ihre Mutter gemißhandelt hatte, zum Grabe herausstrecke, wie dies Wunder noch heut zu Tage, in Stein verewigt, im Domsumgange zu sehen ist.
*aus: Bremen's Volkssagen. Herausgegeben von Friedrich Wagenfeld, Bremen 1845. (**Das Familiengeheimnis**, S. 18–34.)*

Der Tod klopft an.

In Bremerhaven erzählte man sich, dass der Tod mitunter an die Wand der Schlafkammer klopft, um sein Kommen anzukündigen. Wer ein solches Klopfen hört, der wird daran erinnert, dass seine Zeit auf Erden begrenzt ist. Wie viel Zeit demjenigen noch bleibt, liegt allein in Gottes Hand. Klar ist aber, dass er in der Nacht sterben muss, in der das Klopfen am Bett und auf Höhe des Herzens angekommen ist.
*Nach einer Sage aus Bremerhaven. (**Der Tod klopft an**, S. 35–43.)*

Das Schwarze Loch.

Noch heute erzählt man sich im Ratskeller die schaurige Geschichte des Zimmermeisters Barthold:
In der Neujahrsnacht 1561 verspielte er beim Würfelspiel im sogenannten Schwarzen Loch, einem Raum am hintersten Ende des Bacchuskellers, all seinen Besitz. Obwohl seine Frau ihn eindringlich bat, mit ihr nach Hause zu gehen, wollte er nicht aufhören und rief schließlich sogar die Toten an, mit ihm zu spielen, bis er sein Geld zurückhabe. Zum Grauen der Anwesenden erschienen diese tatsächlich. Doch Barthold hatte keinen Einsatz mehr, also spielte er um sein Leben – und verlor.
Die anwesenden Zechkumpane waren derart schockiert, dass sie nie wieder dem Glücksspiel frönten. Bartholds Frau Hedwig hingegen starb nur wenig später im Spital.
Das Schwarze Loch wurde auf Befehl der Behörden zugemauert. Trotzdem soll es in jeder Neujahrsnacht an dieser Stelle spuken.
*Nach einer Überlieferung aus dem Ratskeller. (**Eine unschuldige Seele**, S. 44–50.)*

Alter Glaube.

Die alten Bremer glaubten, ihre Festungswerke durch das Einmauern eines unschuldigen Kindes unüberwindlich zu machen, wie denn auch beim Abbruch des Brückethors vor einigen Jahren, wirklich die Ueberreste eines Kindes zum Vorschein gekommen sein sollen.
*aus: Bremen's Volkssagen. Herausgegeben von Friedrich Wagenfeld, Bremen 1845. (**Das Mädchen**, S. 51–65.)*

Gottes Krieg.

Im Jahre 1349 kam über die gute Stadt Bremen schweres Verhängniß. Die Pest wüthete in ihr, und außen vor den Mauern lag ein Feind, Graf Martin von Oldenburg, der sie hart belagerte und bedrängte. Zuletzt wurde die Noth durch die Krankheit in der Stadt so groß, daß die Bürger die Mauern nicht mehr vertheidigten, die Thore nicht mehr verschlossen, sondern in muthloser Ergebung unter einander sprachen: sterben müssen wir doch, einerlei wie – komme es wie es komme. – Da nun die Hauptleute vor den Kriegsherrn traten und sprachen: die Stadt ist offen und unvertheidigt, lasset uns hineinfallen und Beute machen nach dem Kriegsbrauch und dem Recht des Eroberers – da sprach Graf Martin von Oldenburg mit ernster Würde: mit nichten soll also geschehen, denn da Gott, der allerhöchste König, mit der Stadt Bremen kriegt und sie in größter Noth sich schon befindet, so ziemt es sich nicht, daß auch wir sie ferner schädigen. Lasset uns einziehen als menschliche Bezwinger, denn ob wir jetzt der Stadt Bremen Feind sind, so können wir in der Folge doch wieder ihr Freund werden. – Und so geschah es, und der Graf zog ein, und durfte keiner von seinem Volke an Menschen oder am Eigenthum der Stadt sich irgendwie vergreifen.

aus: Deutsches Sagenbuch von Ludwig Bechstein, Leipzig 1853.
*(**Wer Hochmut sät …**, S. 66–76.)*

Der Apfelschimmel im Mondschein.

Zwei junge Burschen gingen spät Abends bei Mondschein aus der Stadt, und wandten sich dem Blocklande zu. Dort wollten sie sich übersetzen lassen, um nach Ritterhude zu gelangen. Bei der Capelle sahen sie einen wunderschönen Apfelschimmel mit lang herabwallenden Mähnen, und der jüngere Bruder lud den andern ein, mit ihm das Thier zu besteigen; sie würden auf diese Weise gar schnell und bequem a[n]s Ziel gelangen. Vergebens stellte der ältere Bruder dem Unbesonnenen vor, wie er nicht Zügel, nicht Bügel hätte, und wie die Queergräben ihm auf Schritt und Tritt hinderlich sein würden. Der jüngere verabredete kurz, in welchem Wirthshause sie sich im Blocklande wieder zusammen finden wollten, sprang mit einem raschen Satze auf das Thier, und Roß und Reiter waren nur noch wenige Augenblicke sichtbar; auch der letzte Hufschlag verhallte bald in weitester Ferne.

Der Zurückgebliebene war verdrießlich, daß er sich durch seine Zaghaftigkeit von dem Ritt hatte zurückhalten lassen und arbeitete sich mißmuthig durch die beschwerlichen Wege. Endlich langte er bei dem bezeichneten Wirthshause an und dachte, seinen Bruder zu finden, der wenigstens vor einer Stunde schon eingetroffen sein mußte. Aber man denke sich sein Erstaunen, als diesen weder der Wirth noch das Gesinde gesehen haben wollten! Kommen mußte er, das wußte er wohl, und deswegen beschloß er, ihn zu erwarten, wenn es auch noch so spät darüber werden sollte.

Aber eine Stunde verging, und noch eine, ohne daß sich der Ersehnte blicken ließ, und Mitternacht war längst vorüber. Da endlich öffnet sich die Thür, und der jüngere Bruder tritt herein, ohne Hut und Stock und mit fliegenden Haaren. So wie er aufgesessen, erzählte er, sei das Thier mit ihm davon gerannt, wie toll und wild über Stock und Block, bis vor Lilienthal der Renner ihn an den Grund gesetzt habe und spurlos verschwunden sei. Nur mit großer Anstrengung habe er den Rückweg wieder finden können.

Jetzt sahen wohl Alle zusammen, daß dies der Schimmel gewesen, den man schon seit undenklichen Zeiten beim Mondschein im Felde gewahren kann, und der Reiter konnte Gott danken, daß ihm nichts Schlimmeres begegnet sei.

*aus: Bremen's Volkssagen. Herausgegeben von Friedrich Wagenfeld, Bremen 1845. (**Ein teuflischer Ritt**, S. 77–85.)*

Raubmord in der Pelzerstraße 1527.

Zwei Männer aus dem Viehlande, Hinrich Wendel zum Kattenthurm und des Rathmanns Berend Schaarhar Meier, Albert Quersmann von Woltmershausen, hatten sich in Lüders Hause bei St. Martini verabredet, Barthold Heinecken, der in der Pelzerstraße wohnte, zu ermorden und zu berauben. Da Wendels Tochter Becka bei Heinecken im Dienst war, so schien die Ausführung leicht. Sie kamen also auf Neujahrsabend im Jahre 1527 außer dem Brückethor beim Burgwalle über die Mauern bei der Mühle, heimlich zur Stadt herein und begaben sich nach dem Schauplatz des beabsichtigten Verbrechens. Bei Tiele Cleven Hause an der Queerenstraße überredeten sie die Mägde, sie ins Haus hereinzulassen, worauf sie Barthold Heinecken samt seiner Frau im Bette mit Hellebarden und Äxten erschlugen; Wendels Tochter, die ihnen mit Vorwissen der andern Magd, einer Friesin, Namens Anna Hayen, die Hausthüre geöffnet hatte, hielt ihnen auch das Licht bei dem Morde. Die Räuber erbeuteten einen Beutel mit Geld und andere Sachen und entfernten sich, nachdem sie die Hausthür wieder verschlossen hatten, auf demselben Wege, den sie gekommen waren; die Mägde verließen ebenfalls das Haus und nahmen die Flucht. Als am folgenden

Morgen die Thür verschlossen blieb, erregte dies den Verdacht der Nachbarn. Sie machten davon die Anzeige beim Camerarius, welcher das Haus öffnen ließ. Alsbald fand man die verstümmelten Leichen, und als nun auch die Mädchen vermißt wurden, ließ der Camerarius die Dirne sammt ihrem Vater vom Kattenthurm hereinholen und brachte sie bald zum Geständniß. Darnach würde auch Albert Quersmann auf der Weserbrücke ergriffen und mit Wendel gepeinigt, worauf auch diese Beiden die That gestanden.

Die beiden Männer wurden kurz nach heil. 3 Könige beim Galgen aufs Rad gesetzt, Wendels Tochter aber, ein Mädchen von 16 Jahren, einige Zeit nachher lebendig unterm Galgen begraben. Dabei wurden ihr vorher die Haare aus dem Nacken gebürstet, eine Sode oder viereckte Rasenstück auf den Mund gelegt, und der Büttel trat ihr mit den Absätzen aufs Leib, worauf sie eingescharrt wurde.

Die andere Magd, Anna Hayen entkam glücklich mit ihrem Antheil an dem Raube, und hat man nie wieder etwas von ihr gehört.

*aus: Bremen's Volkssagen. Herausgegeben von Friedrich Wagenfeld, Bremen 1845. (**Spieglein, Spieglein …**, S. 86–102.)*

Hahl-awer.

Es war ein schöner Frühlingsmorgen, als zwei junge Bauerburschen die Straße nach Bremen zogen. […] Sie hatten zu Hause kein Vermögen zu erwarten, und da sie vernommen, wie Der und Jener sein Glück gemacht habe in der Stadt, so hatten sie beschlossen, dort ebenfalls ihr Heil zu versuchen.

[...] »Woher des Wegs und wohin?« erscholl die Frage eines Bürgers, der ihnen auf ihrem Wege nach dem Osterthor begegnete. »Wenn Ihr kommt, um einen Dienst zu suchen, so kann ich Einen von Euch Beiden gebrauchen, und da bist Du Kleiner mir groß genug.«
Der Mann hatte in seinem Wesen etwas so Entschiedenes, daß der junge Mensch es nicht wagte, sich lange zu bedenken, sogleich einschlug und seinem neuen Herrn folgte [...]
Der andere Bruder war wirklich durch dies Ereigniß etwas heruntergestimmt in seinen Hoffnungen und setzte traurig seinen Weg fort. Da er indeß ein starker, kräftiger Jüngling war, so konnte es ihm gar nicht fehlen, in Kurzem ebenfalls einen Dienst zu erhalten, und er trat als Hausknecht ein bei einem Kaufmann, wo er die Waaren aus- oder einzupacken hatte.
Dort arbeitete er vom Morgen bis zum Abend und besorgte seine Obliegenheiten auf das Pünktlichste, obgleich er nicht viel Worte machte. [...] Es war ganz natürlich, daß der fleißige schweigsame Jüngling in Kurzem die Aufmerksamkeit seines Herrn erregte [...] Nun traf es sich, daß sein Buchhalter alt und abgängig wurde, und da er den Augenblick die Stelle nicht besser zu besetzen wußte, so kam er auf den Gedanken, die Anlagen des Jünglings, den er seiner Rüstigkeit wegen lieb gewonnen hatte, durch den nöthigen Unterricht ausbilden zu lassen und den Versuch zu machen, in wie fern er denselben anderweitig in seinem Geschäft verwenden möchte. [...] Der alte Buchhalter wurde in Ruhestand versetzt; der junge Mann übernahm die Stelle und versah seine Geschäft mit einer Thätigkeit und Besonnenheit, die nur dazu beitragen konnten, ihm mehr und mehr die Liebe und das Zutrauen seines Herrn zu gewinnen. [...]
Jetzt aber, wo er durch die Gunst des Schicksals eine Stelle beklei-

dete, auf welcher er sich freilich keine Reichthümer und Schätze erwerben konnte, die ihm aber ein ehrenvolles und reichliches Auskommen gewährte, jetzt genügte ihm auch diese nicht mehr und sein einziger Gedanke bei Tag und Nacht war der, wie er zu großen Ehren und gewaltigem Reichthum gelangen möge.

[...] Als man nun die Niedergeschlagenheit des jungen Mannes bemerkte, so schrieb man dies im Hause dem Umstande zu, daß er der hübschen Marie zu tief in die Augen gesehen habe, es aber nicht wage, um die reiche Erbin zu werben. Da aber der junge Buchhalter im Hause so gut angeschrieben war, so beschloß endlich der Hausherr, das Schweigen zu brechen, ihm die Augen zu öffnen über sein Glück, und seinen Gram mit einem Male zu endigen, was ihm auf die angegebene Weise vollständig gelang.

[...] Nicht lange nachher fand eine fröhliche Hochzeit Statt, der alte Herr zog sich aus dem Geschäfte zurück und überließ dem früheren Buchhalter die ganze Handlung. War das Glück dem Hause in früheren Zeiten nicht abhold gewesen, so schien es jetzt Alles aufzubieten, um alle seine Schätze darüber auszuschütten. [...]

Durch seine unermeßlichen Reichthümer genoß er naturgemäß eines überwiegenden Ansehens, und als nun die Stelle eines Stadtrichters zufällig erledigt wurde, wandten sich aller Augen auf ihn, da seine Unparteilichkeit nicht dem geringsten Zweifel unterlag und sein bedeutendes Vermögen die sicherste Bürgschaft für seine Unbestechlichkeit zu gewähren schien. Mit einem Worte, er wurde einhellig zum Stadtrichter erwählt [...]

Aber die Erde ist nicht der Wohnsitz ganz reiner, ungetrübter Seligkeit; diese bittere Erfahrung sollte der Richter endlich auch machen, und zwar durch das Zusammentreffen von Umständen, welche dazu am Wenigsten Veranlassung hätten bieten dürfen.

Sein Bruder nämlich, der sich schon bei seinem Eintritt in die Stadt von ihm getrennt hatte, war bei seinem Gärtner in Dienst geblieben manches lange liebe Jahr, und obgleich der Älteste, als er in bessere Umstände gerieth, ihm oftmals Unterstützung angeboten hatte, damit er sich selbst einen Garten kaufen, oder sonst ein beliebiges anderes Geschäft ergreifen könnte, so hatte er solches beständig abgelehnt, vielleicht, wie der Ältere meinte, aus einer Art von Neid gegen den Glücklicheren. Er schützte beständig vor, er sei selber Manns genug und werde sich schon durchzuhelfen wissen.

Diese beständige Verweigerung und Abwehr seiner gutgemeinten Anerbietungen verdroß den älteren Bruder; es trat große Kälte unter den Beiden ein, und im Verlauf der Jahre wurden sie einander fast fremd, da der Reiche müde war, mit seinen Unterstützungen aufdringlich zu sein, der Jüngere aber zu stolz, um sich am Strahl der Glückssonne seines Bruders zu wärmen. Anstatt also unter jener Beihülfe eine großartige Rolle zu spielen, suchte der Jüngere etwas darin, sich auf eigne Hand einzurichten, sollte es auch noch so dürftig sein, und er war überglücklich, als er die Hand der Tochter des alten Fährmanns am Punkendeich erhielt, dessen Nachfolger er nun wurde. Hatte er jetzt doch seinen eigenen Heerd und sein gutes Auskommen; was kümmerte ihn jetzt des Bruders Glanz und Größe? […]

Er dachte kaum mehr an ein Zusammentreffen mit seinem Bruder, als die Melker auf eine Herabsetzung des Fährgeldes nach dem Werder bestanden. Was sie dem alten Fährmann bewilligt, sei freiwillig gewesen.

Jetzt trat der Fährmann vor den Richter hin und überreichte ihm schweigend die Beweise, daß er ganz in seinem Rechte sei. Nun glaubte der Richter, es würde einen bösen Schein auf seine Unpartheilichkeit werfen, wenn er dem Bruder das Recht zuspräche und setze des Fährmanns Lohn auf die Hälfte herab. Da erbleichte der Jüngere, denn es trat vor seine Seele der Mangel und die Noth seines Weibes und seiner Kinder für die Zukunft, und rief im Fortgehn: »Solch' ungerechtes Gericht wird Dich auch im Tode nicht ruhen lassen.«

Jetzt erkannte er, wie der falsche Schimmer der Gerechtigkeit ihn zu der größten Ungerechtigkeit verleitet gegen den eigenen Bruder. Er erhob sich, als wollte er demselben nacheilen; aber nach wenigen Schritten wurde sein Auge stier, die Wange leichengrau, und er sank zum Entsetzen alle Anwesenden todt zu Boden. Sein Weib war untröstlich und zog nach seiner Bestattung zu ihren Verwandten auf's Land, da ihre prächtige Wohnung keinen Reiz mehr für sie hatte. Es fand sich leicht ein Käufer zu dem schönen Hause; doch obgleich er es für wenig Geld erstanden, meinte er doch schon nach einigen Tagen, daß er es viel zu theuer bezahlt. Denn, wenn er aus dem Fenster des Prachtsaales schaute, stand Niemand anders hinter ihm, als der Geist des verstorbenen Richters, der ihm mit gramerfülltem Antlitz über die Schulter blickte. So zeigte sich derselbe unvermuthet in Küche und Keller, und alle Hausbewohner geriethen in Schreck. Da ließ man aus fernen Landen einen sehr gelehrten Kapuziner kommen; der trieb den Geist durch seine Beschwörungen dahin, wo er ihn haben wollte, und brachte ihn des Abends, trotz alles Widerstrebens, in den bereit gehaltenen Wagen. Dann ging es fort nach dem Osterthor, und aus der Kutsche ließ, gegenüber dem Rathhause eine schreckliche, durchs innerste Mark dringende Stimme zu dreien Malen die Mahnung ertönen: Richtet recht! Je mehr sie sich dem Osterthor näherten, je schwerer machte sich der Geist, denn er wollte ungern zur Stadt hinaus, bis die

Pferde still standen. Aber der Kapuziner lächelte über solche vergebliche Widersetzlichkeit, ließ Vorspann kommen aus dem Marstall, und jetzt ging es in raschem Trabe zum Thor hinaus nach dem schwarzen Meer und nach der Pauliner Marsch. Dort wurde der Geist gebannt [...]
Dem Verbannten war es jetzt auf der Wiese zu einsam, und nach der Stadt durfte er doch nicht wieder zurück, so lange nicht der Bann gelöst war. Also richtete er sein Trachten nach dem Werder, woher das Gelächter der Milchmädchen so lockend herüberscholl. Dem Fährmann fiel es nun freilich wohl auf, als er in der Morgendämmerung sein Schiff betrat, um die Melker überzusetzen, und unter ihnen eine herrlich gekleidete Gestalt erblickte, die abgewandten Gesichts ins Wasser sah; aber, erst als das Schiff drüben angekommen war, löste sich ihm das Räthsel. Denn so wie der Fährmann, der Sitte gemäß, ans Ufer trat, um der Reihe nach das Fährgeld in Empfang zu nehmen, raffte sich die Gestalt empor und schoß an ihm vorüber, indem sie mit heiserer Stimme rief: »Der letzte Mann bezahlt die Föhr.« Da sprang der Schiffer entsetzt in seinen Kahn zurück, und Alle schrien, er möge sie nur in Gottes Namen wieder zurückführen. Denn der Fährmann hatte in des Bruders verzerrtes Angesicht geschaut und den Uebrigen war das heisere Gelächter gar wohl bekannt. Drüben nun war es viel lustiger als auf der Marsch und der Verbannt vertrieb sich die schöne Sommerzeit mit den muntersten und gottlosesten Streichen. Aber als der Herbst kam, sehnte er sich wieder nach der Marsch [...]
Er rief also das Losungswort für den Fährmann, das weit hallende Hahl-awer; als aber der Gerufene sich näherte und den erkannte, der am Ufer stand, wandte er mit Grauen sein Fahrzeug zurück. Jener erhob späterhin wohl noch oftmals seine Stimme; aber dem

Fährmann war der Ruf bekannt, und er ließ sich nicht täuschen, noch auch seine Kinder und keiner seiner Nachfolger; [...] und noch heutiges Tags ziehen die Bewohner der Punkendeichs die Bettdecken fester, wenn in dunklen Winternächten vom Werder herüber voll Klage und Sehnsucht der Ruf hallt: Hahl-awer.
*aus: Bremen's Volkssagen. Herausgegeben von Friedrich Wagenfeld, Bremen 1845. (**Zwei unversöhnliche Brüder**, S. 103–117.)*

Der Geist Wicht.

Am Tage vor Matth. Apost. 1533 wurde Johann Elers lebendig verbrannt. Er bekannte:
1) Von Einem zur Neuenburg die Zauberei gelernt zu haben, wie er einen Geist »Wichtchen« laden müste. Der wäre von einem todtgeborenen Kinde und flöge in der Luft zwischen Himmel und Erde. Denselbigen Geist solle er laden, und wenn er ausbliebe, sich ihm mit Leib und Seele ergeben; dann würde er gewißlich kommen. Bei der Ladung habe er sich folgender Formel bedient:
»Nu sitte ick hier unde wachte un wet nich, weß ick wachte. Nu sende my de Vader und de Söhne un de hillige Geest dat allerschönste, hilligste Wicht, dat tuschen Himmel unde Erdrike is, my sichtliken unde wahrliken to myn Gesichte, Allent, wat ick von öhm begehrend bin, tho wetende, sunder jenigerley Weg, sunder jenigerley Vergeltung. Nu beschwere ick Dy by söven doetbahren Seelen, nu beschwere ick Dy by söven Altaren, nu beschwere ick Dy by alle Gades Hilligen, by allen Gades Frunden; noch beschwere ick Dy by aller Gades Wunden, by Maria, der reinen Magd, dat Du tho my kamen bist.«

Dann fragte er das Wicht, was er zu wissen begehrt und erhält seine Antwort. Darauf sagt er noch ferner:

»Nu segne Dy de Vader un de Söhne un de hillige Geest, dat Du my hefst Bescheet gegeven Allent dat ick von Dy begehrent waß. Nu benedye ick Dy mit dem Vader u. dem Söhne u. dem hilligen Geeste.«

2) Hätte er vom Wichtchen gelernt, den Kühen die Milch wieder zu bringen, auf folgende Art, daß er in einen neuen Topf legen müste 3 stählerne Nadeln, im Namen des Teufels und im Namen dessen, dem das Melken benommen. Dann müsten die, welche es benommen, von selbst kommen.

3) Wann Einer krank war, der nicht zu ihm, und zu dem auch er nicht kommen konnte, und derselbe nur Haar von seinem Haupte und die Nägel vom Daumen und beiden Vorderfingern der rechten Hand schickte, so fragte er das Wichtchen, welches ihm die Wahrheit sagte.

4) Er gestand, von einem Todtenknochen aus dem Galgen, von Steinen und Kräutern, in Allem aus neun Dingen, einen Trank gemacht und Vielen eingegeben zu haben.

5) Hätte ihm Einer beigebracht, zu erforschen, wenn Einer krank oder ihm etwas entwendet wäre. Man nehme soviel Kieselsteine, als Personen in Verdacht stehen, schreibe darauf eines Jeden Namen, nehme dieselben in derer und des Teufels Namen und mache sie in Feuer glühend heiß. Dann sollte er sie herausnehmen und in einen Winkel legen. Selbiges müsse geschehen am Freitag Abend und nicht eher als Sonntag vor Sonnenaufgang weggenommen werden. Wenn die Steine dann in kaltes Wasser gelegt würden, zische des Schuldigen Stein und gebe einen Rauch von sich. Solches hätte er oft versucht.

6) Wenn man Einen bezaubern wolle, müsse es geschehen am

Sonntag Morgen vor Sonnenaufgang; man müsse alsdann einen Drath spinnen, verkehrt aus dem Grosse in tausend Teufel Namen, und machen neun Knoten darein. Dabei müsse man den Namen desjenigen gebrauchen, welchem es soll angethan werden.
*aus: Bremen's Volkssagen. Herausgegeben von Friedrich Wagenfeld, Bremen 1845. (**Ach wie gut, dass niemand weiß ...**, S. 118–131.)*

Das Mäusemädchen.

Ein Schiffer von der Unterweser, der mit seinem Fahrzeuge in Vegesack lag, machte sich eines Morgens in aller Frühe auf, um sich zu Fuße nach der Stadt zu begeben, wohin ihn seine Geschäfte riefen. Etwa auf halbem Wege wurde er von einer raschen jungen Dirne eingeholt, die einen großen Korb auf dem Kopfe trug, in welchem es hin- und herraschelte, so daß der Schiffer seine Neugier laut werden ließ.
»Ich habe einen Korb voll Mäuse,« sagte das Mädchen. »Die trage ich auf unsers Nachbarn Feld. Sein Hund hat unsere Gänse todtgebissen, und er will den Schaden nicht ersetzen.«
Das leuchtete dem Schiffer ein; er konnte sich aber nicht denken, wie es ihr gelungen sei, so viel Mäuse zusammenzubringen.
»Nichts leichter als das,« lachte das Mädchen, »da ich die Thierchen selber mache. Das habe ich von meiner Großmutter. Ich mache sie fertig bis auf die Schwänzchen, welche die Alte daran setzt, das läßt sie sich einmal nicht nehmen.«
»So außerordentlich geschickt, und doch so bescheiden!« dachte der Schiffer und betrachtete seine flinke Begleiterin mit ehrfurchtsvoller Scheu. »Die wird sicher noch mehr können. Aber wer möchte sich nur unterstehen, sie darum zu befragen?«

Allein das Mädchen schien seine Gedanken errathen zu haben und sagte mit schelmischem Gesicht: »Ich merke, daß Ihr an solchen Stücken ein Gefallen habt, so seht denn her.«

Bei diesen Worten zog sie eine kleine abgeschälte Weidenruthe aus der Tasche, und bohrte dieselbe in einen alten, knorrigen Baum hinein, der zufällig am Wege stand. Alsdann strich sie mit den Fingern daran herunter, als wenn sie melkte, und zur Verwunderung des Schiffers sprang ein starker Strahl der schönsten Milch aus dem Stäbchen. Als solches eine Weile gedauert hatte, nahm das Mädchen die Ruthe wieder zu sich und strich mit der Hand über die Spalte im Stamm, worauf der Milchquell sogleich versiegte.

»Ihr glaubt,« sagte das Mädchen, »das sei der Stamm eines Baumes gewesen; aber es war unsers Nachbarn Kuh. Hätte ich das Stäbchen noch länger stecken lassen, so wäre Blut gekommen, jene Kuh hätte die Milch verloren, und der Nachbar hätte auf Niemand anders, als mich gerathen. So hab' ich's noch vorläufig beim Alten gelassen.«

Jetzt lief ein Fußweg queerfeldein, und das Mädchen nahm mit freundlichem Grüßen ihren Abschied, um nach dem Acker des Nachbarn zu gehen und ihm die Mäuslein ins Korn zu setzen.

Der Schiffer aber ging sinnend seiner Wege, und wenn später einmal in seiner Heimath von der Geschicklichkeit und Klugheit dieses oder jenes Mädchens die Rede war, so schüttelte er ungläubig den Kopf. War er doch fest überzeugt, daß nichts über die Mädchen vor Bremen gehe.

*aus: Bremen's Volkssagen. Herausgegeben von Friedrich Wagenfeld, Bremen 1845. (**Die Verwandlung**, S. 132–142.)*

Kröten im Apfel.

Ein kleiner Knabe nahm, trotz der Warnung seiner Mutter, von einer alten Frau heimlich einige Aepfel, wovon er einen verzehrte, die übrigen aber mit zu Hause, oder vielmehr in den Keller brachte. Denn die Ältern wohnten in einem Keller am Neustadtsdeich. Die Mutter war ungehalten, daß er das Verbot übertreten, nahm ihm die übrigen drei Äpfel weg und legte sie in einen Korb, der an der Wand hing. Des Nachts ward der Knabe krank und starb gegen Morgen. Im Verlauf des folgenden Tages bemerkte man, daß der Korb an der Wand sich bewegte, und als man hineinsah, fand man von den Aepfeln nur die Schaalen, im Uebrigen aber drei häßlich Kröten.
*aus: Bremen's Volkssagen. Herausgegeben von Friedrich Wagenfeld, Bremen 1845. (**Pachamama**, S. 143–162.)*

Die Rose.

1405 zog der Bremer Ratskeller in die Kellerräume des neu gebauten Rathauses. Im 16. Jahrhundert entstanden verschiedene Anbauten, unter anderem der Apostel- und der Rosekeller, in dem heute die ältesten und wertvollsten Weine gelagert werden. Die Benennung als »Rosekeller« findet sich erstmals 1599 und verweist auf den mittelalterlichen Brauch, Weine nach Blumen zu benennen. Den besten Wein bezeichnete man nach der »Königin der Blumen« als Rosewein.
Den Rosekeller zieren unter anderem eine blühende Rose an der Decke und eine Darstellung der Venus als »Jungfer Rose« von Arthur Fitger.

Der älteste Wein im Ratskeller, der Rosewein, ist heute ein 1653er Rüdesheimer. Ausgeschenkt wird er allerdings nicht mehr. (***Wein, Weib und jede Menge Ärger***, *S. 163–175.*)

Die Saake.

Die Bremer Saake ist keineswegs, wie man dem Sprachgebrauch gemäß voraussetzen sollte, irgend ein menschliches Wesen, das sich bösen Künsten und der Zauberei ergeben, sondern ein grauenhafter Spuk, ein mitternächtlicher Unhold, verkörpert zwar und dennoch unförmlich und gestaltlos, zwischen Kalb und Hund in Hinsicht der Größe. Es ist ein tückisches Scheusal, das träge in irgend einer dunklen Ecke oder hinter dem Vorsprunge eines Hauses hingestreckt liegt, bis Jemand arglos die Straße herunterkommt, dem es sich mit Blitzesschnelle auf den Rücken schwingt, um sich von demselben tragen zu lassen, bis der Unglückliche zu ersticken droht oder bewußtlos niedersinkt.
Es hat aber die Saake größere Gewalt über böse, frevelhafte Menschen, als über den Gerechten; weshalb es auch jedem frommen Mann, der in ruchloser Gesellschaft bei Bier und Wein sitzt bis in die späte Nacht, gerathen sein möge, sich nicht hinreißen zu lassen durch die gottlosen Reden der Andern, sondern seine Zunge im Zaum zu halten, daß er nicht falle in die Schlingen des Bösen. Denn man kann der Saake nicht ausweichen, weil sie unsichtbar ist, außer daß ihr Augenpaar in der Dunkelheit schimmert, wie glühende Kohlen. Wer ihr aber einmal in die Feueraugen geschaut hat, dem ist es nicht mehr möglich zu entrinnen; seine Füße stehen festgewurzelt am Boden, und er kann sich nicht eher von der Stelle bewegen, als bis er fühlt, daß der Spuk

sich um seine Schultern und Hüften gelegt hat, wie ein schwerer Kornsack. Dann mag er fortarbeiten mit seiner Last in Schweiß und Todesangst.
Und so ist es vor Diesem nichts Seltenes gewesen und hat manchen rechtschaffenen Bürger betroffen, daß er, vom Schütting, wo in frühern Zeiten eine Weinschenke war, vom Fulbras auf der Wachtstraße, oder aus dem Rathskeller kommend, wo er lustig und guter Dinge gewesen, und ohne die mindeste Ahnung des Unheils, das ihn erwartete, in aller Zucht und Ehrbarkeit ein Glas nach dem andern zu Leibe gesetzt hatte – beim ersten besten Kreuzwege spürte, wie es ihm mit Centnerschwere überkam und in die Beine schoß, daß er sich kaum noch aufrecht zu erhalten vermochte auf seinen Füßen. Und die Häuser und Straßen fingen an zu tanzen und zu springen und sausten zuletzt wie toll und thöricht um ihn her im Kreise, so daß er die Richtung verlor, nicht wußte, woher noch wohin, und aufs Geradewohl fortschob, bis ihm der Schweiß von Stirn und Wange lief. Dabei lagen ihm allerlei Steine im Wege, groß und klein, die er sah, und er mußte die Füße hoch in die Höhe heben, wenn er hinüberschreiten wollte. Und es kamen ihm wiederum alle Augenblicke Steine und Spitzen in die Queere, die er nicht sah, so daß er darüber stolpern mußte, bis er endlich erschöpft und von der schweren Last, die er zu tragen hatte, überwältigt, zu Boden sank und die Besinnung verlor, bis etwa ein vorübergehender Nachtwächter oder ein anderer guter Mann ihn wieder emporrichtete. Da erinnerte er sich denn deutlich, daß er die Saake habe tragen müssen, und erkannte mit Erstaunen, daß er seit den fünf Stunden sich noch keine zwanzig Schritt vom Weinkeller entfernt habe. Mit solchen Fährlichkeiten hatte der zu kämpfen, welcher mit der Saake zu thun hatte. Daher ist es leicht erklärlich, wie alle Welt eine sol-

che Angst und Scheu vor dem Ungethüm hatte, daß es gemieden wurde, wie die Pest und der Tod, [...] davon mögen ein Paar Beispiele das Weitere besagen.

[...] Ein Bewohner der Großenstraße verbrachte seit einer Reihe von Jahren seine Abende in einem Weinkeller auf der Schlachte, und er suchte Etwas darin, das Gespräch auf religiöse Angelegenheiten und Glaubenssachen hinzuleiten, weil er sich dann am Besten als einen starken Geist zeigen konnte. Am Liebsten ließ er seinen Witz und Spott aus an den biblischen Erzählungen; über die Empfängniß der Jungfrau Maria wußte er die sonderbarsten Glossen zu machen, und er meinte, er wolle lieber gar nicht in den Himmel, als auf die Weise, wie der Prophet Elias hinaufgefahren sei, nämlich in einem feurigen Wagen. Denn was nütze ihm die ewige Seligkeit, wenn er sie mit verbranntem Sitzfleisch genießen solle. Von andern Sachen sprach er noch verächtlicher, und von der Saake redete er mit der größten Geringschätzung.

Eines Abends saß er blaß und verstört, und es fiel einem Jedem auf, daß er so wenig sprach. Zuerst wollte er nicht mit der Sprache heraus, endlich aber erklärte er, daß er jetzt die Sündhaftigkeit seines früheren Lebens einsähe und wieder zum Glauben bekehrt sei, da er jetzt wisse, daß es Dinge gebe, die der Mensch mit seinem schlichten Verstande nicht begreifen könne[.] Als er gestern über den Stephanskirchhof gegangen sei, habe sich plötzlich etwas auf seine Schultern gelegt, und als er sich erschrocken umgeschaut, habe er deutlich die Saake gesehen, mit feurigen Augen, langem Bart und großen Hörnern. Nur ein inbrünstiges Gebet habe ihn aus ihren Klauen errettet. Doch habe dieselbe noch so viel Gewalt über ihn gehabt, daß sie ihm einige Stöße mit ihren Hörnern in den Rücken versetzt habe, worauf sie sich aber von dannen gemacht.

Als er geendigt hatte, verwunderte er sich nicht wenig, daß alle Anwesenden in ein lautes Lachen ausbrachen; denn der Lohgärber hinterm Kirchhof hatte kurz vor dem Eintreten des Erzählers die Gesellschaft mit den Späßen unterhalten, die sein Ziegenbock am Abend vorher getrieben, der aus seinem Stall ausgebrochen war und alle Leute auf dem Kirchhof und in der Nachbarschaft in der Dunkelheit erschreckt hatte. Der Großsprecher aber war von dieser Zeit an geheilt.
*aus: Bremen's Volkssagen. Herausgegeben von Friedrich Wagenfeld, Bremen 1845. (**Eine polarisierende Entdeckung**, S. 176–194.)*

Die abgesperrte Seele.

Ein Mann bemerkte seit längerer Zeit, daß seine Frau um Mitternacht nicht athmete, sondern unbeweglich dalag mit offenem Munde, wie eine Leiche. Er hatte gehört, daß es Menschen gäbe, deren Körper des Nachts von der Seele verlassen würde, welche hernach wieder durch den geöffneten Mund einzöge. Das konnte er nicht glauben und wollte bei seiner Frau doch einmal den Versuch machen. Er wendete sie also herum, daß sie mit dem Gesicht im Kopfkissen lag. Darüber schlief er ruhig ein; denn er gedachte in seiner Verstocktheit, die Seele wird allenfalls auch einen andern Weg einschlagen, wenn sie durchaus in den Körper zurückwill. Als er am andern Morgen erwachte, fand er seine Frau noch in derselben Lage; sie war aber todt, und alle Wiederbelebungsversuche blieben vergebens.
*aus: Bremen's Volkssagen. Herausgegeben von Friedrich Wagenfeld, Bremen 1845. (**Aus tiefster Seele**, S. 195–204.)*

Die Deutsche Nationalbibliothek verzeichnet diese Publikation in der Deutschen Nationalbibliografie; detaillierte bibliografische Daten sind im Internet über http://dnb.dnb.de abrufbar.

www.schuenemann-verlag.de

Autorin: Alexa Stein | Lektorat: Caroline Simonis
Satz und Buchgestaltung: Karin Hannemann

Printed in EU 2013 | ISBN 978-3-944552-02-6